『啄木日記』公刊過程の真相

——知られざる裏面の検証

長浜　功

はじめに

石川啄木の研究を始めてまだ日が浅く、さっぱり成果が上がらないが、今回は日記に焦点を当ててみようと考えた。日記を通しての啄木の人間像を描くつもりであった。ところが取り組みだして見るといつの間にか想定していたものと異なり、日記の内容に入る前に一つの新しい課題に突き当たり、その作業を進めてゆくうちに一冊の分量になってしまった。

というのは定石通り日記にまつわるいくつかの謎を解き明かしてゆくと思いがけない新しい事実が次々と出てきて収拾がつかなくなってしまい、日記の中身にたどりつく前に先ずこれらの新事実を整理しておく必要があると考えるに至ったのである。

私も実は啄木の日記が今日私たちの目の前にあることを当然のことのように思っていた一人である。ところが少し調べてゆくうちにこの日記が今あるのはいくつもの偶然と幸運そして幾人もの献身的で必死の努力によって辛うじてもたらされたものであることを知った。さる高名な啄木研究家は「残るべくして残った」と語ったが、とんでもない。本来なら啄木の遺言どおり「焼かれるべくして焼かれた」運命をたどるはずだったのである。いわば啄木の日記は啄木の生涯と同じ轍《わだち》を踏み、薄幸な運命をたどりこの世から消え失せて少しもおかしくなかったのである。

その事実を知るにつけ、これは看過できない一つの史実だと思うようになってからというもの、この問題にかかりきりになった。ただ、最初はやはりこうしたテーマは重箱の隅をつつくような気がしないでもなく、世につまびらかにする価値があるのか、という思いがないわけではなかった。それでなくとも石川啄木については多くの研究者や愛好家によって仔細な分析や解明が行われている。その上にさらに屋上屋を架するが如き小著の参入は読者に迷惑をかけるばかりかも知れない、という迷いもあった。

しかし、今日、啄木研究に不可欠の第一級史料とされるこの日記がこの世に生き延びた隠れた歴史を書き残すこともまた啄木研究にとって重要なテーマの一つだと確信するに至ったのである。それ故、本書は啄木の文芸、思想、人間性といった内面に関わる問題ではなく、反対にその外面、即ち啄木の残した日記を通して啄木の世界を描こうという試みであり、日記に関わった人々の知られざる側面をなぞらえようとしたもので、これまでとは異なる視点からの取り組みである。

また本書では石川啄木の後嗣になった須見正雄、即ち石川正雄について少し取り上げた。おそらく初めての石川正雄論だと思う。集めることの出来たデータは明らかに不足して中途半端なものになっており、今後の検討が必要だと思っている。

また今回はテーマが一つに絞られていたにも拘わらず、資料的には広範囲な蒐集が必要で、特に国会図書館を始めとして各地の図書館の検索・レファレンス・サービス・複写係には格段の手を煩わせた。時に古い時期の新聞の一段記事たった一つの検索で門前払いを食ったこともあったが、ほとんどの図書館は貴重な情報を提供してくれたり、一度に多量の文献の複写を嫌な顔をせず快く処置して頂いた。

もし、本書が幾許なりの評価をもらえることがあるとすればその功績は筆者ではなく図書館にあると言っておきたいほどである。これほど図書館の有用性と便利性を認識したのは初めてである。とりわけ次の各館には特にお骨折りを頂いた。お世話になった個人名は割愛するが記して厚く謝意を表したい。(順不同)

中央大学図書館
武蔵野大学図書館
岩手県立図書館
東京都中央図書館
北海道立図書館

函館市立中央図書館
小平市立図書館

昨年は啄木没後百年ということで啄木を忍ぶ行事や催事が執り行われ、またマスコミ界の特集など多彩な取り組みが行われた。さらに電子出版の普及によって啄木の作品を容易に入手できるようになった。新たな若い世代が啄木と触れあうことによって新しい啄木文芸の幕開けになることを期待したい。

二〇一三年二月二十六日

著者

● 『啄木日記』公開過程の真相——知られざる裏面の検証 ●

Ⅲ　空白の日記

Ⅳ　日記公刊過程の検証

Ⅴ　石川正雄論

【凡 例】

一 敬称はすべて略させて頂きました。

二 『全集』とあるは『石川啄木全集』（全八巻 筑摩書房 一九七八年版）です。

三 （＊・・・・）は筆者による補注です。

四 啄木による難字には〈カタカナ〉のルビを振りました。

五 引用文献中、紛らわしい表記は修正せず「ママ」とルビを振りました。

六 一度引用した文献は（同前）と表記しました。必要な場合は「参考文献」でご確認下さい。

七 参考文献には新聞記事も取り入れました。

I

『啄木日記』の位相

石川正雄の決断で刊行された『石川啄木日記』（昭和23年　世界評論社　写真は復刻版）

一　日本人と日記

我が国の日記研究で最も優れた著書を残しているドナルド・キーンが最近日本国籍を取得していよいよ本格的な日本の文化と芸術の研究に専念するという。外国人に日本の文化と芸術は解らないという風潮は未だに無くなってはいないが、日本を理解しようとする外国人が増えることは世界の文化と芸術にとって寄与することになるのだから、こうした存在は貴重である。そして現在、石川啄木の研究に着手しているという話を聞いて筆者などはその成果をいまかいまかと鶴首して待っているのである。その氏が日本の日記についてこう言っている。

世界中どんな国でも、人は日記をつける。だがこうした日記の内容は、大抵の場合、天候についての簡単な記録とか、当人がその日に果たし得た約束事のたぐいを羅列したものの域を出ない。だが中には、文句なしにすぐれた文学作品としての日記もある。そしてこのことは、日本においては一千年以上ものあいだ正しかった。日本以外の国では、それを読むと、それを書いた人物の時代や、作者の人物像が明瞭になるというので、過去に書かれた僅かばかりの日記が、今なお読まれている例はある。しかし彼らは、小説、随筆その他の方を、文学形式としてはもっと高く評価している。私の知る限りでは、日記というものが、そうしたものに劣らぬぐらい重要だと思われているのは、ほかならぬこの日本だけなのである。（『百代の過客　日記にみる日本人』朝日新聞社　一九八四年）

そしてこの言葉は平安時代の「土佐日記」「蜻蛉日記」「紫式部日記」「更級日記」から始まり鎌倉の「明月記」「十六夜日記」「うたたね」「とはずがたり」と続き、室町の「富士紀行」「白河紀行」「なぐさめ草」「吉野詣記」「九州の道の記」「高麗日記」そして徳川時代に入って「東めぐり」「近世初期宮廷人の日記」「野ざらし紀行」「奥の細道」「嵯峨日記」「馬琴日記」「井関隆子日記」（いずれも一部のみ紹介）などと日本人ですらこれほど読み込んだ人間はいないのではないかと思えるほどの研究ぶりなのである。その彼が日本人と日記は独特の文化を形成しているというのであるから、これは〝外交辞令〟と聞くべきではなく、真摯な研究の結論と受け止めなければなるまい。というのも日本人にとって日記というものが特殊なものではなく日常性を有する身近な存在で、このことに気付かないことが多いからである。

古典的な日記の場合はともかく、現代に見られる日本人の日記は自分史の風潮とさらにインターネットにおけるブログやツイッターの先端技術の進展と展開はその様相を大幅に塗り替えてゆくに違いない。ただ、ここでも言えることは〝書く〟という日記による自己表現は様相を変えるだろうが、ブログやツイッターのような新たな〝書く〟という自己表現が衰退することはないだろう。むしろネットワークを使った新たな日記様式が広汎に普及し、これまでに見られなかった自己表現としての〝日記〟が生まれるに違いない。形は変わっても日本人の日記に寄せる愛着はそう簡単には変わるまい。

二　啄木の日記

話を啄木にもどす前にもう少しキーンの啄木日記への考察を紹介しておきたい。というのも啄木は古来の日記の風習やしきたりをそのまま引き継いだのではなく、啄木独自の発想を新たに創り出したというのである。

明治時代になると、日記を付けることは、日本人のごく当たり前の生活習慣になってきたので、なんのために付けるかなぞ、殊更詮索する必要もなくなって来ている。その日に誰と会ったか、そしてどんなことをしたか、といったことを忘れてはいけないから、という理由だけで、日記を付ける人も沢山出てきた。しかしそういう書き手といえども、老年になってから古い日記をもう一度読み返し、昔日を改めて追体験する楽しみを、おそらく漠然とながら期待していたにちがいない。石川啄木も書いている。

日記を書くといふ事は、極めて興味のある事である。

書く其時も興味がある。しかし幾年の後にこれを読み返す時の興味は更に大いなるものであらう。（明治三十九年七月十九日）

おそらく自分でははっきり気付いていなかったろうが、啄木には、日記を付ける理由が他に二つあった。まず彼は、誰か語りかける相手を必要とした。そして日記は、彼にとって聞き手の役目を果たしてくれたのである。彼の知的関心が増大するにつれて、自己と、渋民村の友人たちとの間の懸隔が大きくなったのを感じ、それが彼の孤独感をつのらせた。彼は書いている。

渋民村は、家並百戸にも満たぬ、極く不便な、共に詩を談ずる友の殆んど無い、自然の風致の優れた外には何一つ取柄の無い無人の巣で、みちのくの広野の中の一寒村である。（明治三十九年三月四日）

渋民には知人はあっても、己が関心を持つ詩その他を語るに足る仲間では到底ない。というわけで、彼は己の思いを、日記の中にぶちまけたのだ。一般的に言って、周囲からの疎外感が強くなればなるほど、啄木の日記は、さらに面白くなってくる。ちょうど平安朝の女房のように、己が周囲から孤立していると感じた時、日記を書くことで、自分がなにか芸術的な精進をしているという満足感を、彼は得ることが出来たのだ。しかし、それには時間がかかった。一日の思いをたっぷりと書き込むには、おそらく毎日数時間を要したのではなかろうか。そして啄木は、無意識のうちに一つの二者択一に迫られた。すなわち、思う存分に日記を書くか、それとも日記をあきらめ、詩や小説に専念するか、という選択である。彼が死ぬ前の数年間、他の書き物に熱中していた間、日記のほうはなおざりにされ、しかも目立ってつまらなくなって来ている。つまり日記と創作との二本立てでいくには、時間が十分なかったのだ。

啄木には、日記を付ける理由がもう一つあった。文学が商品となって来た時代に生きる近代人として、彼は日記のことを、文学作品の素材となるものとして考えていた。西洋でも、詩人が素材収集の目的でノートブックを用いるのはごく普通だが、日記をそのように使った例を、私は思い出すことが出来ない。啄木は、日記から取った材料を使って、いくつかの短編小説を書いた。しかしそうして書いた短編のほうが、元の日記よりも面白さの点で格段に劣るのは皮肉である。

さらに、啄木は、自分の日記の一部を、オリジナルな作品として、またはそれにいくらかの文学的潤色を加えて出版することが時折あった。日記のこうした使い方は、まさにあたらしかったのである。しかしこのやり方は、間もなく一般的となり、とくに私小説作家に愛用されるところとなった。日記はこうして、以後日本の作家によって開発されて来た新しい役割を獲得するに至ったのである。(『続百代の過客日記にみる日本人　上』朝日新聞社一九八八年)

啄木が日記を書くに至った背景に関するこうした見解には異論もある。一つには日記を書くという日本人の持った伝統や風土がたまたま啄木という〝書き物〟好きの少年にとりついたのであって、それにわざわざ根拠や背景を求める方がおかしいとか、啄木が書き出した『秋韷笛語』には明確で確固とした決意があって他人を意識したものではなく自己表白としての手段だった、というものである。また、啄木にとって〝書く〟ことは〝話す〟ことと同義であって〝口〟と〝筆〟は一体だった、とするものもある。私などはこの解釈に興味を惹かれる。ともあれ、日本の日記が啄木の登場によって形と方向が変わったという事だけははっきりしている。

三　日記と手紙

先の「口と筆」説は膨大な日記の存在とともに啄木の手になる大量の手紙にも当てはまる。つまり啄木は日記と手紙という二つの筆と一つの口で自己を自在に語らしめたということになる。日記も飽かずに納得いくまで筆を走らせたが、手紙はもっと時間をかけた。長いものでは三日間かかって書き上げたり考えがまとまるまで休み休み一週間かけたものもある。カネがなくて巻紙が買えず工面出来た一ヶ月後に友人に送ったものもある。啄木のいくつか出た「全集」で最後に編まれた『石川啄木全集　全八巻』の編集に当たった小田切秀雄はこの日記と手紙について次のように述べている。

かれの大量の日記や手紙は、もともと文学作品として書かれたものではないが、日記文学・書簡文学として日本文学のその種のもののうちでの代表的なすぐれたものになっている。どうしてかれがこんなに綿密に日記をつけることができたのか、またどうしてこんなにしばしば多くのひとにあてて長文の手紙を書くことができたのか、ということ自体も興味深い問題であるが、これらは啄木の短歌・詩・小説・評論をはなれてこれだけで独立して高い価値を主張しうるほどの豊富きわまる内容をもっており、日記文学・書簡文学ということばにこれほどふさわしいものは、ゲーテ・シラーやドストイェフスキイやジイドらをべつにすれば外国にもそれほど多くないのではないかと思われる。日記と手紙をつきあわせながら読み、またさらにその時期の作品ともつきあわせる、というふうにしてゆくと、啄木という一箇の個性の複雑な全体像が立体的にうかびあがってきて、人生と人間の真実、それにかかわった文学と思想の問題が生き生きとその姿を現わしてくる。とくにかれの思想的な苦悩や手さぐりを示す手紙、またその苦悩の結果としてのいたましい彷徨とデカダンスを綿密に書きとめたローマ字日記などは、日本近代文学史上でもきわめて重要な意義をもつものである。(「解説」全集第五巻)

この説に異論を唱える者はまずいまい。日記や手紙が文学上に分類されるほどのレベルにあるということも定評のあるところだ。とするならば啄木に於ける文学的評価の大半とまでは言わなくとも少なくもその半分はこの日記と書簡に負っていると言って差し支えあるまい。すなわち言い換えればこれがなければその評価もいささか変わってくるということにもなるわけだ。

とりわけ啄木の内面的懊悩を如実に示す日記は啄木文学形成の過程と軌跡を知る上で重要であり、これが公開され公刊されなければ啄木研究は全く異なったものになったことは疑いない。幸いにこの日記は一部の紛失、破棄はされているがほぼ全体が保管されて公刊に至った。また比較的当初から公開出版された書簡類は与謝野鉄幹宛のすべてが遺族の手によって他の書類と一緒に焼却されたことが分かっているが、散逸した未発見の手紙類はまだ発見される可能性が残っている。収集保管のさらなる手立てが望まれる。

四　ローマ字日記

　ところで啄木の日記といえば必ず出て来るのがいわゆる「ローマ字日記」である。これについては様々な作家や評論家が論評しており、やや食傷気味の観をぬぐえないが最も一般的な評価は「啄木を故意に低く見る傾向はもちろん今もあるが、啄木のこの傑出した日記を簡単に否定することは何人にも出来ないであろう。樋口一葉や永井荷風の日記とともに（中略）日本近代を代表する日記の傑作であり、啄木がのこしたしごとの中で最もすぐれた作品だと思う」（小田切進「石川啄木の日記」『続・近代日本の日記』講談社　一九八七年）というものだろう。

　実はこの「ローマ字日記」は発表当初はあまり評価されなかったと言われる。啄木には最初から彼を評価しようとしない文壇の詩歌人、評論家が現在でもかなりおり、啄木の作品の厳しい批評を繰り返していた。批評と言えば聞こえはよいが、彼らは啄木の作品を頭から低俗扱いし「批評」どころか悪口雑言の類で啄木をこき下ろすことに執心を燃やす。こういう連中はどの分野にも跋扈して意気がっているが、正体は志を失ったただの雑木に過ぎない、兎に角不愉快な存在である。具体的に挙げれば不快感を与えるだけだからここは筆を収めておく。

　そういう中、この「ローマ字日記」に歴史的な評価を与えたのが桑原武夫であったと言われる。その論文「啄木の日記」は全集の八巻に収まっているが、最初に発表されたのは岩波書店版の『啄木全集　別巻』一九五四年に於てであった。啄木日記の全体を詳細に分析した精密なものであり、平易な文章で確かに説得力ある論考になっている。

　「ローマ字日記」は、啄木の生活の実験の報告だが、同時に、彼の文学の実験であることはいうまでもない。それが文学者ということだが、彼は文章の力によって自己を究極まで分析しようとした。そうするためには、その文体は誠実と同時に緊張を要請し、そこに新しい名文が生まれた。「ローマ字日記」は啄木の全要素を含むものであり、日本の日記文学中の最高峰の一つといえるが、実はそれではいい足りない。いままで不当に無視されてきたが、この作品は日本近代文学の誇りとして、最高傑作の一つに教えこまねばならない。あのように赤裸々な生活の描写、それは明らかに自然主義文学が存在したればこそ、可能となったものである。しかし、彼は、「勤勉なる鈍物」（手紙　278）と評した田山花袋のごとくにはありえなかった。自然主義者も赤裸々な生活を描いた。しかし、彼らはそれを常に何ほどかの自己肯定をもって行っている。志賀直哉もふくめての私小説もまたしかり。ただ啄木のみが、生得の、とぎすまされた自意識をもって、自然主義を否定的に媒介し、これを極限まで試験して、それを超越しえたのである。そこには常に新理想主義的ロマン主義が光るものとして、ふくまれている。彼が千束町の女とねて、一瞬の幸福をつかむ、というところにもそれはある。ローマ字を媒材としたことが、この日記を新しき文学として成功せしめたことを忘れてはならない。

桑原武夫によるこうした評価は啄木日記を一気に日本文学の「最高峰」に押し上げる結果となった。さらにこれに続く啄木研究者たちがこの評価を「ローマ字日記」のみならず、啄木の日記全般に増幅させて受け止めたから、啄木日記は瞬く間に日本文学に輝ける位置を占めるようになった。

その口火を切ったのが小田切秀雄といっても過言ではあるまい。氏は全集に毎巻「解説」を書いているが、それは並大抵なありきたりのそれではなく、毎巻が全力を傾注しての労作になっている。啄木への愛着のほどが痛いほど伝わってくる作品といっていいだろう。その小田切が「ローマ字日記」について桑原武夫の一節を引用しながら次のように述べている。

ローマ字日記のなかから四月九日のところの〃智恵子さん！なんといい名前だろう！あのしとやかな、そして軽ろやかな、いかにも若い女らしい歩きぶり！さわやかな声！・・・〃云々というところを引き、

このように甘美で、しかも率直な文体が、今はしらず、当時ありえただろうか。ローマ字でなければ、啄木にも、こうした流露はありえなかったと考えられる。

と指摘しているが、わたしはこの桑原の論にまったく賛成である。（『全集第六巻』）

二人の大御所を前にして恐懼の限りではあるが、私はこの部分の二人の説にはまったく反対である。蟷螂の斧と思って笑って読みとばしてもらって結構だが先ず第一はローマ字で書いた文章を以て日本文学の最高峰という評価について納得がゆかない。日本人の作家の書いたローマ字が何故日本文学の最高峰として位置づくのか。プロの作家であれ

ば日本語で表現すべきであり、啄木は人に読ませたくないという深層心理でこの日記を書いたのであって、それが日本最高の文学と言われることを啄木はむしろ恥じているに違いない。私は偏狭なナショナリストでもないし、ローマ字そのものを否定するものでは決してないが日本文学がローマ字で表現され、これが最高峰と評価されるようでは啄木も地下に安んじて眠られないだろう。

次に啄木の心の恋人橘智恵子への描写、桑原と小田切はべた惚れ状態であるが、やはりこれも日本語だからこそ美しい響きを発するのであってローマ字では興ざめもいいところではないか。しかも、こうした表現がローマ字だからこそ出来たとする両氏の感覚も納得できない。啄木は病気が治り元気になったら国会にローマ字普及法案を提出するつもりと語っていたが、はたしてどこまで本気で考えていただろう。ちなみに土岐哀果の〝NAKIWARAI〟を手にしてみたが、俳句どころか場末の酒場の店名をみているような気になって、とても文芸とは思えなかった。ただ、啄木が賞賛した哀果の句

焼あとの煉瓦の上に
syoben をすればしみじみ
秋の気がする

これは許容範囲というより、こうした表現だからこその技法というべきだろう。

以後、他の啄木研究家の多くは「ローマ字日記」の評価は桑原武夫説と小田切秀雄説を鵜呑みにして〝不当〟な評判を徒に積み重ねていはしまいかと思うのである。桑原武夫と小田切秀雄の学問的功績には敬服するが、啄木の「ローマ字日記」についてのこうした見解だけは反対せざるを得ない。どの世界にも「一犬虚に吼えれば万犬実を伝う」という妖怪が棲んでいるが啄木の世界には無縁でありたい。

五　啄木日記の位相

さて話題を啄木日記に戻そう。「ローマ字日記」はともかくとしてそれ以外の日記については既に日本文学の中に確固とした位置を占めているが、僅か二十六年という生涯のなかで啄木がせっせと日記を書いたのは、十六歳から二十六歳までの十年間であり、最後の日記は亡くなる二週間前で途絶えている。そして最後の上京をはたし小説を書き出して四年目に斃れた。したがって作品の数は多くはなかった。当然のことながら自伝を書くような年齢でなかったから、啄木の生活を知るには専ら手紙と日記に頼るしかなかったが、幸いなことにというべきか、願ってもないというべきかこればかりは夥しい数の〝遺産〟を残してくれた。これによって啄木という人間の生き様や息吹そしてその深層を探る重要な手がかりが私たちに届けられたわけである。

なかでも、それらの資料に基づき石川啄木という人物を丹念に発掘しようとした研究者の一人、岩城之徳の啄木日記観に耳を傾けないわけには行かない。岩城は啄木の日記の特徴を手短に「啄木の生活や思想を考える上に重要な手引きとなり、また、その文学の背景を知る大切な手がかりとして活用されているが、そうした伝記や文学研究の補助資料として読まれる以上に、一箇のすぐれた文学作品として読むことも必要で、他の近代の長編小説に比して少しも遜色のない、すぐれた内容と高い文学性を有する近代文学最高傑作の一つである。」（「啄木日記の全貌」『啄木研究』洋洋社　一九八〇年　第五号）と述べている。

ところで啄木研究の多くの成果は岩城之徳に拠るところが多く、またその仕事ぶりは妥協を寄せ付けない厳しいものであった。ただ、惜しむらくは岩城は己を語ることがほとんどなく、その個人的情報は皆無に等しい。啄木については誰よりも詳細に語った岩城だったが己の生涯を語らずして啄木の後を追った。

啄木日記の書かれた明治三十五年から四十五年にかけての十年間は、啄木の人と文学にとって最も大切な時期であったばかりでなく、近代日本の歴史にとってもきわめて重要な時期であった。したがって、明治後期を最も良心的に生き抜いたこの一文学者の日記は、啄木の伝記や思想を知る手がかりとなり、作品のこれ以上にないインデックスとなっているばかりでなく、近代日本文学史の側面を知る上にも貴重な文献である。

また啄木の日記は立志、挫折、恋愛、結婚、放浪、思想の展開、感情の推移、新詩社を中心とする文壇の動向、大逆事件をめぐる青年の苦悩など、事実に即した明治の青春の再現として興味深く、樋口一葉や永井荷風の日記と共に、わが国における近代文学の白眉といえる。（「同前」）


岩城之徳は啄木研究の第一人者で、国際啄木学会の初代会長も務めた。繰り返しになるが、その氏の生前の動向が杳として判明しない。これほどの仕事を果たした人物の状況が少しも分からないというのは不可思議である。少し横道にそれるかも知れないが、かつて私が柳田國男に匹敵する民俗学者宮本常一の足跡を辿ったことがあるが、これだけの人物に関する論考が全く、ただの一本もないことに唖然とした事がある。現在はようやく宮本研究が進んでいるが、岩城之徳についても同然のことがあるとすれば、啄木に対する学問と研究のあり方が問われる問題と言わざるを得ない。岩城之徳に対する正当な歴史的評価のなされることを切に祈りたい。

六　一粒の麦、地に落ちずば……

啄木の遺した日記は本来は焼却されて私たちが目にすることは叶わない筈であった。焼却の話は妻の節子に語られ、さらに親友の金田一京助に伝えられた。啄木は金田一には念をおして三度も依頼した。その後、金田一と距離を置くようになってからは丸谷喜市に焼却を依頼していた。だから啄木亡き後、よほどのことがない限りこの日記は三人の誰かによって焼却される運命に置かれていた。しかしこの日記は幻でも夢でもなく現に今、私たちの目の前にある。

そう言えば徳冨蘆花も詳細な日記をつけていた。自分が死んだ後は必ずこれを焼いてくれといって妻に誓約させた。妻の愛子は「心配しないで、必ず全部焼いてあげるから」と誓った。ただ、啄木と違って徳冨蘆花は女性たちとの〝不適切な〟関係をローマ字ではなく、日本語であけすけに書きのこした。蘆花が死んで妻は蘆花の約束を実行して焼却しようとした。夫妻は互いに毎日日記を書いていた。それも互いに盗み読みをしていた。だから愛子はその中味を知っていた。数十人以上の女性との生々しい情交の記録に腹を立てた妻は腹いせではなく〝復讐〟としてこれを出版社に渡した。そしてそれは途中に誰からの干渉や障碍も受けずに『蘆花日記』（全七巻　筑摩書房　大正三年）として世に出た。この日記の評判は寡聞にして知らないが、ローマ字で書いたなら、どういう評価を与えられたであろうかと考えてみることがあるが、結論は明白である。二度と刊行を引き受ける出版社は現れなかったろうということである。

ところで、先ほど引いた桑原武夫が啄木日記の焼却の運命について次のように述べている。

私たちは、節子がこれを焼かなかったことに心から感謝する。しかも、啄木の日記が今日私たちの目にふれるようになったのは、たんなる偶然だ、といい切ることもできない。啄木には死後、その遺志に反しても妻をしてこれを焼かしめず、また一たび焼却をまぬがれるや、必ずこれを公刊せしめずにおかぬものがあったのである。それはさしあたり人の心のうちに愛着を生ぜしめる力といっておいてよかろう。フロベールの手紙類が公刊されたさい、愛弟子モーパッサンはこれに極力反対した。丸谷喜市博士その他の友人が公刊に反対された気持ちも、これとひとしく切実ではあるが、それはもはや個人の叫びが歴史の流れをとどめえぬのと同じである。啄木の日記は、残るべくして私たちの手に残った、といってよいであろう。（「啄木の日記」同前）

確かに桑原の言う如く「残るべくして私たちの手に残った」のではあろうが、そういうだけでは啄木の日記が後世にどうして残ったのかという説明にはなっていない。大事なことはこの日記が如何にして「残るべくして」残ったのか、という事実とその過程の解明である。

そして実際その過程には数奇で不可思議な運命や宿命の秘められたエピソードが積み重なって下手な小説やドラマの次元を超越した要因が複雑に絡んでいた。本書はその絡んだ糸を解きほぐそうとする試みである。

あたかも「啄木の日記」という一粒の麦が、もし地に蒔かれなかったなら、私たちはこのドラマを語ることも聞くことも見ることもならなかったろう。

「啄木の日記」という種が地に落ちてやがて穂となり麦になっていくその成長を描けることは啄木研究の冥利に尽きるといって過言ではない。ただ、一方で「余計なことをしてもらっては迷惑千万」という黄泉の国からの啄木の声が気にかかることもまた事実である。

七　日記関連人脈

ところで本書には日記をめぐる様々な人々に登場して貰わなければならない。それらの人々は本書の後先に順不同に次々と出てくるので、啄木愛好家にとっては見慣れた光景であろうが、啄木とあまり馴染んでいない読者にとっては煩瑣で理解しにくいと思われる場合があるかも知れない。そこで一応、ここで主な登場人物の簡単なプロフィルを紹介しておくことにしたい。

1　石川節子

（一八八六・明治十九年―一九一三・大正二年）

啄木の夫人で日記保存に尽くした重要人物。啄木は金田一京助や丸谷喜市に「オレが死んだらこの日記は全部焼いてくれ」と言っていたが、ひょっとした機運から日記は節子の手許に残り、東京を発って函館へ移住した際にもこの日記は節子が持参した。啄木は節子にも日記の焼却を頼んでいたが、節子の強い「愛着」から焼かずにいた。もし、この時、〝忠実〟に啄木の遺言を守っていたなら、この遺産は私たちの前から永遠に失われていた。その意味で節子の〝違反〟というか〝造反〟は私たちにとって貴重な決断だったといえよう。やがて病に倒れて入院した後、節子は宮崎郁雨にこの日記を託して亡くなった。

節子には京子と房江という二人の姉妹のこどもがいたが幼い二人を遺して逝かなければならなかった節子の無念さはいかばかりだったろうか。しかし、残した日記については節子は全く心配しなかった。宮崎郁雨に託しておけば最善の道を選択してくれると信じて疑わなかったからである。それほど二人は固い絆でつながっていた。中にはこの絆を不道徳なものだったと邪推する身内や作家、はたまた研究家がいるが、それは全くの勘違いや卑しい彼らの品格の反映に過ぎない。

節子は啄木を守っただけでなくその日記をも守った。それだけで彼女の貢献は十分である。その人間に不遜な濡れ衣を着せるなどもってのほかというべきである。

2 宮崎郁雨（一八八五・明治十八年―一九六二・昭和三十七年）

宮崎郁雨は金田一京助と並んで啄木の生涯を経済的のみならず精神的に支えた盟友だった。この二人がいなければ啄木はおそらく野に朽ち果てて、今日に至る令名を残せなかっただろう。生前、物心両面で啄木に献身した郁雨は啄木没後もなお啄木のために出来る限りの支援を惜しまなかった。

節子から日記を託された郁雨は岡田健蔵函館図書館長と相談し、函館図書館に保存することで合意した。郁雨は啄木の経済的支援を惜しまなかった人物でもあるが、日記の第二の保管者としての重大な役目をこなした重要人物の一人となった。

節子夫人から預かった日記を郁雨が私的に手許に置かず、図書館に預けようとした点に郁雨の周到な配慮が見られ、今日の永久保存に結びついた。この意味で郁雨の果たした役割は大きい。後にこの日記は娘婿によって出版されるが、その背景には郁雨の仲介のあった事は見逃せない。また、郁雨は啄木一族の墓を立待岬に建て、その傍らに自らの〝奥城〟を築いて啄木一家を見守っている。

3 土岐哀果（一八八五・明治十八年―一九八〇・昭和五十五年）

郁雨と金田一と啄木が疎遠になった時、現れたのが土岐哀果である。啄木が亡くなる一年ほど前に二人は出会い、意気投合して文芸誌『樹木と果実』を創刊しようと東奔西走するが心ない印刷所に裏切られ、刊行はならなかった。そして哀果と啄木の関係はむしろ啄木が亡くなった後にその絆が深まるといっていい。啄木亡き後の節子の相談役になり、また多忙な新聞社勤めの合間をぬって啄木の遺稿の整理、出版を行った。なかでも新潮社に働きかけて刊行させた『啄木全集　全三巻』はたちまちのうちに版をかさねベストセラーになり、啄木の名は一躍世に躍り出た。啄木の今日あるのは哀果のこの献身の賜《たまもの》である。

ただ、日記に関しては哀果の出番はあまりなかったが、改造社が新潮社から買い取った『全集』の版権移譲問題では石川家のために一流の弁護団を作って版権を守っている。後に娘婿石川正雄が日記の公刊を図った時も表に出ず、正雄が出した文芸誌『呼子と口笛』に歌の選者として名を連ね、啄木との生前の盟約を果たしている。

4 岡田健蔵（一八八三・明治十六年—一九四四・昭和十九年）

根っからの図書館人で、啄木と知り合うのは函館苜蓿社で、一目見て啄木の才覚を見抜き、以来注目するようになるが、啄木との関係は啄木亡き後から始まる。郁雨と相談し浅草の寺に眠る啄木、母カツ、長男真一の遺骨を函館に運び、日記を図書館で保管したのはこの岡田健蔵である。また、啄木文庫を創設し、日記以外の啄木資料の収集を積極的に推進した。墓の建設には郁雨と協力し、いつしか函館が啄木の「聖地」となったのは岡田健蔵ぬきでは語れない。それまで木造だった図書館をコンクリートにしたおかげで函館大火から貴重な文献資料の類焼を免れた。その英断がなければ日記も永久に見れなかったろう。

ただ日記の保管に関しては当初は石川家の人間にも見させず、何者であろうと閲覧を認めなかったが、昭和初期になって岡田の独断で門外不出のこの日記の閲覧を認めるようになった。そして日記の公開と公刊を望む声が出てくるようになると全国向けのNHK放送で改めて公開と公刊を全面的に否定し、世論の批難を受けた。日記が公刊されるのは岡田が亡くなった四年後のことである。

5 金田一京助（一八八二・明治十五年—一九七一・昭和四十六年）

もう改めて説明が要らないほどに啄木と金田一京助の間柄はあまねく世間に流布しているから、ここでは啄木の語り部としての一面について述べるにとどめよう。金田一という人物は誤解されるような性格の人間ではないが、いまなお一部に啄木を神聖化し、誇大な評価をしようとしているとして批判されることがある。

金田一が啄木の語り部として世間に姿を現すのは昭和一年代で、土岐哀果の編んだ全集が大ベストセラーになり一躍国民的人気を勝ち得てからであるから、その人気に便乗したものだという心ない説を唱える者が出てきてもおかしくはない。しかし、啄木の人気が出て来るようになると逆にウソや人格を否定するような出鱈目な話が横行するようになった為、金田一が重い口を開いて啄木の実像を語り出し始めたというのが真相である。ただ、啄木晩年の思想については岩城之徳と金田一の間で大論争が展開されたが、この部分だけは金田一の分が悪い。啄木は家庭内では絶対君主であり、社会主義思想とは最も縁遠い人間であったから、金田一が言うように思想的に〝完成度〟が高くなったとする説には組みしがたい。

いずれにしても、金田一と郁雨がいなければ日記公刊問題は円滑に進まなかったことだけは確かである。なにしろ二人は言ってみれば日記の当事者である。この二人の諒解と賛同なしに日記の公刊はあり得なかった。刊行責任者である石川正雄には一応「私見」を具申したが、それ以上の制約はせず、正雄に託した二人の態度は美事というしかない。

6 丸谷喜市
（一八八七・明治二十年―一九七四・昭和四十九年）

啄木の研究家や愛好家たちの間では丸谷の名が出てくることはほとんどない。出てきたとしても、それは丸谷を否定的にとらえたものばかりである。そのうえ丸谷は無口で啄木のことをほとんど語らず、また弁解もしなかったから余計に誤解されている。

丸谷は宮崎郁雨と同期生で、函館時代は交流がなかったが東京高等商業（一橋大）に入学した頃から啄木とのつきあいが始まる。金田一京助や宮崎郁雨と疎遠になった頃のことで啄木は丸谷に全幅の信頼を置いている。郁雨の〝不倫騒動〟では啄木と郁雨の仲裁をしたり、体力がなくなってペンを持てなくなった時には代筆するなど信任は厚く、死を覚悟した啄木は枕元に丸谷を呼び、日記焼却を頼んでいる。

日記問題では当初は焼却を強硬に主張していたが途中で公刊説に傾き啄木研究家からその〝変節〟を批判され評判は芳しくない。しかし、それは単純な変節ではなく、啄木の最晩年に付き添い啄木を知り尽くした人間が苦悩と熟慮の結果生み出した結論だった。それゆえ丸谷を責めるのは穏当ではない。本書ではこの視点から丸谷を再評価する持論を展開する。

7 吉田孤羊
（一九〇二・明治三十五年―一九七三・昭和四十八年）

啄木研究では岩城之徳と並ぶ第一人者である。ただ岩城之徳は文献実証主義派の学術肌だが、吉田孤羊は啄木をめぐる人脈を踏破し、生の声を聞き取り、それから成果を上げたいわば現場主義者であった。また、函館図書館に秘蔵されていた日記を最初に手に取りメモを作成した〝開拓者〟でもあった。このことについては後に詳しく述べるが、実は孤羊はあっと驚くような奇策を講じている。下手な小説を読むより手の込んだこの奇策を本書では初めて明らかにしよう。日記の公刊は彼自身の手によって為されなかったが、公刊の足がかりを作ったのは他ならぬ吉田孤羊であった。その功績については動機はどうであれ率直に認めなければなるまい。

孤羊は生涯のうち、二度にわたる「啄木全集」の編集に関わった。一度目は改造社が新潮社版を買い取って出した『石川啄木全集　全五巻』(一九二八・昭和三年)と、同じ改造社から出した『新編石川啄木全集　全十巻』(一九三八・昭和十三年)である。一度目は金田一京助、土岐哀果が監視役として監修者になっていたが、二度目の全集ではれっきとした編集責任者に格上げされ、孤羊の望むような編集が出来たが一点だけは当てが外れた。それは函館図書館でメモってきた日記をなんとか入れようとしたが不可能になったことである。さしもの孤羊も社長が下した判断には逆らえなかったからである。

また、彼は啄木の娘京子と結婚し、石川家を継いだ石川正雄と昵懇になり、その関係で『呼子と口笛』という啄木が果たせなかった文芸誌を発刊し、啄木の遺志を継ごうと努力する。しかし、正雄とは思想的対立がもとで結局、孤羊は手を引く。

石川正雄については別途、一章を設けて論じたので本章では割愛する。

II

日記は如何に生き長らえたか

公開さ れぬ啄木の日記
理由に就いて岡田函館圖書館長の公開狀
死んだら燒却すべし
遺言を繞り丸谷博士と論爭
岡田氏は公開の方

啄木日記の刊行は難航した。公開の是非をめぐってマスコミ界も大きく取り上げた。「公開されぬ〝啄木の日記〟」として岡田健蔵函館図書館長の公開問題を報ずる『報知新聞』（昭和 14 年 4 月 15 日）

一　啄木の死

啄木は一九一二（明治四十五）年四月十三日午前九時三十分、函館の宮崎郁雨が用意してくれた東京小石川久堅町の借家の一室で妻節子、室蘭から駆けつけた父一禎、若山牧水の三人に見取られて旅立った。二十六歳と二ヶ月の薄幸な生涯であった。葬儀の前後については前著『石川啄木という生き方』で既に述べたのでここでは触れないが、この時の啄木の遺産らしきものと言えば国禁の本数冊、書きためた未発表の原稿（評論、小説、詩歌等）そして十四冊の日記だけだった。

葬儀後、節子の周囲には京子と無口な義父一禎の姿しかなかった。時折、京子の元気な声がするだけで室内は森閑としていた。妊娠八ヶ月の身体を抱え、夫を失った節子の不安はいかばかりであったろうか。明日の見通しも立たず孤独にさいなまれる日々のなかで今は身近に相談する相手もいない。

啄木が危篤に陥った十三日枕元に駆けつけ状況を悟った金田一京助は出版社にとって返し自分の印税の前借りをし十円を啄木の手に握らせた。啄木はやせ細った両手を合わせて金田一に黙礼した。そして「あとを頼む」と言った。その光景を見ていた節子は金田一に深々と頭をさげて涙をながした。

何かあれば金田一に相談できる、というのがこの時の節子の思いであった。ところが金田一は浅草等光寺での啄木葬儀の翌日、盛岡の実父が危篤になり、その電報をみて急遽盛岡に帰郷していた。

この時の状況を金田一は次のように語っている。

勿論私は、啄木の死んだ日に、「ああ、あの日記・・・」と思わないではなかった。併し、死という生々しい現実を前にして、その取り込み中に、「節子さん、あの日記を出して下さい、私が託されて居ましたから」とは言い出しかねた。一つには節子さんから「あなたへ託すように主人が遺言して居ましたから」とでも言って、渡されるものと思って居たからでもあった。翌日は火葬場へ、その翌日は、葬式と、忙しく過ぎたから、いずれ、あとで、話し出してと思って、まだ言い出さないうちに、私は郷里から、「父危篤、すぐ帰れ」という電報を受けて、あわただしく帰郷した。併し、父の病気は長びいて、五月に入り、私は毎日枕頭で、憂悶の日を暮らしてしまった（以下略）（「妻にも見せられない日記」一九四七年『金田一京助全集』第十三巻所収）

このため相談相手を失った節子は知り合って間もない土岐哀果を頼るしかなかった。哀果には義母カツ、長男真一の葬儀で世話になっていて信頼できる相手だった。浅草等光寺で葬儀を終えた二日後、節子は土岐哀果に次のような手紙を出している。（引用は土岐哀果『啄木追懐』から、以下同じ）

拝啓
この度は一かたならぬお世話をいたゞき、おかげを以て万事取りかたづけ候事何ともありがたく厚くお礼申上候さて何とも申上げかね候へども、少し御相談も致し、お願ひも致さねばならぬ事御座候間、おひまもおはさず候べけれど、御用おくりあはせられ、御都合のよき時一寸御こし下され度願ひ上候

早々

ところがこの時、駆け出し記者の土岐には自由な時間もカネもなかった。急いで返事を出さなければとおもっているうちに十日が過ぎていた。この間、節子は必死の思いで孤独感と寂寥感と闘いながらこの苦境から如何に脱出しようかともがいていた。並の人間なら圧迫感で神経をやられてもおかしくない。この辺りは気むずかしい啄木を相手にしてきた妻ならではのこと、ある程度の打開の目途を立てて土岐に第二信を書いた。

拝啓
其の後の事につきぜひいち〳〵御耳に入れ度と思ひ居り候へど、御存じの通り人手なく、それに父は二十二日室蘭に向ひ出立致し候、何だか筆とる気にもなれず、遂失礼致し居り候、本月一ぱいにて思ひ出多きこの家を去り、房州北条に転地致し度と今取りかたづけ中にて候、お話し下されし、故人の書きちらしたるもの、一度御覧に入れ度、おひまもおはさず候べけれど、明日にても一寸お越し下さるわけには参らず候や、くわしき事は御目もじの上に申上べく候

早々

義父一禎が東京を去るとき「少ないがこれしかないでのう」と言って銅銭数枚を節子に渡して北海道に戻っていった後、節子は女手一つ誰にも相談せず、東京を去り千葉の房州北条に転地して療養と出産の見通しをつけている。このあたりも節子のたくましさを感じ取ることができよう。

この手紙を読んだ土岐は取るものも取りあえず小石川久堅町に向かった。

ここで少し話が前後するが節子が土岐へ第二信を書く以前、土岐は金田一の訪問を受けていた。その時のことを金田一は次のように回想している。

死後の跡始末はすっかり土岐氏の御世話になったので、遺稿は土岐氏へ、遺書は金田一へと、二人へ啄木の遺品が分けられたそうで、わざわざ節子さんが持ってあいさつに見えたと言って、十数冊の赤本が届いて居た。早速、土岐氏に逢って、「啄木の日記は？」とその行方を尋ねたら「何でも節子さんは、啄木が丸谷君へ頼んであったのに、その丸谷君が今こっちに居ないので、帰られるまで、お預かりすると言っていたよ」ということだった。（「妻にも見せられない日記」同前）

この回想には興味深い二つの事実が含まれている。一つは葬儀後、節子がわざわざ本郷森川町の新婚の金田一家をおとずれ京助には大学出講中で会えなかったが夫人に啄木の「赤本」つまり国禁の本を直接手渡したということ、焼却を依頼されたもう一人の当人丸谷喜市が不在だったということである。前者の事実は節子が金田一京助から受けた深甚な恩恵への節子の別れを告げた最後の挨拶だったということを意味し、後者のそれは日記が節子の許にあることが確認できたという事である。後者の件については土岐の「蔵書の方を金田一京助君が、原稿の方を僕が預かつて、保管しやうといふことになつてゐたのだ」（『啄木追懐』前出）という証言と一致する。

話を土岐の節子宅訪問にもどそう。もう一度確認すると土岐が節子宅を訪ねたのは一九一二（明治四十五）年四月二十八日のことである。玄関に上がるや否や土岐は〝大事件〟を目の当たりにする。


その玄関の座敷の薄暗い光の中に、節子さんはぐつたり影のやうに坐つて、呆然自失してゐた。

「どうしたのです、何か事件が？」

僕は唯事でない情景を眼の前に、立つたままかう訊いた。

節子さんは急に泣き伏してしまつた。見ると古びた柳行李が、からのままになつて、木綿の肌着などがとり乱されてゐる。

「どうしたのです？」

節子さんは艶のない蒼ざめた顔をどんよりと上げて、呼吸をはずませながら、今、つい今、空巣狙ひがはひつて、やつと一つ、詰め込んで、縄をかけておいた柳行李をそのまま持つていつてしまつたことを語つた。実に僅かなあひだのことなのだ。台所道具も無くなつた後の夕食に、京子さんと二人、蕎麦でもとらうと、近所の蕎麦屋へ註文に行つて、すぐ帰つてくると、もう柳行李がない。

運命の手に良人を奪はれた節子さんは、今また、最後に遺された物質的な殆んどすべてを奪はれてしまつたのだ。ほんの十分か十五分のあひだのことで、おそらく空巣狙ひが節子さんの外へ出るのをねらつてゐたとしか考へられない。それでも、まだ、外へ出るのだからと、せめて外へ出られるだけの身なりをして蕎麦屋へ行つただけに、旅にゆく着物だけは体につけてゐた。それと、こんな事件で、不幸の中の幸といつていいことは、次ぎの座敷においてあつた故人の蔵書 ―蔵書といふほどでも無い十幾冊かの汚れた一重ね ―これが啄木最後の蔵書の一切だつた ―のほかに、故人の原稿の一重ねが、空巣狙ひに持つてゆかれなかつたことだつた。これは蔵書の方を金田一京助君が、原稿の方を僕が預つて、保管しやうといふことになつてゐたのだ。

蕎麦屋は、そんな事件のあつたと知るよしもない。台所へ運んで来た。節子さんは、それをまづ京子さんにたべさせ、僕にもすすめてくれたが、僕は箸をとる気にもなれなかつた。やがて薄赤く点つた電灯の下で、僕はそれから後の相談を受けた後、いくら慰めても慰めやうのない気分の中に、親子の影を遺して、早くおやすみなさいといつて帰つた。（同前）

このくだりは前著『石川啄木という生き方』でも引用したのだが、ここは日記が紛失する可能性があった重要なところなので敢えて再びここに採った。この時、節子の柳行李でなく隣室の行李であったならその蔵書や原稿そして日記は永久に紛失した可能性は否定出来ないのだ。また、節子がさっさと日記の入った行李を手早く縄をかけて結えていたら盗難は一つにとどまらず二つとも略奪された可能性もあった。或いはこの空巣は蔵書の入った行李をみて土岐すらも感じていたように薄汚れた本類をみてカネにならないと判断したのかもしれない。しかし、いずれにしても日記の入っていた行李が盗まれなかったのは幸運としかいいようがない。とにもかくにも、かくして啄木の日記の受難は回避されたわけである。これは日記が守られた最初の〝奇跡〟であった。

二　日記と環境

　啄木の日記について、ここでは少し異なった視点からその存在を見てみたい。というのは日記というものを書く場合、誰も身に覚えがあると思うが、先ず書く内容以前に気にするのは人目につかないようにすることである。一人きりで居住する場合は別として家族と一緒の場合は特にこのことが重要な要素になる。仮に書く内容が人に見られて差し支えないようなものであっても日記は自分のものだけに取って置くべきものと考えるからであろう。

　したがって日記を書くための外的条件の一つに人目に見られずにかけるという環境が必要ということになる。啄木は生活環境がかわる度に新たな日記を書き起こしている。しかもその生活環境たるや啄木の場合は渋民村から出て以来、函館、札幌、小樽、釧路と転々と変わり、文学的運命を掛けた最後の上京ではその下宿も下宿代を溜めては追い出され次々と変えなければならなかった。啄木の終の棲家《すみか》は親友の宮崎郁雨が斡旋してくれた一軒家であるが、そことても六人家族が六畳二間という中での暮らしで、啄木には個室もなく雑然とした中で、みんなが寝静まった時間でなければ日記の扉を開けることは出来なかった。それでも病魔が進行して筆をとれなくなるまで日記に執着して筆をとり続けたのだった。

　ここではその環境と日記の相関だけについて簡単に整理してみる。

『秋韷《しゅうらく》笛語』

　啄木最初の日記。盛岡中学退学後、文芸で身を立てるべく単身上京、途中で病を経て帰郷するまで。この時、啄木は東京市内小日向《ひゅうが》台三丁目大館みつ宅に逗留。床の間付きの七畳、一人住まいだから日記を書く環境としては問題はなかった。この時は親の仕送りがあり、案外気楽に過ごしていた。しかし、文壇進出の見通しがたたず、病に罹って父一禎が連れ戻しにきて無念の帰郷となったものの日記を書く条件は整っていたことになる。この時に使っていた雅号は「白蘋」であった。

『甲辰詩程』

　病を得て帰郷したが、順調に回復、宝徳寺庫裡の庭園を眺める啄木庵と名付けた床の間付き六畳の部屋で詩作に耽り、作品は殆ど『明星』に掲載され、また岩手日報に評論を投稿するなど詩人としての地歩を築き上げていった。友人達を招いて明け方まで歓談、また恋人節子との婚約も成立するなど啄木の生涯のなかで最も恵まれ充実していた時期にあたる。そのせいか「日記としては単調でもあり啄木の特色が十分に発揮されてるとは言いがたい」(岩城之徳「解説」『全集』八巻)という指摘がなされているが、逆に言えば緊張感を持たずに済んだ時期の特徴がよく現れている日記とも言えるわけだ。しかし、周囲を気にせず経済的な心配もない日々は十二月をもって終わる。父一禎が宝徳寺住職を宗費不払いの角で罷免され、一家は苦境に立たされるからである。

MY OWN BOOK FROM MARCH 4.1906 SHIBUTAMI 『渋民日記』

この日記以降、啄木苦難の日々が記録される日記となる。父の免職により啄木は盛岡を離れ故郷の渋民村に妻節子、母カツと三人、渋民の農民斉藤方の六畳一室に移転。「この一室は、我が書斎で、又三人の寝室、食堂、応接室、すべてを兼ぬるのである。あゝ都人士は知るまい、かゝる不満足の中の深い味を。」(「三月四日」『同日記』)このように六畳一間の三人暮らしが始まる。にも関わらず『甲辰詩程』に見られなかった様々な思索や考察が子細に綴られている。おそらく啄木はこの日記は母と妻が眠っている間に書いたのであろう。時に白昼堂々と書くこともあったが、それは代用教員時代のこどもたちのことや文芸に関するもので、同僚の堀田秀子のことなど多少の〝秘密〟はみんなが寝静まったときにあたりに気を配りながら書いたに違いない。家庭環境の激変、啄木がそれを最も鋭く感じたのはこの日記を書く時だったように思う。

『明治四十丁未《ていみ》歳日誌』

この時期の啄木は「一月―渋民、五月―函館、九月―札幌―小樽、極月―小樽」と日記裏に記されている通り渋民村から北海道各地を転々とする流浪の日々が始まった年であった。函館苜蓿社に仲間入りし、函館日日新聞記者となって渋民以来離散した家族を函館に呼び戻し、宮崎郁雨という無二の親友を得て生活も安定して順調な滑り出しに思えたところ八月二十五日の函館大火で新聞社も代用教員をやっていた弥生小学校も焼失、やむなく札幌、小樽の新聞記者を転々とせざるを得なくなった。小樽では野口雨情とデスクを並べたが、事務長と喧嘩になり暴力をふるわれて辞職するまでの日記で、この間、啄木の家庭環境は函館では六畳二間に母、妻、長女、妹都合五人で混み合う雑居状態、札幌は函館の苜蓿社仲間の一人向井永太郎の下宿七畳に同居、小樽でようやく親子三人で六畳二間となり日記をゆっくり書ける状態ではなかったが、それでもこまめに日記を書き続けることは止めなかった。

『明治四十一年戊申日誌』

「其一」小樽を出て釧路に向かい釧路新聞社からほど近い関サツ方二階の八畳間に一月二十三日に入った啄木は「よい部屋であるが、火鉢一つを抱いての寒さは、何とも云へぬ」と書いている。釧路へは先ず単身で赴任し落ち着き次第小樽から家族を呼び戻すことにしていた。ところが芸者遊びの味を知った啄木は家族にロクな仕送りもせず〝酒池肉林〟に溺れ放蕩三昧の生活に明け暮れる。実質的な編集長として辣腕ぶりも発揮したが時間とカネの大半は芸妓たちに注がれた。ただ感心して止まないのは日記をつけることだけは忘れなかったということである。

「其二」東京に出て苦闘の日々の記録。五月四日、金田一京助の世話で本郷の菊坂町の「赤心館」(六畳)『窓を開けば、手も届く許りの所に、青竹の数株と公孫樹の若樹」という快適な環境だったが下宿代未払いのため再度金田一の斡旋で九月六日、本郷森川町の「蓋平館」の三階(三畳半)「虫の音が遙か下から聞えて来て、遮るものがないから、秋風がみだりに室に充ちてゐる」というように心許せる最大の友金田一の隣にいて環境的には申し分がなかったが、なにしろ書いてもかいてもその小説は売れない。精神的に追い詰められて自殺まで考えるようになる。そしてここでも日記だけは書き続けるのだから、これは日記症候群ともいうべき執着心の現れといえよう。

「其三」ある程度自信を持って書いた小説「天鵞絨」と「二筋の血」は体よく出版社から返され意気消沈する、おまけに下宿代を未払いのため大家や女中と衝突し投げやりな日々に明け暮れる。気の毒に思った金田一京助が自分の書籍を売り払い、当時東京で最も高級とされていた蓋平館に転居、啄木は三階の見晴らしのいい三畳をあてがわれる。しかし執筆意欲は沸かず、無為徒食の生活。植木貞子とねんごろな仲となるが、やがて貞子に飽きた啄木が邪慳にしたため怒った貞子は啄木の部屋から日記や原稿を持ち出し、日記の一部を破いて捨てるという事件に発展する。またこのころ九州の女流歌人の卵菅原芳子と知り合い啄木の熱烈なラブコールが始まる。北原白秋を知りその才能を高く評価。親友の金田一が国學院の講師になって喜ぶ。しかし、啄木自身の生活の不遇は変わらず「予には才能がありすぎる。予は何事にも適合する人間だ。だから何事にも適合しない人間だ」(九月四日)と嘆く。読売新聞記者に応募したり万朝報へ懸賞小説に賭けてみるが成功せず。ただ、十月に入って毎日新聞に連載小説掲載の話が飛び込んでようやく生活への曙光が差し込んでくる。しかし、北海道においてきた家族から早く呼び戻してくれという催促の声が啄木の心をかきむしるようになる。

「其四」「毎日新聞」掲載の「鳥影」は順調だった。しかし、心頼みしていた前借りは出来ず、相変わらずの友人たちから細切れの借金で日をつなぐ。十一月三十日、待ちに待った原稿料が入った。車夫を使って都内を走り回り、友人たちに借金（の一部）を返す。女中に二円、大家に初めての支払い二十円。数日で手許にはほとんど残らず、たばこ代を借りる日常に舞い戻る。節子からは上京を促す手紙がきて啄木は焦るが、この頃は浅草搭下苑に浸る日々が続いて、返事すら書かない。十二月になると釧路で馴染みとなった小奴が上京、ほぼ毎日のようにデートを重ねる。釧路時代は「兄と妹」だったが東京では「男と女」になった観がある。この年の日記は十二月十一日で終わっているが、「明星」廃刊の節目に立ち会い、鉄幹や晶子との暖まる交友など、これまでの日記のなかで比較的おだやかな雰囲気を漂わせた色彩となっている。

『明治四十二年当用日記』

一九〇八（明治四十二）年十一月一日、啄木の小説「鳥影」が東京毎日新聞に連載開始。悲願の文壇進出と思われたが初めてもらった原稿料は浅草の紅燈街で使い果たし、再びどん底の生活に舞い戻る。その荒んだ生活が綴られる。下宿は蓋平館のまま。四月三日より六日まではローマ字で書かれている。

『NIKKI. 1 MEID 42 NEM. 1909 ローマ字日記』

言うまでもなく啄木の文学的地位を不動にしたと言われる作品となった。基本的には浅草紅燈街での買春日記とも言えるが切羽詰まった暮らしとともに精神的、肉体的に荒廃した状況が綴られる。ただ、この時期、北原白秋との交友が啄木を辛うじて支えた。

『明治四十三年四月より』

これには「本郷区弓町二丁目十八、喜之床（新井）方にて」という副題がついているが、その記述は二十六日間のみである。啄木がこのように日記に長期間の〝空白〟を置くのはこれが初めてである。この件は次項を参照されたい。なお、啄木はこの年の記録を『明治四十四年当用日記』の末尾に「明治四十四年当用日記補遺」として「前年（四十三）中重要記事」を起してこの年の記録を補完している。

〝日記の中断〟
（明治四十三年四月末から同年末まで）

日記〝症候群〟であった啄木の日記に一つの〝事件〟ともいうべき事がこの期に起こった。それはいかな経済的、肉体的、精神的な困難下であってもほとんど欠かすことのなかった日記がこの期間、中断されているからである。それも紛失や散失という現象的問題ではなく、また疾病や入院というような要因でもない。明らかに啄木が自らの意志で決断した故の〝空白〟と見るべきであろう。思うに一人暮らしを続けてきた啄木が、いきなり六畳二間で家族五人と暮らすようになり、啄木自身が居場所を失ったために周囲を気兼ねして日記を書くことに不自由を感じたために一時の〝放筆〟となったのだろう。

『明治四十四年当用日記』

この年二月、啄木は慢性腹膜炎で入院、手術を受け退院するが発熱に悩まされる日々が続いた。しかし、啄木は病室で日記を書き、友人達に手紙を書いている。病室は三人。手術の日ですら日記を欠かさないのだから正真正銘の日記症候群だ。しかし、全体が短めで往年の力が失われていることは否めない。なお、この日誌にはいくつもの切り取られた痕跡があり、誰が切り取ったのか、また失われたそれらの頁の殆どが未だに発見されていない。

『千九百十二年日記』

啄木〝晩年〟の棲み家東京小石川区久堅《ひさかた》町の一軒家に残した最後の日記である。母、妻、啄木の三人が病に罹り急な階段のある二階の喜之床では病状が悪化するばかりと心配した宮崎郁雨の計らいで移った新居は「門構へ、玄関の三畳、八畳、六畳、外に勝手。庭あり、附近に木多し。夜は木立の上にまともに月出でたり」（「八月七日」同）渋民村宝徳寺以来、最も〝贅沢〟な〝家〟であった。ようやく書斎を持つことが出来たのに〝お迎え〟は目の前にやってきていた。無念の日記は二月二十日で閉じられている。

三　主《あるじ》なき日記の保管

1 遺品の盗難

〝晩年〟の啄木は親しかった金田一京助や宮崎郁雨、あるいは与謝野鉄幹とも絶縁状態となり、周囲にはほんの一握りの友人しか居なくなっていた。例えば土岐哀果、丸谷喜市、若山牧水などであり、朝日新聞の佐藤真一（編集長）や杉村楚人冠（外報部長）などが啄木の生活を支援し、辛うじて糧道を繋いでいた。

土岐哀果が読売新聞に書いた「啄木危篤状態」という記事を読んだ金田一京助は居てもたまらず入手したばかりの翻訳の稿料を握って病床の啄木を訪れる。半年以上も会わなかった二人だったがその恩讐も氷解して手を握り合った。その病床にいたのが若山牧水である。電報で呼び出された父一禎が室蘭から駆けつけていた。一九一二（明治四十五）年四月十三日午前九時三十分、啄木は妻節子、一禎、牧水に見取られて旅立った。國學院の講義を終えて駆けつけた金田一はとうとう間に合わなかった。一年前に長男真一、二ヶ月前に母カツを亡くした啄木はあたかもこの二人を追いかけるように黄泉の世界に逝った。

葬儀一切の世話は牧水がした。遺骨は土岐哀果の兄が住職を務める浅草等光寺に埋骨された。牧水は節子に深々と頭《こうべ》を下げて無言で別れを告げた。一禎は「すまんのう」というメモを居間のテーブルに残して悄然と去った。

葬儀を終えた土岐哀果と金田一京助は節子と啄木の遺品の扱いを話し合った。といっても節子のもとに残されたのは二つの行李、一つには啄木の日記と何冊かの〝国禁〟の書が入ったもの、もう一つは節子と長女京子の衣類がはいったものだった。土岐と金田一はそのうち引き取りに来るからと言って別れた。数日後、土岐が一人で節子を訪ねたときのことは既に先に触れた。実は節子の身の上に大きなドラマが起きていた。今後のことを相談したいという手紙が土岐にあり、四月二十八日というから葬式から二週間ばかり経って、土岐が久堅町に節子を訪ねたときの〝盗難事件〟のことである。

この話には後日談があり、この空き巣泥棒は後に盗んだ衣類を匿名で送り返してきた。盗みには入ったものの継ぎ接ぎだらけの衣類をみて忍びなくなったからであろう。それにしてもこの泥棒が次室に入らずに済んだ偶然に感謝したい心境になってしまうのは私だけであろうか。

思うのだが、この時、この泥棒が日記の入った行李を持って行ったなら、どんなことになっていたろうか。同じボロでも日記や古ぼけた書物は泥棒にとってはむしろ本物のボロだろう。継ぎ接ぎだらけの衣類は憐れんでこれを戻す気になりはしたが、辛気くさい日記や書物は憐れみどころか憤りを覚えてその辺りの空き地に放置された可能性は捨てきれない。少なくとも現在私たちが目にすることができる啄木の貴重な文化遺産に手を付けなかったこの泥棒にもその〝功〟の一端を認めてやっていいかも知れない。

2 節子の保管

一旦、土岐哀果の手に保管された啄木の日記であったが、その所在が落ち着くまでにはいくつもの曲折をくぐり抜けなければならなかった。繰返し言うが、それはあたかも啄木の辿った流浪の生涯を象徴するかのようであった。

前節で啄木の遺品中、蔵書は金田一京助、原稿は土岐哀果に引き継がれたと書いたが、正確に言うと哀果へ渡った原稿とは「呼子と口笛」や「時代閉塞の現状」など未発表の詩四十本、評論感想十六本であり、日記は節子の手許におかれた。節子は啄木が日記をつけていることは知っていたが、これを読んだことは一度もなかった。啄木はローマ字日記を始めた理由の一つに節子に読ませたくないからだと言っているが、代用教員の資格を持つ節子がローマ字を読めないはずがない。むしろ私は節子より両親に見せたくなかったからだと推察している。両親はローマ字を読めなかったが、特にこの期間の啄木の心の荒廃をにおわせることの〝日記〟自体を親の目から遠ざけようとした結果の作品のように思えてならないからである。

節子は日記を書く啄木の姿は見たが中を覗くようなことはしなかった。なにしろ啄木の意に反することをしようとすればたちまちその逆鱗に触れることを一番よく知っていたのは節子である。その暴君ぶりを知っていたから節子は日記の〝に〟の字も口にしなかった。その証拠に啄木は金田一京助や丸谷喜市には何度も「オレが死んだらこの日記は必ず焼却してくれ」と依頼しているが節子にその頼みをそれほどはっきりと言葉に出さなかったからである。

そして節子に預けられた日記はさらなる偶然から処分をされずに守られることになるのである。実は啄木の亡くなる一、二年前から金田一は啄木と疎遠になり啄木から『一握の砂』が送られてきても礼状すら出さなかったほど二人の間柄は冷え切っていた。この間に啄木が信用して頼ったのが丸谷だった。啄木は丸谷にも再三日記の焼却を口頭で依頼している。もし、丸谷が啄木の死後、傍らにいたなら丸谷は躊躇わずに啄木の日記をすべて焼却した筈である。ところが幸か不幸か、その丸谷はその時、葬儀にはでられなかった。

その経緯を金田一京助が次のように述べている。「四十五年四月十三日、啄木の死んだ時は、その丸谷氏は留学中で、東京に居られなかった。その為に、日記が宙に浮いてしまったのである。」(「妻にもみせられない日記」『金田一京助全集　第十三巻』三省堂　前出　傍点筆者)

ここに出てくる丸谷喜市については啄木日記の公開に関するキィーマンの一人なので別途に言及しなければならないが、この丸谷が葬儀に顔を出していれば今私たちが目にする啄木の日記にはお目にかかれなかった可能性があった。つまり丸谷によって焼却される確率が非常に高かったからである。

また、金田一の父が危篤になったことも日記の命運に大きな影響を与えた。というのも金田一が東京を離れず啄木の葬儀の後始末に関わっていたなら、必ず日記の処分について節子に話を持ち出したに違いないからである。金田一は何度も口頭で日記の処分を依頼されていたから、律儀な性格の金田一がこの話を節子に持ち出さずには居られなかった筈なのだ。そして金田一が父の葬儀を終えて東京に戻ったときには節子は啄木の日記と共に房州へ移転していたために、この日記の命運は節子の手に委ねられることになった。

金田一が啄木から日記の扱いについて依頼された言葉は次のようなものだったと言う。「今私が死んだら、日記はあなたに遺すから、あなたが読んで、これは焼いた方がよいと思ったら、焼いて下さい。焼かなくてもよいと思ったら焼かずにも、そこはあなたにお任せする。」(「前出」)

金田一の記憶によれば、こういうことをいわれたのは三度あると言う。一度目は京橋の踊りの師匠の娘植木貞子が上京してきたばかりの頃、下宿に上がり込んで男女の仲になり、あまりしつこいので追い出すと仕返しに啄木の日記を持ち出すという〝事件〟を引き起こした。なんとか日記は戻って来たが植木貞子に関する部分が引きちぎられていた。日記の命運の危機を目の当たりにした啄木は冷や汗をかきながら金田一に日記の命運を托したのである。二度目は本郷蓋平館時代、書いても書いても小説が売れず、自殺を考えるまで追い詰められた啄木が金田一に日記の処分を口にした。三度目は啄木のあまりの横暴さに愛想をつかした節子が無断で実家に帰ってしまう、周章狼狽した啄木が金田一に泣きついて「どんな悪口を言ってもいいから戻るように手紙を書いてくれ」と自虐的な態度を示した時だと言う。

これほど明確に日記の扱いについてその出自を語っているのだから、啄木が金田一に言ったことを疑うのは筋違いかも知れないが、ちょっと引っかかるのは啄木がその処分を、焼いてもいいいし、焼かなくともいい、と言って金田一にその処分を一任するとしている点である。

ところが啄木が日記の処分を托したもう一人の人物、丸谷喜市には「オレが死んだら日記は必ず焼いてくれ」と言っている。その丸谷喜市とはどのような人物で啄木との関わりはどうだったのか、整理して見よう。

3 丸谷喜市

かいつまんで言えば丸谷喜市は一八八七（明治二十）年函館市に生まれ函館商業学校に入る。同級に宮崎郁雨がいた。神戸高等商学校に、一九一〇（明治四十三）年神戸高等商学科卒後、東京高等商業（現一橋大）進学。この頃より啄木と交友が始まる。明治四十四年の日記には丸谷の名が頻繁にでてくる。酒食を奢ってもらったり時に一円から十円と借金を繰り返しているが、啄木は思想的にウマがあう人間と評価して大逆事件関係の情報を伝えたり〝晩年〟に土岐哀果と企画した『樹木と果実』では実務上の編集の協力を惜しまなかった。とりわけ啄木と郁雨との間に起こった〝不倫〟疑惑では喜市は両者の間に入って仲介の労をとり郁雨に義絶を勧め郁雨はこれに素直に従ってコトを収めたほど、啄木の信頼は厚かった。啄木の母堂死去に際しては土岐哀果らとともに浅草等光寺における葬儀を取り仕切った。

啄木と丸谷はよく議論した。近代経済学を学んでいる丸谷は社会主義的思考に傾いている啄木とは見解の相違からその思想は相容れなかったから一層その論争は果てしがなかった。啄木の詩集（『全集二巻』所収）『呼子と口笛』は若山牧水から依頼されての作品であったが、これは次の構成から成っている。

1「はてしなき議論の後」
2「ココアのひと匙」
3「激論」
4「書斎の午後」
5「墓碑銘」
6「古びたる鞄をあけて」
7「家」

このうち「激論」は一九一一（明治四十四）年六月十六

日に書かれたもので退院後高熱に苦しむ日が続いていた時期の作品だ。ここに出て来る「同志の一人なる若き経済学者N」が丸谷である。（ここは短縮のための改行を行わず原文通り引用する。）

われはかの夜の激論を忘るること能はず、
新しき社会に於ける〝権力〟の処置に就きて、
はしなくも、同志の一人なる若き経済学者Nと
われとの間に惹き起されたる激論を、
かの五時間に亘れる激論を。

'君の言ふ所は徹頭徹尾扇動家の言なり。'
かれは遂にかく言ひ放ちき。
その声はさながら咆ゆるごときなりき。
若しその間に卓子のなかりせば、
かれの手は恐らくわが頭を撃ちたるならむ。
われはその浅黒き、大いなる顔の
男らしき怒りに漲れるを見たり。

五月の夜はすでに一時なりき。
或る一人の立ちて窓をあけたるとき、
Nとわれとの間なる蝋燭の火は幾度か揺れたり。
病みあがりの、しかして快く熱したるわが頬に、
雨をふくめる夜風の爽かなりしかな。

さてわれは、また、かの夜の、
われらの会合に常にただ一人の婦人なる
Kのしなやかなる手の指環を忘るること能わず。
ほつれ毛をかき上ぐるとき、
また、蝋燭の心を截るとき、
そは幾度かわが眼の前に光りたり。
しかして、そは実にNの贈れる約婚のしるしなりき。
されど、かの夜われらの議論に於いては、
かの女は初めよりわが味方なりき。

なぜ丸谷喜市をMとせず、あるいはKとしなかったのか分かっていない。詩の後半に出てくる「一人の婦人」Kは丸谷の婚約者「七宮きよ」のことで、名前の「きよ」と一致する。啄木が意味もなく、こうした表現をするわけがないから、「社会権力」とかその「処置」というような当局による〝危険思想〟のレッテルに配慮したものかも知れない。
丸谷は神戸商業大学教授となり同学長、戦後は大阪産業大学教授となり八十七歳の天命を全うした。土岐哀果も九十五歳まで生きたが、啄木の分まで生きながらえたかの

如くである。
啄木亡き後、丸谷は啄木のことをほとんど口にしなかった。多くの啄木研究でも丸谷喜市の名が出て来ることは希である。後に述べる日記公開論争では丸谷の名は必ず上がるが、それもやみくもに日記焼却を主張しながら途中で公刊を言い出した〝変節漢〟的な表現をされる場合が多い。しかし、丸谷についてはもう少し客観的に語られる必要があるように思われる。経済学者としての斯界の評価は高いようであるが啄木の語り部としての評価は極めて低い。
これもあまり伝えられていない事だが丸谷は戦後、歌人として八十島元の雅号で詩集を二冊出している。そのなかで啄木を忍んだ歌も残している。啄木にならって三行書きの作品である。

彼らしき　運命に生き
彼らしく　逝けりと涙
とどめかねつも

芸術は　ながく
いのちは　みじかしと
げにその如く　逝ける友かな

（『星に泉に』百華苑　一九六六年）

後に述べるが丸谷喜市は日記公刊の一翼を果たしている。その再評価が求められるように思えてならない。その端緒としてここでは丸谷に取材をして彼の生涯を描いた宮守計の『晩年の石川啄木』（冬樹社　一九七四年）を推奨しておきたい。
啄木の最後となった妹光子へ宛てた手紙は丸谷が代筆するなど啄木の丸谷への信任は極めて厚かった。日記焼却をかつて何度も金田一京助に依頼したものの、金田一とはこの時期疎遠になっていた関係もあって、啄木は丸谷に日記焼却を頼んだのである。その間の経緯について金田一の説明が役立つ。

四十三年から四十四年にかけて、私は結婚をし、新家庭をもち、職業も馬鹿に忙しくなって、知らず知らず啄木と疎遠になって居た。啄木をして、四十四年の元旦に、「金田一君とも絶えてしまった」と宣言させて居る程、実際に打ち絶えて居た。そして、その間に頻々に石川家を訪れた人は、「若き経済学者」のモデルの丸谷喜市氏だった。それでその頃に、啄木は、私へ託すと云ったとおなじようなことをこの人へ言ったものと見える。しかも、それを節子さんが知って居て、私へ託したことは節子さんも

もとより知る由がなかった。(「妻にも見せられない日記」『金田一京助全集　上　第十三巻』前出)

余談になるが金田一の結婚を世話したのは誰あろう当の啄木である。啄木は人の世話を焼くのが好きで小樽時代は小樽日報の編集長に迎えた沢田信太郎に結婚しろと迫って同市に住む女性を紹介し見合いをさせたり札幌時代に世話になった下宿の娘を教員にしようと奔走したり、九州の女流歌人菅原芳子に横恋慕して上京させて弟子入りさせようと膨大な手紙を送って口説いてみたり枚挙にいとまがないくらいだ。

まだ〝筆おろし〟の済んでいない金田一に「はやく結婚したまえ。貧乏でも一人では食っていけないが二人だとなんとかなる」という妙な理屈をつけて「嫁さんは僕が探してくる。」といって出入りの古道具屋のオヤジに「君の商売は人の出入りが多いはずだからだれかいい人はいないか」といって下宿の蓋平館近くに住む女子美術学校生だった林静江を紹介させ、有無を言わせず見合い、結婚させている。

新妻の静江はおとなしく善良な人であったが、結婚後は例によって啄木から言われた節子がせっせと新婚の金田一家に無心にくるので音を上げた新妻から「わたしと石川さんとどっちが大切なんですか!」と迫られ、さすがに人のいい金田一も石川家を遠ざけるようになっていたのである。金田一の子息春彦は父の血を引いて言語学者として活躍したが、氏に『わが青春の記』(東京新聞出版局　一九九四年)という自叙伝がある。そこに啄木が登場する。

啄木は「働けど〳〵・・・」などと殊勝な歌を作っているが、金がはいらないことはない。しかし原稿を書いて金が入ると、一晩吉原へ繰り込んで豪遊し、翌日はすっからかんになって、知人に借金を申し込むという始末である。その被害を最も多く受けたのが、金田一京助だったという評判であるが、この借金は返って来なかった。それが、京助が独身の時はまだよかったが、結婚後もつづいたのはひどかった。／京助は、アイヌ語をやっても一文の収入もなく、貧乏のドン底生活であった。そこへ啄木が無心に来ると、妻の静江に「あの結婚の時に持ってきた着物を質に持っていって金に換えて来い」と言う。金は返って来ないから、質物は流れてしまう。静江の着物がなくなった時に、啄木は結核で死んだ。／啄木の名声があがったのは、はるか後のことである。京助はよく啄木を思い出して、「今、石川が居たらなあ」と感慨深げだった。妻の静江は「何よ、石川さんという人は。あの人のせいで私の着物はみんななくなってしまって、私は女学校の同窓会にも行けなかったわ」とこぼす。息子の春彦はそういう会話を聞きながら育った。そうして家が貧乏なのは、石川啄木という人のせいかと思い、昔、石川五右衛門という泥棒がいたという話を聞いた時に、石川啄木という人はその弟かと思ったものである。

そうでなくとも最近は「なき虫」「生意気」「ろくでなし」というように酷評される機会が多くなってきた啄木だが天下の五右衛門の弟にされた啄木は草葉の陰でないているのだろうか、呵々大笑しているだろうか。一時自分を由井正雪になぞらえたことのある啄木のことだから、「ふむ、言い得ているかも」とあまり気にしていないだろう。

話を戻そう。啄木亡き後、日記の扱いについて啄木はその焼却を託された金田一京助と丸谷喜市にその処分が委ねられた。ただ、その処分について啄木が言った言葉は二通りあって、金田一と丸谷それぞれに伝えられたから、話は少しややこしくなってしまったのである。金田一の場合は「焼くかどうかはこれを読んだ上で君が判断して欲しい」という条件つきであったが丸谷へはこの条件はつけずただ「焼いてくれ」という〝指示〟だった。この経過について金田一は次のように解釈している。

私へは、「焼かなくてもよいと思ったら、焼かずにどうにでもしてくれ」と云ったのに、丸谷氏へは、必ず焼くように頼んだという、その食い違《ママ》は、どうしたわけであろうか。／私は二年に亘っていっしょに暮らしたから、表も裏も見せ放題で、とかく、側に居るものには、とばっちりがかかる習い、定めし槍玉にも上り、素破抜《ママ》もあろう。そんなことを慮って私にはああ言ったかも知れないが、親しいと言つても丸谷氏の方には無疵で少しも被害者たる資格がなかったろうから、他の人々に死後迷惑をかけない為に焼却方を頼んだものと考えられる。（「同前」）

金田一は誠実のかたまりみたいな人物だから何事も裏を考えずに善意に解釈する癖がある。一方、啄木は相当のひねり者で言葉にふくみを持たせることが多い。また人を見抜く目では誰にも負けない。だからお人好しの金田一と真面目でしっかり者の丸谷に同じ事を言う場合にそのニュアンスが変わるのは当然だ。それにこの焼却問題では決定的な一つの違いがある。全部ではないが少なくとも日記の一部を金田一は読んで知っている、これに対して丸谷は全く読んでいないということだ。「焼くか焼かないか任せる」という選択肢を金田一にしたのは啄木の「慮り」も確かにあるかも知れないが、それ以上に啄木には金田一がこの日記を焼けないという確信があったのではあるまいか。啄木の傍らで必死に日記を書き付ける姿を目にしている金田一が自分の分身とも言える日記をそう安々と焼ける筈がない、と読んでいたと私は見る。

一方、堅物の丸谷にはあいまいな表現では迷うだろうし、明快な指示をした方がよい、と考え、熟慮した結果が「焼却」という〝指示〟だったのだろう。金田一に頼んでおけばいずれ公開するだろうと考え、それもよかろうと思っていたが、この段階で啄木ははっきりと公開を諦め、公刊しないという決断を下したことになる。

この違いのことはさておくとしよう。問題は焼却を依頼された二人の位相である。時系列的に見れば処分の直近にいたのは丸谷である。事態が尋常に進行していれば丸谷は遺言どおり節子の手から日記を受け取り、焼却炉に向かっていたことだろう。ところがこのあと肝心の丸谷の姿が見えなくなってしまうのである。

四　遠のいた焼却

この時点で日記の存在を知っていたのは節子、土岐哀果、金田一京助そして丸谷喜市の四人である。勿論、四月十五日に行われた啄木の葬儀に当然のことながら、この四人の姿は確認されている。啄木の葬儀については朝日新聞の記事がよく引用されているが、ここでは殆ど紹介されない読売新聞のそれを引用しよう。記事は土岐哀果のものかはっきりしないが、文体・内容からみて氏のものと考えて差し支えあるまい。哀果はこの二週間前にも読売紙上で「石川啄木いよいよ重態」の記事を書いており、それを読んだ金田一京助はそれまでの行きがかりの感情を捨てて、家族と花見に行く約束を中止し印税を貰えることになっていた出版社に駆けつけてその前借りを求め自分の小遣いも加えて十円を都合して病床に見舞い、啄木から手を合わせて拝まれたのはこの時のことである。

石川啄木氏逝く

新歌壇の一異才として才名ありし啄木石川一氏は昨年一月末腹膜炎に罹り肋膜炎を併発し、七月更に肺結核に変症して爾来小石川区久堅町七十四の自宅に療養中なりしが、十三日午前九時半遂に逝けり。年二十八。氏は岩手県岩手郡渋民村に生れ盛岡中学に学び当時雑誌「明星」の同人として文名あり、後上京して詩集あこがれを出版し、雑誌「小天地」を主宰し又北海道に在りて新聞記者たりしことあり、後朝日新聞社に入りて今日に及べりが、去月初旬母の死に遭い容態愈よ重りて遂に起たざるに至れり。著書に前記「あこがれ」及び歌集「一握の砂」等あり、「一握の砂」以後の歌作は近く出版さるる筈、遺族には父一禎氏（六三）夫人節子（二七）長女京子（六つ）あり、葬儀は多分十五日浅草松清町等光寺にて営むべしと。

そして翌日に行われた葬儀の模様を伝えた各紙の新聞記事によれば参列者は「四五十名」とあり、解っている参列者の氏名は次の通りである。（なお、参列者を石川正雄による年譜などで「二百余」とするものもあるが、これは金田一京助が編んだ「年譜」に拠るもので、現在では「四五十名が正しいとされている。）

土岐哀果、金田一京助、佐藤真一、夏目漱石、森田草平、相馬御風、木下杢太郎、北原白秋、山本鼎抔、佐々木信綱、安藤正純、松崎天民、丸谷喜市、石川一禎

判明しているのはこれだけだが、葬儀に参列すべきと思われる人々のうち名前が見えない人物の事情は以下の通りである。与謝野鉄幹・晶子夫妻はヨーロッパ滞在中、葬儀の段取りを担った若山牧水は「疲労」、函館の堀合忠操一家、宮崎郁雨夫妻は「自重」して参列しなかった。また妹の光子は母カツ死去の際、ありったけの香典を送っていたのと啄木からハガキで最後の〝叱責〟を受けたため参列を見送らざるを得なかったと思われる。

葬儀後、「啄木居士」となった啄木の遺骸は東京町屋の火葬場に向かった。付き添いに佐藤真一（啄木を朝日の校正係に採用した編集長）、と金田一京助の両人が車に同乗した。二人は盛岡の同郷ということもあったが、生前の啄木との付き合いの絆から二人は進んで名乗って最後の助っ人を負うたのだった。（なお竹原三哉『啄木の函館』によれば啄木の戒名を「石川啄木居士」と誤っているものがあるという指摘がなされている。）

さて、話が少し遠回りになったが、本題に入ろう。この

葬儀に丸谷喜市も参列していたことは幾つもの記録から裏付けられている。ただし、その姿が確認されるのは浅草等光寺の葬儀までで、町屋火葬場にも見えないし、遺骨が戻って来た小石川久堅町の啄木の借家にも見えないのだ。

本来なら遺骨が借家に戻った段階で丸谷喜市は節子夫人から日記を預かる手続きを整えて然るべきであったし、丸谷自身もこのことを自己責任として考えていた筈なのである。いや、仮にこの日でなくとも数日の間には日記受取の話を節子にして一日も早く肩の荷を下ろしたかったに違いない。しかし、忽然と丸谷の姿が消えてしまったのだ。

この経過を調べていた初期の頃、私の頭にあったのはこのことに関する金田一京助の証言だった。啄木の葬儀の数日後、金田一京助は盛岡から実父が危篤の電報を読んで急遽帰郷する。ところが長びいて葬儀を終えて東京に戻ったのは一ヶ月後だった。そして土岐哀果にあって日記のことを聞くと土岐は「何でも節子さんは、啄木が丸谷君へ（＊焼却を）頼んであったのに、その丸谷君が今こっちに居ないので、帰られるまで、お預かりすると言っていたよ」と言った。ということは哀果は丸谷に直接会っておらず、その不在を節子から聞いていると言うことになる。「今こっちにいないので」節子が日記を預かっていると言う伝聞を信じていた訳だ。もっと具体的に言えば「啄木の死んだ当時は、その丸谷氏は留学中で、東京に居られなかった。その為に、日記が宙に浮いてしまったのである。」（「妻にも見せられない日記」同前）

こうした一連の金田一の言葉をそのまま真に受けていたので、当初は丸谷が葬儀直後にそそくさと外国に出かけたものと解釈してしまっていた。それに丸谷の経歴には時期ははっきりしないが経済学研究のため二年間欧米に留学した記録が残っているので余計に信用していたのである。それゆえ日記が焼却されなかったのは丸谷の外国留学とばかり思ってしまっていた。

ところが最近、宮守計の研究によって新しい事実を知るに至った。氏の調べた丸谷の年譜によると啄木の葬儀の朝「焼香の後、丸谷は、北海道に発つ。徴兵検査のため。」（『晩年の石川啄木』前出）とあり徴兵検査の結果甲種合格となって旭川歩兵第七連隊入隊、翌年除隊となっている。そして除隊後の一九一四（大正三）年には長崎高等商業学校講師として長崎に赴任、結婚と慌ただしい日々を送った。それゆえこの間は丸谷喜市にとって自分の身の回りのことで精一杯で啄木の日記に関わる時間も余裕も無くなっていた。ただ、一九一四（大正三）年、長崎高等商業学校講師時代に雑誌『ハコダテ』に「僕の見た石川君」を書いている。

なお、この文章は吉田孤羊の『啄木を繞る人々』(改造社一九二九年)「丸谷喜市」の項に全文が引用されているが、吉田はこの文章を「啄木の死んだ翌年の四月」としており、目くじら立てる問題ではないが、実際は啄木が亡くなって二年後の一九一四(大正三)年と勘違いをしているようである。ただ、丸谷は無口であまり啄木について語らなかったから本文は重要なものと言わなければならない。その一部を引いておこう。

僕が初めて石川君を知る様になつたのは石川君の亡くなる二年前、その病気になる約一年前の事であつた。ちやうど二番目の男の子 ―それは生れて間もなく亡くなった―の生まれる頃、「一握の砂」のちやうど世に出やうとする頃であつた。昨夜は百首あまり、その前の夜は八十幾首の歌が出来たと言つて一種清明な声でそれを読み聞かされたり、眉を昂げては、あの剃刀の様に鋭いロジックを以て色々実際問題を批評されたりして、かう云ふ人は嘗て見たことがないと思つた。その頃の石川君は最早疾くの昔に少年の夢から別れて大胆なアイコノクラストになつてゐた。彼のロマンチシズムが極めて調子の高いものであつた如く、彼のディスィルージョンはまた痛烈を極めたやうであつた。彼の峻酷にして犀利なリアリズムの前にはすべてのトラジションがその意義を失ひ一切の権威はその色を失つた。かくして彼は自分の歌を「悲しき玩具」だと言つた。そして彼の歌には彼を知るものの読むに堪へないほどの現実暴露があつた。また、かくして彼はクロポトキンに走つた。ヴ、ナロード!、彼は「五十年前のロシアの青年」の言葉に彼自身を見出した。

丸谷喜市のこうした卓越した考察は啄木が友人として以上の親交を持った所以でもあろう。しかし、この文章以外は啄木日記公開の機運が高まる昭和初期まで丸谷は啄木について沈黙を守り続ける。

その間に、ある〝事件〟が発生していた。というのは、啄木の遺児京子が一九二六(大正十五)年、函館で北海タイムスの須見正雄と結婚し石川姓を嗣ぐが、実は須見は丸谷喜市の実兄金治郎嫁の弟であったから、本人の意志とは関係なく丸谷喜市は石川家の姻戚になった。石川家との目に見えない絆、それは喜市に以前とは違った啄木観を抱かせたであろう、すなわち啄木に対してさらに強い親近感を覚えたに違いない。

こうして、日が経つにつれて啄木の文芸の評価が急速に高まりつつあり、その文化財としての日記焼却に疑念が生じ始めてきたのではあるまいか。そのために自分が今取るべきは沈黙という態度しかなかろう、そしてしばらく様子をみることにしよう。焼くことはいつでも出来る。しかも日記自体は自分の手を離れて第三者機関と言うべく函館図書館にある。啄木の指示の実行は果たすべきだという考えは未だに変わらないが、しばらく機会をまってからでも遅くはあるまいと考え始めたのではなかろうか。このために丸谷喜市は積極的な行動を避け、沈黙を守った。この丸谷の判断によって日記の焼却は遠のいたのである。

もし徴兵検査が啄木の葬儀直後でなかったなら、また徴兵検査の結果が不合格で函館に戻ったなら丸谷は間違いなく節子に会って日記の譲渡を求めたであろう。真面目で正直にバカがつくほどの丸谷は啄木の指示の実行が最大の使命と肝に銘じていたろうから、一日もはやく焼却の責務を果たして肩の荷を下ろそうとしたに違いない。

ところが幸いなことに丸谷喜市はしばらく日記から遠ざかり、気付いたら石川家の姻戚になっていた。こうなると啄木の日記はアカの他人のものではなく身内の分身ともいうべき存在である。他人からの依頼であれば迷うことなく実行できても身内のそれとなると勝手が違う。喜市に迷いが生まれて当然である。かくして日記は節子の手許を離れることなく無事に生き延びることになったのである。

五　節子・郁雨・健蔵

現在、啄木の愛好家や研究者にとって函館は一種の「聖地」になっている。それを心なく揶揄する人々もいるが、それは啄木と函館の関係を知らないか知ろうとしない人々である。故郷でもない、滞在僅か数ヵ月という啄木の墓がどうして函館にあるのか。啄木が肌身離さず渾身の力を振り絞って書き続けた膨大な日記があまりゆかりのない函館にどうして遺されたのか。その経緯を述べてみよう。

厳密に啄木が函館に滞在した月日は一三二日である（なお、啄木は北海道を去って上京する際に釧路から函館にたちより五日間を過ごしているがこれはここに含めていない）。函館大火がなければ啄木はもっと長く函館に滞在したことは間違いない。故郷の渋民村を〝追われる〟ように出て単身函館に渡ってきた啄木は函館の若き詩人たちが集っていた苜蓿社《ぼくしゅくしゃ》仲間に温かく迎えられ、苜蓿社の同人誌『紅苜蓿《べにまごやし》』の編集を任せられ、また代用教員や函館日日新聞の記者として生活の目途がたって離散していた家族を呼び寄せて充実した日々を送っていた。ところが函館大火（明治四十年八月二十五日）で生活基盤を失い、やむなく札幌に向かうことになった。啄木は日記にも書いているが、このままもしばらく函館にいて落ち着いてから東京に出ても遅くはないと考えていたほどだったが、大火は啄木の運命を大きく変えることになった。

この大火では幸いなことに啄木の下宿寸前まで火が来たが焼失を免れた。しかし、そこから数分先の苜蓿社のあった建物は焼け落ち編集中の八号の原稿は灰となった。また啄木が函館日日新聞に預けていた小説「面影」も灰燼に帰してしまった。しかし不幸中の幸いというべきであろう。啄木の日記は残った。この時まで啄木の書いていた日記は『秋韷笛語』『甲辰詩程』『渋民日記』でこの厄災をもろに受けていたなら啄木の日記研究は大変な痛手になっていた。思うに、啄木の生涯は不運続きであったが、こと日記に関しては強運がついて廻るのである。啄木亡き後、その日記は函館図書館に託されるが、この時も大火に遭う。しかし耐火建築後のお陰で焼失を免れている。

啄木が函館にやってきて得た最大の〝成果〟は貴重な人材との出会いである。苜蓿社はもとより函館日日新聞の斉藤大硯、弥生小学校の橘智恵子、そして極めつけが宮崎郁雨であろう。この事に異を唱える読者はいないと思うが、私はここにもう一人の人物を是非挙げておきたい。それは岡田健蔵である。

結論から先に言えば、啄木の日記が無事に保管され、そして公刊に至るまでの重要な鍵を握ったのが宮崎郁雨でありその畏友岡田健蔵だった。この二人がいなければこの日記は節子が亡くなった後はどうなったか分からない。いや、確かに言えることが一つある。それは、今私たちが目にする形で日記は残らなかったということである。

節子の容態が急変して亡くなったのは一九一三（大正二）年五月五日である。奇しくも啄木が単身函館埠頭に足を踏み入れたのと同じ日であった。節子は自分はもうあまり長くはないと知って幾つかの後事を郁雨に託している。最も深刻な問題は遺される京子や房江のことであった。京子がジフテリァにかかり節子と郁雨は三日三晩一睡もせずに看病した。無事危機を乗り越えた二人の間には夫婦を超えた〝連帯〟の情が生まれていた。だから、節子の胸中にはできれば京子は郁雨の手で育ってくれればと密かな願いがあったとしても不思議ではない。しかしそれは口に出して言えるものではないと考えたのであろう。京子と房江は堀合忠操夫妻とその姉妹が面倒をみることになった。

さらに大事な問題は浅草の寺に置いたままになっている啄木や母カツ、長男真一の遺骨のこと、今一つは啄木が「焼け」と命じた日記についてであった。遺骨の問題はその墓所の件も含めて複雑で、かなり込み入った話なのでここでは節子と郁雨の意向を受けた岡田健蔵が単身上京し等光寺の承諾を得て啄木、カツ、真一の遺骨を函館に持ち帰り函館図書館に保管した、とだけ言っておこう。機会があればこの件は改めて論ずることにしたい。

それ故、ここでは日記の行方についてのみ記しておこう。節子が亡くなる前後の経緯については郁雨が次の様に正確に証言している。

私は未亡人節子さんから、その病没前、手許に残つてゐる原稿の断片やノートなどを函館図書館の啄木文庫へ寄贈又は寄託して貰ひたいといふ岡田館長の申出に関して相談を受けたが、節子さんは其時既に天命あと幾何も無いことを諦念してゐたものの如く、唯一の形見だと言つて啄木の書いた日記を私に遺すことを約束された。『啄木が焼けと申しましたんですけれど、私の愛着がさうさせませんでした。』と言つた其言葉を私は今猶明らかに覚えてゐる。

其後節子さんの遺志に基づいて、原稿・ノートなどと一緒に、現在図書館に所蔵されてゐる日記の全部が、岳父堀合忠操翁の手から私に渡された。其時岳父は『節子が、日記の内一冊だけ石川家に残して置いて、後日父の形見として子供に渡してくれと言つてゐたから。』と言つて、自分で日記の一冊を手許に残された。その一冊が現に石川家に所蔵されてゐるものである。(「啄木の日記と私(序に代へて)」『石川啄木　日記　第一巻』世界評論社一九四八年)

この証言によると三つの重要な問題が明らかになっている。一つは節子が入院中に岡田健蔵から直接に「手許に残っている原稿の断片やノートなどを寄託してほしい」という申出がなされていたということである。従来はこの話は明らかにされておらず〝空白〟になっている。つまり日記保管の話はこの岡田健蔵の判断で行われたということである。そして第二の事実はこの岡田の申し込みのあったことを、どうしたらいいか、郁雨に相談していることである。従来の説の多くは節子が郁雨にこの相談をして岡田に寄託を申し入れたということになっている。私も一時はそう思っていたが実際は岡田館長がリードしたのである。そして第三はこの時に節子は「唯一の形見」である日記を郁雨に「遺すことを約束」したという事実である。その時の節子の言葉が「啄木が焼けと申しましたんですけれど、私の愛着がさうさせませんでした」であり、この言葉は〝この日記は啄木と私の一番大切な唯一の形見ですから決して焼かないで下さい〟という意味だと郁雨が受け止めたと見るのが自然であろう。すなわちこの瞬間に啄木の日記が焼却すべきものでなくなったのだった。

そして節子亡き後はこれらの遺品は一旦堀合忠操の手に預けられたが一九一一（明治四十四）年の日記一冊だけ堀合忠操が預かり、残りは郁雨に託された。それは郁雨の言葉で十分である。

私は受取ると其儘図書館へ行つて、不取敢の処置としてそれ等を寄託保管して貰ふことにした――当時同館には、曩に節子さんの希望で浅草の等光寺から受取つて来た啄木の遺骨も預つて貰つてゐた。（同前）

かくして日記は第三者機関に譲渡、保管され、焼却の危機は遠のいたのである。

ただ、郁雨には一抹の不安があった。それは自分がこの日記にどう描かれているかということであった。特に一九一一（明治四十四）年、郁雨が節子に送った「美瑛の野より」として無署名で出した手紙を繞って郁雨と啄木の関係がぎくしゃくし、結局中に入った丸谷喜市の勧めで郁雨はおとなしく引き下がるものの、啄木は敢然と郁雨と義絶する。郁雨にとっては何とも後味の悪い結果になって気がかりになっていた。ただ、郁雨はこの日記に目を通して自分に都合のいいように手を加えるという意志は全くなかった。郁雨がこの日記に目を通すことになったのは後嗣石川正雄がこの日記の出版を言い出し、その了解を求めてきた一九四六（昭和二十一）年である。石川正雄の出版への強い決意を知った郁雨は正雄の要請を受けて、やむなくこの日記に目を通して不都合な箇所へのアドバイスを約束した。このことは後に詳述しよう。

以上が啄木日記の保管をめぐる節子没後までの記録である。函館図書館に啄木文庫として収められた日記は、これを知るほんの数人、すなわち節子、丸谷喜市、土岐哀果、金田一京助、宮崎郁雨、岡田健蔵四人だけの〝秘密〟として守秘され文庫の中にひっそりと人知れずの日々をすごすことになった。なにしろ石川家継嗣石川正雄ですらこの存在を知るのはまだ先のことである。

六　生々流転

日記が函館図書館に収まるまでの経緯はこれまで述べた通りであるが、その後の日記が辿った軌跡もまた数奇に満ちたものであった。啄木の文学と思想を高く評価し学術的レベルに位置づけた桑原武夫が啄木の日記について述べている次の言葉を引用しておこう。

私たちは、節子がこれを焼かなかったことに心から感謝する。しかし、啄木の日記がこんにち私たちの目にふれるようになったのは、たんなる偶然だ、といい切ることもできない。啄木には死後、その遺志に反しても妻をして日記を焼かしめず、また一たび焼却をまぬがれるや、必ずこれを公刊せしめずにおかぬものがあったのである。それはさしあたり、人の心の愛着を生ぜしめる力といってておいてよかろう。（「解説」『ローマ字日記』岩波文庫）

啄木の日記は「残るべくして私たちの手に残った」という言葉は確かに一面では正鵠を射ている表現だとは思うが、私はもう一歩踏み込んでこの「残るべくして残った」その〝輪廻〟の内実をもう少し辿ってみたいのである。函館図書館に収まって一時は平穏で静謐な時間を送っていたこの日記はやがていくつもの異変や事件に遭遇することになる。

そこで本節では日記が函館図書館に収納保管されて以降の流転の状況をかいつまんで見ていくことにしたい。なお、本節では日記が公刊される以前までの事象を中心に出来るだけ簡潔に取り上げるが、問題によっては次章「日記公刊の過程」で述べることといくつか重複する場面が出て来ることを予めお断りしておきたい。

1　京子の結婚

先ずは目出度い話題から入ってゆくことにしよう。節子亡き後、遺児の京子と房江は堀合忠操家に預けられすこやかに育っていった。堀合忠操にも蓄えがないわけではなかったが、哀果の奔走により出版された全集が好調で印税が生じて哀果から忠操に譲渡され、忠操は啄木の実父一禎にも諮って二人の教育と結婚のために使うことにした。本書では堀合忠操のことを取り上げる余裕が全くないのが残念で、機会があればいずれどこかで取り上げてみたい。ここでは武士と軍人と大人《たいじん》を重ねあわせたような気骨ある人物だったとだけ言っておこう。

長女京子が函館遺愛女学校在学中、多分三年生の頃と思われるのであるが恋に陥った。思えば啄木と節子が恋の道に踏み込んだのも中学三年のころ、親に似るのは性格だけではない、恋愛のコースも同じであった。この時の忠操の懊悩についてはここでは割愛するが、相手は函館の北海タイムスの記者須見正雄であった。須見正雄については石川正雄の項で述べるのでここでは演劇好きの若者とだけ言っておこう。この恋は明らかに京子の先手で始まって、かの有名な石川啄木の長女ということを知らずやがて将来を約束した須見正雄は後手に回って石川姓を嗣がされる。京子が遺愛女学校四年で中退するあたりも父親譲りの血を引いていることをまざまざと見せつけられるのである。

二人は一九二六（大正十五）年四月十七日（一部に五月十七日とするものがあるが誤認）に結婚式をあげ五島軒で祝宴を開いた。結婚した二人に堀合忠操から渡されたのが一冊の日記だった。ここで初めて石川正雄は啄木に日記があること、渡されたのは一冊だが、残りは函館図書館にあることを知らされる。

ここで重要な事は三点ある。第一は京子ですら知らない啄木の日記が存在することを二人が初めて知ったことである。第二はいかに須見正雄が石川家の一員になったとしても所詮須見は第三者の立場すなわち〝他人〟であるということだ。そして第三には正雄が新聞記者であったことである。啄木は文学の世界の人間だが、新聞記者の経験もあり、正雄と共通の基盤を持っている。確かに第三者ではあるが啄木の世界とは無縁ではない。これが実業界の人間であったり、経済界の人間、或いは函館に多い漁業関係の人間で文学に関心を持たない人間であったならば啄木の世界を覗こうとも知ろうともしなかったであろう。まして一冊の日記に関心をもつどころか押し入れの奥深くにしまいこむか古雑誌と一緒にゴミ箱行きだったかもしれない。

また正雄は演劇に関心を持っている。演劇と文学は遠くて近い間柄だ。いや、もっと言えば文学なくして演劇はない。だから正雄はいずれどこかで何かの契機から啄木を知ることとは時間の問題だったというべきだろう。決定的なことは相手の京子が啄木の娘だったということに尽きよう。この縁がやがて正雄に日記と一蓮托生の絆を形成していくのはもう避けられない運命であった。

京子が出会ったのは須見正雄であったが、その須見正雄が出会ったのは畢竟石川家という重く大きい荷物を抱えた無言の〝遺産〟となっていくことになる。石川正雄については改めて別項でもう少しくわしく語らねばならない。

2 哀果の函館訪問

岡田健蔵の庇護の元、啄木の日記は函館図書館の啄木文庫に収められ、誰の目に触れることもなく静寂のなかで時を過ごしていった。啄木と〝晩年〟を共にした、この日記の存在を知る一人、土岐哀果は一九一九（大正八）年八月、初めて北海道の地を踏んだ。この時、哀果は全三巻の『啄木全集』の編集をほぼ終えて刊行の目途が立ったのでその報告をしようとしたのだった。哀果は啄木が死ぬ直前「たのむ」と啄木から死後を託された重荷が肩に心にのしかかっていた。

『おい、これからも頼むぞ』と言ひて死にし、
この追憶をひそかに怖る。（「雑音の中」）

それだけに哀果は遺族のためにこの全集に精魂傾けて取り組んだ。出版をしぶる新潮社の佐藤社長を口説き落とした成功、その諒解をもらった哀果は真っ先に啄木と節子に報告するために函館の墓に詣でたのである。哀果は当時函館図書館の主事をやっていた岡田健蔵に手紙で案内を依頼していた。その時の印象を哀果は次の様に残している。

「ここです。」と岡田君の立ちどまったところは、一ぽんの朽ちかけた墓標の前で、消えかけた正面には「東海の小島の磯の白砂にわれ泣きぬれて蟹とたはむる」といふ一首が墨の跡だけ残つた、すこし高く、木地には風のあとがはつきり刻まれてゐる。我々の足のさきには月見草がひよろひよろと茎をのばして、黄ろい花が二三輪潮風にうごいてゐた。

石川一　明治四十五年四月十三日没
石川カツ子《ママ》　明治四十五年三月七日没
石川節子　大正二年五月五日没
石川真一　明治四十三年十月二十日（＊二十七日）没

僕は墓標の側面にある文字を一々読んだ。

「皆死にましたねぇ、」と僕は思はず声にだして言つたが、岡田君は黙つてゐた。三人（＊一人は哀果の親友で画家の近藤浩一、この旅行に同行）はしばらく黙つてゐた。

「京ちゃんも体がよわくてね。」

岡田君は独語のやうにいつた。

「骨をうづめたのは何処らですか?」

「きみのその靴の下あたりです。」

「・・・・・」

僕はさう言はれて、なんだかゾッとした。この靴の下にみんなの骨が朽ちつつある！（『啄木追懐』前出）

生々しい情景であるが、この時の墓は現在ある墓より下方の浜寄りの孤山堂無外という人物の墓の傍にあった。この墓は房江が墓標の傍らに立っている写真でよく紹介されているが十二センチ角、高さ百八十センチの檜の質素なもので一面には堀合忠操の手による「東海の小島の……」歌が書かれていた。これが後に見る立派な墓碑となるが、その経緯については知られざる多くの〝秘話〟があるがここでは割愛する。

ただ、哀果がこの時に作った歌の一つに

いっぽんの杭にしるせる友の名の
それも消ゆるか潮風の中に

という句がある。哀果は啄木の墓は大きくて豪華なものは不要だ、いまのままで良いと考え岡田健蔵にもその意見を伝えたが、結局、岡田と郁雨は哀果の考えを否定する〝立派〟な墓に仕上げたという事実だけはここに残しておこう。

このあと哀果は小樽、札幌、釧路を回って帰京した。あまり意識はしなかったが、やはり啄木の帯道を忍ぶ旅程になった。この前年、哀果は読売新聞社会部長となっており、その一年後には朝日新聞に移っている。校正係として過ごした啄木と同じ新聞社に入ったのも啄木との因縁浅からぬものを哀果は感じたに違いない。

さる評伝によると哀果はこの旅で帰京したら新聞社を辞め、パン屋になろうとしていたらしい。それは社会主義的生き方に共鳴していた哀果が労働者に安くて栄養価のある美味いパンを提供しようと考えていたという。東京に戻ったら辞表を書く積もりだったというのである。どうもこれはクロポトキンの『パンの略取』という本からの思いつきだったようだ。確かに読売は辞職したが、同業の朝日にはいったのだからその心境はさぞや複雑だったことだろう。

翌年に刊行された『啄木全集』は佐藤社長の予想を覆して相次いで書店からの註文が引きも切らず瞬く間にベストセラーになった。哀果はこれで少しは啄木の依頼に応えることが出来たと安堵した。支払われた二千八百円の印税は堀合忠操に渡され遺児京子と房江の養育教育費にあてられたからである。なお、印税の一部は啄木が残した莫大な借金のうち、金田一京助が保証人になっていた本郷の蓋平館の未払い百三十円を百円にして貰って収めている。お人好しの金田一にとって長年の心の痛みをようやく一つだけ取り除かれて安堵したことであろう。

先に哀果がこの全集に啄木には日記が残されていたが、それはある場所に保管されていると述べたが、この旅行で岡田健蔵に会った際、この日記を見たか、岡田がどういう対応をしたかについては哀果は語っておらず、岡田もこのことについては何も記していない。思うにこの時哀果が胸襟をひらいて「どうするつもりか」と岡田に質していたなら、事態は別の方向に動いていたかもしれない。しかしこの時の哀果は全集刊行という大業を果たした責任感から、また新たな重荷を背負うことに逡巡し、日記の件は不問のままになったと思われる。

ついでに言っておくと哀果は石川家とはこれだけに終わらなかった。京子の夫正雄は啄木の著作に関わる印税をめぐって哀果に泣きついて助けてもらう羽目になるからである。この話は石川正雄の章に譲ることにしよう。

3 丸谷喜市の〝抗告〟

『全集　第五巻』の岩城之徳の「解題」にこんな一節がある。それは丸谷喜市が函館図書館長岡田健蔵宛に出した二通の書簡のことである。

こうして啄木日記は啄木の死後三十五年の永きにわたって非公開のまま函館図書館に秘蔵されるのであるが、大正末期この日記をめぐって一つの事件が発生した。それは啄木の友人丸谷喜市氏からの日記焼却の提案である。丸谷氏は大正十五年九月六日と九月十九日の再度にわたって岡田健蔵に長文の書簡を送り、（一部略）その焼却のため、図書館で保管中の日記をすべて遺児の石川京子に返すことを要求した。

丸谷喜市は啄木の亡くなる一年ほど前から家に出入りし、まだ出版されない『一握の砂』の歌をじかに啄木の口から「これは僕が詠んでやるよ」といってその全部を聞かされている。

「一握の砂」五百首を
読み聞かせし　啄木の声
いまも耳にあり

（八十島元『星に泉に』前出）

また、社会主義を論じ合ったり、啄木が筆を持つ体力がなくなるとその代筆をするほど啄木から信頼された人物である。その丸谷の突然の焼却の申し入れである。しかも念が入って二度にわたっての申し立てである。

岩城之徳の「解題」ではこの書簡の内容についてごく簡単な紹介があるだけで全容は分からない。なんとかこの時の中味を知りたいと岡田健蔵の周辺の資料を調べてみた。といっても岡田は本を集めることにかけては超一流だが文書を書くことはあまり好きではなかったようで残された文献は少ない。例えば函館図書館創立六十年記念に編まれた『岡田健蔵先生論集』（図書裡会編　一九六九年）には時局時評、書評などは多いが論文といえるものはほとんどない。まして啄木に関しては「啄木文庫蔵印と記念スタンプ」「啄木三十周忌　展覧会＝法要＝追想座談会」の二つの記事しか見当たらない。しかも後者はその概要だけで本文の収録はない。したがってこの『論集』にも丸谷に関する記事はなく、書簡の内容は知り得なかった。また坂本龍三『岡田健蔵伝』（講談社出版センター　一九九八年）にも期待をかけたが不発だった。

この時、坂本龍三という名前に始めてお目にかかったのがきっかけになって氏には別の重要な仕事をしておられる事を知った。それは『市立函館図書館蔵　啄木文庫資料目録』（正・続二巻）である。これに目をとおしていたら岡田健蔵がこの日記に言及している原稿を「函館タイムス」に寄稿していることがわかった。函館図書館（歴史・奉仕係）に相談すると「未整理な資料かも知れないが調べて返答するということだった。すると間もなく回答があり、閲覧と複写が可能ということだったので取り敢えず複写を依頼した。やがて送られてきた記事を読んでみるとなんと岡田がこの手紙の一部を引用していたのである。その部分は以下の通りである。

啄木の言葉と云ふのは、繰返すまでもなく『俺が死ぬと、俺の日誌《ママ》を出版したいなどと言ふ馬鹿な奴が出て来るかも知れない、それは断つてくれ、俺が死んだら日誌全部焼いてくれ』／意味は大体かうでした。否、其時の言葉づかひが大体かうでした。それが未だに記憶に残つて居る。これは両三度僕が聞かされた事であるし、哀果氏も聞いた事です。

唯、之に就て考へなければならぬ事は啄木は今や日本文学史上に一地歩を占める人である事です。両兄や僕に生きて居る間は日誌出版の問題を抑止する事は出来ます。百年、数百年の後世の好事家が再びこの事を考へぬとは誰も保証し兼ねる事です。それで此事に就て此際特に然る可き処置を採る事を御考へ願ひ度いと思ふのです。或は啄木を研究するために日誌は貴重なる資料だと言ふ考もありませう。勿論それに相違ない。併しながら幸ひにして啄木は外に多分の創作と評論感想等を残して居る。

又書翰も出版されて居る。あれを見て啄木がわからないやうな奴は日誌を見てもわかるものではない。否、却てわかり悪しくなるだらうと思ふ。発表された啄木以外に日誌に依て得られるものは唯探偵的興味を満足させる以外にはないと思ふ。啄木を探偵的好事者の玩弄に委することは両兄の忍び難しとされる所であらうと思ふ。僕も断じて不承知です。（岡田健蔵「北海道漂流の啄木と秘められた啄木の日記」『函館タイムス』一九三九年四月十四―十六日）

繰り返すまでもなく丸谷の主張は明白である。しかし、問題はこのことよりもむしろ啄木没後、日記焼却に関して沈黙を守ってきた丸谷がなぜこの時期に突然このような強硬な焼却論を言い出したのかという事だ。これに関しては論ずるに足る物証がないので、私個人の推察でしかないが、この件に関する見解はまだお目にかかったことがないので敢えて一石を投じておきたいと思う。

というのは一見突然に見えるこの〝抗告〟はかなり緻密に練られたものではないかという事である。石川京子が須見正雄と結婚したのは先に述べたように一九二六（大正十五）年四月十七日である。丸谷はこの段階で須見正雄が石川姓を名乗っていることを知っていたはずであり戸主の正雄ではなく〝妻〟に日記返還を求めていることである。何故かというと丸谷が二人の結婚を知らないはずがないからだ。須見正雄は丸谷の遠縁にあたり結婚には招待されなかったとしてもその話は耳にはいっていたと考えるのは自然であろう。自分の縁戚が石川家に入ったという事実を知って丸谷は衝撃を受けたに違いない。啄木から直接重い荷物を託されながら無為に過ごした自分の責任を改めて自覚せざるを得ない立場に置かれたことを知って、丸谷は狼狽するとともに慌ててなんらかの手を打つべきだ、と思い立つ。その結果が岡田健蔵への強硬な手紙となる。その証拠には十日と日をおかずに同じ主旨の手紙を二度も書いていることである。

岡田はこの手紙について丸谷へ返事は書いていない。その返事は十五年後の日本を席捲する話題となる岡田のNHKからの放送まで待たなければならなかった。（本稿執筆の過程で先に引用した丸谷の一文は次の本にも採録されていることに気付いた。付記して置く。小樽啄木会編『啄木と小樽・札幌』みやま書房　一九七六年）

4 函館大火

函館は何度も大火に遭っている。明治以降から昭和時代にかけて一千戸を上回る焼失を出した火事は十回を超えている。そのうちいわゆる函館大火と呼ばれるのは一九三四(昭和九)年の火事を言う。この時は死者二、一六六人、市街地の三分の一が焦土と化した。啄木が苜蓿社で活躍していて遭った大火は一九〇七(明治四十)年八月二十五日のもので、この時は焼失一万五千戸で、啄木の下宿寸前のところで火はとまった。住居は焼けなかったが苜蓿社において あった小説「面影」原稿や機関誌『紅苜蓿』原稿は灰燼に帰した。この時、日記を自宅におかず苜蓿社か働き出した「函館日日新聞」に置いていたなら『秋韷笛語』『甲辰詩程』『渋民日記』そして書き出し途中の『明治四十年丁未日誌』はこの世に存在しなかった。

このいわゆる函館大火については阿部たつをの回顧録が残されている。とりわけ函館図書館館長岡田健蔵がこの大火で果たした極めて重要な役割が述べられており、貴重な証言だ。

岡田先生について一番強い印象を受けたのは、昭和九年の函館大火の時のことであります。当時谷地頭の要塞司令部の向いに住んで居りました私は、はじめ火元の住吉町から青柳町の方に吹いていた風が、途中から山の方へ吹き上げて来て危険になりましたので、妻子を連れて着のみ着のまま、八幡宮の前から裏参道を公園の中に逃げたのであります。擂鉢山のある広場の方へ出ようと図書館の横を通ったとき、岡田先生の住んで居られた館長住宅には既に火がついていて、それが廊下づたいに図書館に及ばんとしていました。そこに岡田先生が立ちはだかってわが家に背を向けて図書館にふりかかる火の子をたたき消しておられたのであります。結果から云えば、岡田先生の住宅は完全に焼けて何ひとつ取り出されませんでしたが、図書館は殆んど無疵に残ったのであります。あの時岡田先生が廊下からの延焼をくいとめられないで、あそこから中へ火が入ったら、今日の図書館は存在していないのであります。建物はよしや復興しても、豊富な郷土資料は永遠に再び手に入らないのでありまして、それを岡田先生が文字通り死守されたのであります。(「岡田先生と函館図書館」『啄木と郁雨の周辺』無風帯社一九七〇年)

岡田健蔵についてもまた改めて次章で述べなければなら

ないのでここでは大火に立ち向かう岡田の勇姿を覚えていただければそれでいい。ただ、この時の図書館は岡田の執拗なまでのコンクリート建築にこだわって市当局と苦闘した挙げ句の結果だったということを付け加えておこう。

5 改造社の版権買い取り

最初の啄木の全集は哀果の努力で新潮社から一九一九（大正八）年に出てベストセラーになり多額の印税は啄木の遺児京子と房江に渡された話は既にのべた。また最初は出版を渋っていた新潮社の佐藤義亮はあまりの売れ行きに驚いて渋民村に最初の啄木記念碑が建立された際には多額の寄付をして話題になったことがある。

そして時代が昭和に入って間もなく改造社から『石川啄木全集　全五巻』（一九二八・昭和三年）が出た。ちょうど新潮社から最初の全集がでた大正八年に毎日新聞社長を辞めた山本実彦が改造社を興している。政治家でもありアジア問題の権威者でもあったが、一九二六（大正十五）年に一冊一円という定価で出した『現代日本文学全集』が大当たりしいわゆる「円本」時代を作りあげ、また賀川豊彦を発掘し、その著作『死線を越えて』は一日に五千部を売り上げるなど一躍出版界の寵児になった。やがて創立十周年を間近に控えた山本が目を付けたのが啄木であった。この版権を自社に引き取り土岐哀果か金田一京助を編集長に据えて記念事業にしようと目論んだのである。折悪しくというか幸運だったのは土岐哀果が洋行中で日本にいなかったことだった。金田一は自分は忙しくて引き受けられないが代わりに適任者を推薦しようと吉田孤羊を紹介したことは次項にのべる通りだ。新聞社をクビになって浪人していた孤羊は編集長ではなくヒラ社員として改造社に入ることになった。社員にすれば印税を出さずに済む。出版界の寵児山本はまた日本一狡猾な編集者でもあった。

また山本の凄腕は啄木の後嗣石川正雄に目を付けた。若くて結婚したばかりで浮き足だっていること、出版界に疎いことに目をつけて言葉巧みに新潮社版『全集』版権の委譲を持ち出した。

一流料亭に呼び出し正雄が口にしたことのない高級料理と美人の芸者で誘いをかけたからたまらない。定職もなく今後の見通しも立たない世間知らずの正雄は一夜で山本に籠絡されてしまう。もしこの時、正雄が金田一や郁雨と相談していればそうすんなりとこの話は決まらなかったろう。一途な性格の正雄にはそのような才覚は持ち合わせていなかった。

思うに正雄はここで石川家当主としての初の大仕事を誰

にも相談せず自分で決着をつけ〝男〟になりたかったのだと思う。結果的にこの判断は一番肝心の土岐哀果に一言も相談せず正雄の独断でなされたわけで、このことは後に石川正雄を窮地に追いやる結果になる。

この時の版権を正雄はいくらで売ったのかについてははっきりしたことは分からなかった。ただ、正雄はこのカネを受け取ると単身パリに渡っておよそ一年過ごして帰国している。渡欧の目的は趣味の演劇研究だとされているが正雄の原稿に演劇に関するものは一本もない。東京に残された病弱の京子やこどもたちはあたかも釧路にでて放蕩三昧にあけくれ一円の仕送りもしなかった父啄木の二の舞を踏んでいるが如きであった。

また、この版権譲渡の条件もはっきり分かっていない。分かっているのはこの譲渡以後、改造社でだした全集や歌集などの印税は一円も正雄に入っていない、ということである。とすれば新しく出版を予定されている改造社版全集の印税も一銭も入ってこない可能性が高く、正雄にとっては糧道を断たれるに等しい結果になる。石川家当主は厳しい局面に立たされたことを改めて認識せざるを得ず、この窮地を如何に逃れるべきか苦悩の日々を過ごすことになる。その話は追って続けよう。

6 吉田孤羊

人呼んで啄木の影武者と言われるほどの人物で本人より啄木を知り尽くした人物として名高いのが吉田孤羊である。私もその評判を聞いてなるほどと思わされるほどに啄木に関しては非常な情熱と熱意をもって啄木を調べ上げた人物と敬服し、多くを学ばさせてもらった。

吉田孤羊は啄木に関しては饒舌だが自身のことになるととたんに無口になる。こういうことは格別珍しいことではないが孤羊のように啄木研究に多大の貢献をした人物ともなれば、この人はどういう人なのか興味が湧いてくるのは自然というものだ。

彼の略歴はその著作の自らが書いたと思われる奥付によれば

明治三十五年三月岩手県盛岡市に生る。少年時代社会主義団体に加盟し、のち新聞記者生活にはいり、岩手毎日新聞、中央新聞学芸部長を経て改造社に入社。在京二十五年、昭和二〇年東京空襲にて疎開帰郷。岩手県立図書館、盛岡市立図書館長など前後十七年間勤務とあり、新聞と図書館二筋の人生を送ったことが分かる。少年時代に社会主義団体に加盟したとあるが、これは牧民会といい、盛岡で市内の青年十七、八人が社会主義の理論研究を目的として結成したもので、その学習資料を集める「平民文庫」をもうけた。その文献のなかに「啄木歌集—石川啄木」があり、当時は孤羊は短歌に全く興味がなかったが三行表記の〝奇妙な〟歌を読んで平易でありながら貧しい働く人々への共感をみごとに歌い上げた作品にいたく感動する。これが孤羊の啄木との出会いである。

そして「岩手毎日新聞」に入社するがこの時の編集長が岡山儀七（不衣）だった。岡本不衣は啄木と一つ違い、盛岡中学での文芸仲間だったから孤羊が啄木ファンと聞いて、岡本不衣は啄木との思い出や中学時代の作品を孤羊に語り聞かせた。爾来、孤羊の啄木に取り憑かれるような生活が始まった。

途中で「岩手毎日」を辞めて上京、「中央新聞」に移るが、これは政友会の機関誌で、出だしの頃は威勢がよかったが次第に経営に行き詰まり破綻に追い込まれてしまった。ところが運のいいことに救世主が現れる。金田一京助がひょっこりやってきて「哀果が出した新潮社版『啄木全集』を改造社が版権を譲り受けて新しい啄木全集を出したいそうだ、実は私に編集長になってくれというが私は自分の研究が大変で引き受けられない。自分よりもっと相応しい吉田孤羊という人物がいる、といってあなたを推薦しておいた。どうか引き受けてほしい」という願ってもない話である。孤羊がこのような話を断る訳がない。

こう見てくると何か一篇の小説のようである。牧民会で啄木の歌と出会い、新聞社に入ると啄木の友人がデスクにおり、東京に出てきて失業すると金田一京助が現れる。孤羊という人間は啄木に吸い込まれる如くにその生涯を啄木に託すことになる。

改造社に入る時、孤羊は一つの条件を出した。それは全集の資料収集のため必要な各地への自由な出張である。いままで旅費がないためしたくても出来なかった聞き取り、文献の蒐集、記録の閲覧が可能になった。これによって孤羊の啄木研究は一気に進んだ。この時、真っ先に出かけたのが函館だった。そして一九二七（昭和二）年の訪函で孤羊は夢にまで見た啄木の日記と対面するのである。この出張で孤羊は既に結婚しこどもが生まれてまもない石川正雄・京子と会い『明治四十四年当用日記』を読むことが出来た。さらに宮崎郁雨に会いに出かけると函館図書館長岡田健蔵を紹介される。郁雨が気を利かして呼んでくれたのである。この時、孤羊が持参した分厚い資料目録を見せると岡田は「よく集めたもんだ。小面憎いくらいだ」（「啄木の面影を求めて」『啄木発見』洋々社　一九六六年）と感嘆したといういから初対面で孤羊は岡田から信用を勝ち得たといっていい。この心証がやがて功を奏し翌年、再び訪函した孤羊は岡田館長の許可を得て啄木日記を閲覧する幸運を手にする。

そしてここが重要なポイントなのだが、この時、孤羊の「閲覧」という実態はどのようなものだったのか、ということである。この時の閲覧は立会人や見張りもなく時折、岡田が〝見回り〟に現れる程度のものだったようだ。それに孤羊は日記について「メモを取った」とは書いているが日記を「写し取った」とは書いておらず、その実態は本人しか分からない。確かにこの時点で孤羊が「全部書写した」と書いたなら、四方から罵詈雑言の憂き目に遭うことは必至だったろうから、孤羊の煮え切らない表現をあながち非難することは出来ない。

さらに重要なことはこの日記の一部が昭和十年代頃から新聞に漏洩し出したという事実がある。この件も後に詳しく述べるがそれは孤羊が函館図書館で〝日記メモ〟を作成してからのことで、その〝犯人〟は不明のままだ。ただ、はっきりしているのは孤羊がいなければ啄木の日記の存在が巷間にもれることはなく、また公刊問題が世間で論じられることはかなり遅れたということだけは疑いない。というのも節子、哀果、京助、郁雨、忠操、健蔵以外で啄木の日記の存在にいち早く気づき、これに近づき、岡田健蔵の目を〝盗み〟その一部或いは全部を筆写したのは外ならぬこの孤羊だったからである。その意味でも孤羊は日記公刊の契機を作った功労者の一人にあげてもいい。

7 日記の永久保存

幾つもの山を越えての日記の流転だったが、これまでのような形では日記を安定した形で保管できないことを知った岡田健蔵は宮崎郁雨と相談してこれを正式に函館図書館に永久保存することとし石川正雄にも諮って同意を得て一九三九（昭和十四）年「啄木日記寄贈書」として成文化した。

右ハ貴館ニ寄託中ノ処此度啄木遺族石川正雄ト合議ノ上貴館へ永久保存ノ条件ヲ以テ寄贈致候也

昭和十四年七月七日　　　宮崎大四郎

右処置ニ付合意承認候ニ就テハ爾後右日誌ニ関スル取扱並ニ処置ニ就テハ一切岡田、宮崎両氏ニ任セ異存無之候

昭和十四年七月七日　　　石川正雄

市立函館図書館長岡田健蔵殿

本書ハ為後日三通ヲ作製シ（其一）ハ市立函館図書館長岡田健蔵（其二）ハ宮崎大四郎（其三）ハ石川正雄ニ於て所持スルモノ也

昭和十四年七月七日　　　立会　岡田健蔵

（「寄贈書」『岡田健蔵先生論集』図書裡会編　一九六九年）

かくして漸く啄木日記は函館図書館の筐底深くに眠ることになる。ただ、この段階では石川正雄は自分で所有している『明治四十四年日誌』以外、この日記を一冊も見せてもらっておらず、ひょっとして何かの機会に郁雨や健蔵から一瞥くらいはさせてもらったかも知れないが直接手にすることは許されなかった。それゆえこの合議には内心は不満だったに違いなく、気性の激しい正雄が郁雨と健蔵におとなしく〝降伏〟したことには疑問が残る。正雄が残した原稿等にこの心境を直接述べたものは寡聞にして見ることが出来ず、その心中は不明であるがただひとつはっきりしていることは、その胸中たるや心穏やかでなかったということである。

しかし時代は満州事変から日中戦争へと戦禍は拡大し続け、ペンを持つ人間に自由にものを言える世の中は地上から姿を消し、誰もが見通しの立たない地平に陥っていた。希望と自由のない社会、そのような「時代閉塞」の状況下で、せめて〝父〟の遺業を保存し守ることが出来たと考えれば不平不満ばかりも言ってられまい、この陰湿なご時世が過ぎれば、またこの寄贈が役に立つこともあろう、と自分に言い聞かせたのではあるまいか。幾つもの誤謬を冒した正雄だったが、この時の判断だけは間違っていなかった。その予感は的中し自分の出番がやってくるのは間もなくだった。

その最初の兆しはこの合議の五年後に起こった。岡田健蔵の死去である。一九四四（昭和十九）年十二月二十一日午後一時三十七分新築中だった函館の仮住宅で安らかに息を引き取った。享年六十二歳。啄木に生き図書館に生きた男が去った。

正雄がこのニュースをどこで聞いたかは定かではないが、空襲の続く東京でやがて迎える敗戦の日を予感しながら健蔵の死は間違いなく一つの時代の区切りになると正雄は確信した。そしてその確信はやがて秘匿されている〝父〟の日記を白日の下に開け放つ〝野心〟へとつながってゆくのである。

Ⅲ 空白の日記

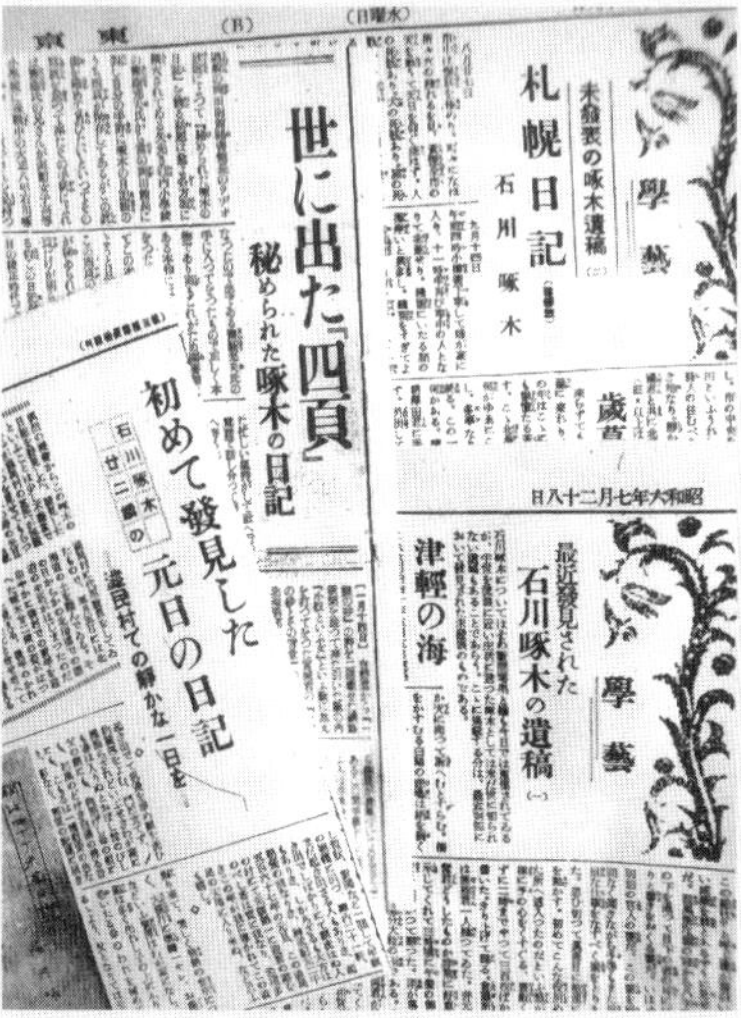

函館図書館の奥深く眠っているはずの啄木日記は 1931・昭和６年ころから、何者かの手によって新聞に漏洩し始めていた。

一　日記の条件

啄木の人生も波乱に富んだものであったが、彼が遺した日記も、これが公開されるまではそれに劣らない波乱万丈の過程を辿った。それはあたかもどのような小説やドラマにも見られなかった様々な悲喜劇が織りなす一場の物語と言って良いだろう。

啄木の日記の詳細は後に述べるが、ここでは少し異なった視点からその存在を見てみたい。というのは日記というものを書く場合、誰も身に覚えがあると思うが、先ず書く内容以前に気にするのは人目につかないようにすることである。一人きりで居住する場合は別として家族と一緒の場合は特にこのことが重要な要素になる。仮に書く内容が人に見られて差し支えないようなものであっても日記は自分のものだけに取って置くべきものと考えるからであろう。

したがって日記を書くための外的条件の一つに人目に見られずに書けるという環境が必要ということになる。啄木は生活環境がかわる度に新たな日記を書き起こしている。しかもその生活環境たるや啄木の場合は渋民村から出て以来、函館、札幌、小樽、釧路と転々と変わり、文学的運命を掛けた最後の上京ではその下宿も下宿代を溜めては追い出され次々と変えなければならなかった。啄木の終の棲家《すみか》は親友の宮崎郁雨が斡旋してくれた一軒家であるが、そことても六人家族が六畳二間という中での暮らしで、啄木には個室もなく雑然とした中で、みんなが寝静まった時間でなければ日記の扉を開けることは出来なかった。

なかでも一九一一（明治四十四）年二月四日に啄木は慢性腹膜炎のため医科大学付属医院に入院し、同七日に手術を受けるが、なんと前後一日の欠落もなく毎日克明な記録を書き残している。誰にとっても入院、とりわけ手術というのは〝大事件〟であり、大事をとって安静第一を考えるものであるが、啄木にとってはそんなことより日記が第一なのであった。ただ、入院中は「今日以後、病院生活の日記を赤いインキで書いておく」（二月四日）とあって、それなりの決意のほどが記されている。たまたま私は函館市文学館の展示でこの日記の一部を見たことがあるが、しっかりした字体で少しの乱れもないのに驚いたものである。また入院後もせっせと一日数通の手紙を欠かさず書いていることにも感心せずにはいられなかった。退院後も発熱が止まず体調は悪化するばかりだったが、それでも毎日数行で

はあるが筆を止めることはなかった。この年の大晦日の日記は

残金一円十三銭五厘

今日は面倒なかけとりは私が出て申訳をした。
夕方が八度二分
百八の鐘をきいて寝る。

熱に苦しみながら〝債鬼〟たちに頭を下げての除夜の鐘の音は啄木にはどう響いたのであろうか。

開けて一九一二（明治四十五）年には日記帳を新しくして無罫のノートに自分で簡単なスケッチ風のデザインをあしらい「千九百十二年日記」と記した表紙をつけた、啄木にとって最後になる日記をつけ出す。字体に少しのみだれもなく普段の啄木の筆致で、病み上がりとはとても思えない。心機一転を期したのであろう。体調は依然として良くなかったが十一日までは結構長い記述を続けたが十二日は「今日も不愉快な一日を送らねばならなかつた。熱は三十八度三分まで出た。しかしもうピラミドンはなかつた」と書くのがようやくだった。この日から十八日まで筆を止めている。十九日から再開されるがそれも二月八日まででまた途絶える。そして再開されるのは二月二十日。この日を最後に啄木の日記はページを閉じた。それから啄木が亡くなるのは四月十四日である。

以下に紹介する日記は冊数でいえば十四冊になるが、うち『明治四十四年当用日記』は石川家が所有しており、『明治四十一年日誌』四冊は現在、函館中央図書館の保存管理の関係で一冊に統合されているため実際は十一冊になっている。

二　空白の日記

いくつもの全集の刊行の編集や監修に当たった啄木の娘婿石川正雄や啄木研究の第一人者岩城之徳二人が口を揃えて、特に最後に出た『石川啄木全集』（筑摩書房　一九七九年版）の日記編は函館市立図書館に所蔵されている啄木日記と厳密に照合、校訂を経ており、一切の作為削除がないと証言している（例えば石川正雄「啄木日記のこと」『石川啄木全集月報』第六号　一九七九年や岩城之徳「解題」『石川啄木全集』第五、六巻など）。

ありがたいことに、啄木の日記を読みたければわざわざ直接函館に出かけて啄木会の承認を得なくともこの『全集』によってその内容は知り得ることになっている。とは言ってもやはり現物を目にすることが出来れば、想定外の収穫を得る可能性が残っていることは疑いないが、いまはこの『全集』に依拠する以外にない。そこで前章の日記の概要を受けて、改めて日記の空白地帯を整理してみたい。

1『秋韷笛語』（明治三十五年）

この日記は啄木の最初の日記であり、「序」文をつけ、「白蘋詩堂」と銘を記し、この日記は東京に出て文学の道に進むべき旅出の記録だと述べて日記を興す決意のほどが漂っている。また、この末尾には次の一句を掲げている。

装ひては
　花の香による
　　蝶の羽
　秋は韷れの
　　笛によろしき。

後に啄木は短歌を三行で表記し、また文字列に工夫を凝らすが、この句によって既にその兆しが見られることは注目に値する。なお、「韷」は漢和字典では訓で「かまびすし」「わずらわし」音は「ラク」「リャク」となっているが、ここでは「韷《おとず》れ」と読むのが一般的になっている。

開始日は盛岡中学を中途退学し、文芸の道に進む決意をし渋民を出郷した日から始まり、初の上京、新詩社同人やら与謝野鉄幹、晶子との出会い充実した日々が続くが浪費がたたり年末には病に伏す結果に。「日記の筆を断つこと茲に十六日、その間殆んど回顧の涙と俗事の繁忙とにてすぐしたり。」十二月九日　全文）という結末。翌年二月二十六日、父一禎が上京して啄木を帰郷させる。日記の空白は明治三十五年十二月二十日から翌明治三十六年まで一年と十日（三七六日）にわたった。上京の成果も期待したほどには得られなかったし、また無理がたたって健康を損ねての帰郷のショックは少なくなかったであろう。しかし、啄木という人間は基本的に楽天家である。再度の捲土重来を密かに期して、当面は健康回復に努めることにした。友人に「毎日苦い薬をのんで、顔をしかめ・・・毎日夕刻には薬取方々医師の家間で散歩」と手紙を書いているが、負けず嫌いの啄木は弱音をはくどころか、既に次の機会をうかがっていた。

2 第一の空白の一年（明治三十六年）

とは言っても体力の回復のためにはやはり少し時間がかかった。このため啄木は焦らず健康回復にしばらく専念することにし、当面は父一禎の勧めもあって庭園に面した六畳間の書斎を「啄木庵」とし、思索と読書三昧の生活に明け暮れた。春先になるとかなり調子がよくなってきたので、少しずつ詩作と評論の筆を執り始める。その一端が「岩手日報」に「ワグネルの思想」（五月三十一日から六月十日まで、七回連載）を寄稿し、掲載されている。中学中退の十七才の青年が地方新聞とは言え、これは快挙とも言える出来事であった。詩作以外で評論デビューを果たしたことは啄木にとって新たな転機にもなったであろう。

また、詩作では「啄木庵」でじっくり構想した作品を次々と『明星』などに作品を発表している。

▽「新扇」（短歌四首）『明星』第七号　七月一日
▽「沈吟」（短歌八首）『明星』十一号　十一月一日
▽「公孫樹」（短歌四首）『明星』十一号　十一月一日
▽「冬木立」（短歌四首『明星』十二号　十二月一日
▽「愁調」（詩五篇）『明星』十二号　十二月一日
▽「無題録」（随想・二回）『岩手日報』十二月十八・十九日

この時期、啄木には堀合節子との恋愛が進展中で

先《さき》んじて恋《こひ》のあまさと
かなしさを知《し》りし我《われ》なり
先《さき》んじて老《お》ゆ

と詠んだのはこの頃のことである。二人は翌年二月には結納を交わし結婚は秒読み段階に入る。精神的に充実していて日記を書く条件は揃っていたが、何故か啄木は書かなかった。その理由について啄木の娘婿石川正雄は初の上京

の失敗で「悶々と療養の月日を送った」ことから「日記をつける気持にもなれなかったのではあるまいか」(「解説」『石川啄木日記』第一巻　一九四八年）と書いているが、当の本人はご覧の通り、詩作にも評論などにも意欲満々、おまけに婚約までしているのだから、このコメントは的を射たものとは言えない。むしろ確かなことは体力も回復し、詩歌や評論活動の基盤が固まりつつありということなのだから、自信をもって日記を書き出せたはずなのである。それに既に日記をつけることによる文筆活動の有意性に確信を抱いていたから日記をつけないという理由は存在しないと言っていい。

もう少し誇張すれば啄木は日記の持つ有意性のみならず、その奥深さを知って、むしろ日記の未知の価値にいい知れない可能性と魅力を感じたのではあるまいか。それゆえに啄木は日々を日常の記録というレベルにとどまらず、もっと日記の文芸的価値を高め、見直す必要があると考え、その考察のために意図的に一時、筆を置いたのではなかろうか。そう考えればこの時の空白はそれなりに意味を持ったものと言えよう。

3『甲辰詩程』（明治三十七年）

空白の一年をおいて再開されるこの日記は元旦から始まる。健康を取り戻し、恋人節子と婚約も整い、机に向かう時間も増えて詩歌や論評の創作意欲はとどまるところを知らなかった。これまでは発表媒体は『明星』や『岩手日報』だけだったが、この頃になると『時代思潮』『帝国文学』『白百合』『太陽』などといった全国的な文芸、評論誌に登場するようになっていた。

いつしか啄木はそれらの作品をまとめて出版することを考えだす。ただ、この当時は初出版はまず自費でまかなわなければならず、北原白秋、島崎藤村、野口雨情などといった後世に活躍する作家たちはみな最初は自費出版であった。啄木の場合は最初の上京で経済的に無理をしたために、二度目の上京の資金がなかった。このため啄木は姉の嫁ぎ先で小樽駅長をしている義兄山本千三郎に借金を申し込むため初めて北海道に赴く。そのいくらかの資金を懐に上京し初の詩集『あこがれ』の出版を目論む。

しかし、この期間の日記は順調なスタートを切った新年から四月で途切れ、七月に再開するがわずか三日で閉ざされてしまう。この理由もはっきりしない。確かに執筆の数は増えたといっても日記を書く時間がなくなったわけではないし、また婚約で多忙と言っても日記を書けない説明にはならない。

二度目の上京では出版の目当てがなく、途方に暮れ、また最初の上京の二の舞かとヒヤリとさせられるが、持ち前の図太さで乗り切る。最もこの図太さが周囲に迷惑をかけ顰蹙をかってしまう。しかし、同郷の小田島三兄弟の出現でようやく「あこがれ」出版の目途がたつ。

もう一つ言えることはこの年が啄木の生涯にとって唯一の安定期というか穏やかで創作に存分に関わることができた時期だったということである。先に述べたように啄木が日記の奥深さの可能性に気づいたということからすれば、この時期こそじっくり書きたいように書けたはずだと思ったが、恵まれた無風の環境では日記を書くにはあまりに平凡過ぎてノートを開く気にはなれなかったのかも知れない。それにしても『あこがれ』の初出版は平凡どころか重要な出来事で記録を残す価値を持ったはずなのだが。内心では初めての出版を喜ぶと同時にこの持つ意味の重大さに気づいて迂闊なことは書けないと自戒した可能性は捨てきれない。

さらにこの十二月に特筆すべき最大の事件が起きている。父一禎が宗費不払いを理由に宝徳寺住職を罷免されたのである。このことを啄木が知るのは翌年二月であるが、おそらく啄木にとって最大の受難だったろう。それこそ言葉を失い、日記など論外となってしまった。

4　第二の空白（明治三十七年～明治三十八年）

節子と結婚し、初詩集『あこがれ』もなんとか発行でき、また盛岡の仲間と計らって文芸誌『小天地』を発行するなど表向きは成り行きも順調のように見えたが父の失職による痛手は徐々に啄木の両肩に食い込んできた。

父一禎の住職免職は啄木のあらゆる経済的糧道を完全に断つものであった。これまでは充分とは言えないまでも、読みたい本を買い、好きなだけタバコを吸い、訪れる友人たちにソバや酒を振る舞い、節子との遠出には俥を出すことも出来た。ところが一夜にして啄木家は路頭に投げ出され、家も米も三度の食事すらままならない。それまではのほほんと「啄木庵」に座って庭を眺め、紫煙をくゆらして詩作に励んでいればよかったが、今度ばかりはそうはしていられなくなった。すべてのことがか細い啄木の両肩にかかってきた。

こうなると当然のことながら日記どころではない。最終的に啄木が取った方策は一家離散、父は青森の寺、妹は盛岡の知り合いに預け、啄木と母と節子は渋民の農家の六畳一間に転居。一ヶ月八円の代用教員に。かくして日記の再開は三月四日、渋民の煤だらけの農家の六畳から始まる。

5 MY OWN BOOK FROM MARCH 4.1906 SHIBUTAMI

『渋民日記』（明治三十九年）

過酷な環境下ではあったが、この期の日記は二百四十日を数え、啄木が残した日記のなかでは最長記録である。父一禎が宝徳寺住職を罷免され路頭に迷うことになった啄木は故郷渋民村に戻り、代用教員になる。日記はこの間の教員体験の記録が中心である。この時の体験をもとにした小説が「足跡」である。これを書いたのは明治四十二年一月で、「予の長編―新しい気持ちを以てかいた処女作だ。予はこれに出来るだけ事実を書いた。」（同年一月二十六日の日記）とある。その中に、出来るだけ早く渋民を出て小説で身を立てようとして挫折を味わうくだりが描かれている。啄木は千早健《ちはやたけし》の名で登場する。夫人節子は敏子である。

東京へ行く！行つて奈何《どう》する？　渠《カレ》は以前の経験で、多少は其名を成してゐても、詩では到底生活されぬ事を知つてゐた。且つは又、此頃の健には些とも作詩の興がなかつた。

小説を書かう、といふ希望は、大分長い間健の胸にあつた。初めて書いてみたのは、去年の夏、もう暑中休暇に間もない頃であつた。『面影』といふのがそれで、昼は学校に出ながら、四日続け様に徹夜して百四十枚を書了《かきを》へると、渠はそれを東京の知人に送つた。十二三日経つて、原稿はその儘帰つて来た。また別の人に送つて、また帰つて来た。三度目に送る時は、四銭の送料はあつたけれども、添へてやる手紙の郵税が無かつた。健は、何十通の古手紙を出してみて、漸々《やうやう》一枚、消印《スタンプ》の逸《はづ》れてゐる郵券を見つけ出した。そしてそれを貼つて送つた。或雨《あるあめ》の降る日であつた。妻の敏子は、到頭金にならなかつた原稿の、包装の雨に濡れたのを持つて、渠の居間にしてゐる　穢《むさくる》しい二階に上つて来た。

『また帰つて来たのか？　アハハ、、、。』

と渠は笑つた。そして、その儘本箱の中に投げ込んで、二度と出して見ようともしなかつた。

プライドの高かった啄木に取って三度もボツにされた恥辱は耐えがたいものだったに違いない。高笑いはその裏返しであったろう。本箱に投げ込まれたこの小説『面影』を啄木は函館まで持ってゆくが、函館大火で焼失してしまい、ついに日の目をみることなく失ってしまった。思えば啄木の小説は生前、そのいくつかは新聞や文芸誌に掲載はされたものの、出版されたものはほとんどなかった。その原因ははっきりしている。詩人としては成功したが、小説家としては評価されなかったからである。啄木には申し訳ないが、どの小説も理屈が多く、面白みもなく、啄木が歌で示してくれた情感や悲哀、そして人間味が伝わらない作品になってしまっているからである。

6『明治四十丁未歳日誌』（明治四十年）

この時期は啄木が渋民村を出て、函館―札幌―小樽という流浪の旅に漂った不安定な日々の記録である。北海道では新聞社を渡り歩き、決まった収入を得るようになり安定した生活がとりもどせるようになったかに思えたが、函館では着任後四ヶ月後に大火に遭い、札幌では二週間で小樽の新聞社に移るが事務長に暴力を振るわれ、憤然退社してしまう。当然のことながら給料はストップし、大晦日に大好きな年越しソバも食えず、それどころかあちこちの店のツケに追われ債鬼にアタマを下げる屈辱の年末となる。

啄木はこらえ性のない性格である。厳しい試練に遭遇するとこらえ性がないからすぐ降参したり後退してしまう。例えば結婚の時がそうであった。人生の節目になる結婚式だというのに故郷に帰らず仙台に降りてこともあろうに一流旅館に泊まって宿泊飲食費用一切を土井晩翠の夫人に払わせるという詐欺師に変身する。小樽日報に勤めて順調な記者生活に入っているのに事務長にアタマを二三発殴られただけで（?）家族の生活は顧みず新聞社を辞めてしまう。後の生活をみても啄木のこらえ性のなさは目に余るものがあり、そういう弱さが啄木の薄幸の遠因になったと言って過言ではない。

それにしても啄木が日記に賭ける執念はこらえ性の無さとは驚くほどかけ離れた性質のものである。先の『渋民日記』にもその気配が感じられるのだが、啄木は詩作から小説に仕事の節目の舵取りを変えた頃から、日記を小説のための記録ととらえ直したように思われる。小説の素材としても、文章作法としての手段としての教材として日記を位置づけたといっていいように思えるからである。そう考えてみればこの時の大晦日の日記の最後の文章は納得が行く。妙な落ち着きと冷静な洞察は明らかに作家の目そのものだと思えてならない。

夜となれり。ついに大晦日の夜となれり。妻は唯一筋残れる帯を典じて一円五十銭を得来れり。母と子の衣三点を以て三円を得る。之を少しづつ頒ちて掛取を帰すなり。さながら犬の子を集めてパンをやるに似たり。かくて十一時過ぎて漸く債鬼の足を絶つ。遠く夜鷹そばの発声をきく。多事を極めたる明治四十年は「そばえそば」の発声と共に尽きて、明治四十一年は刻一刻に迫り来れり。

丁未日誌終

7『明治四十一年戊申日誌』（明治四十一年）

小樽日報を辞めて僅かな期間の日記であるが一月二日には「頭がムヅ痒くなつたので、斬髪にゆく。十九銭とられる。アト、石油と醤油を買へば一文もない」という生活ぶりが綴られる。新年の話題としては日本一貧しい物語だろう。ただ、啄木が小樽日報の後釜に据えた沢田信太郎が十二日、啄木の家にやってくる。尤も無職の啄木は年が明けてから何度も沢田の家に出かけ、たらふくご馳走にあずかっているが、この日は日報に挿絵を描いていた独身の桜庭ちか子を啄木が呼んでいた。啄木は沢田と桜庭を結婚させようとして自宅で顔合わせをさせたのだ。啄木という人物は人の世話をすることが好きで既に紹介したが金田一京助に結婚させようと見合いの場をつくって結婚させた〝実績〟がある。

沢田と桜庭の見合いはこの日はうまくいったらしい。というのは十二日の日記に「万才」とあるからだ。ただ、二人は結婚まで進まなかった。啄木が小樽を離れて釧路に発つのは、この十日後のこと。もっと時間があれば啄木の仲人ぶりがみられたかも知れない。それにしても、もし啄木が長生きしていたら何組のカップルを残したかと想像するのは愉快な空想である。

8『明治四十一年日誌』（明治四十一年）

このなかで「其三」中「七月二十九日」末尾のページ部分から三月十一日まで、一枚二ページが切り取られている。また「其四」中十二月十二日以後がない。七月の切り取り部分は後に述べるとおり植木貞子の仕業によるもので、十二月の空白は釧路の小奴の上京でその逢瀬に忙しく、その関係を日記にとどめるには差し障りがあると判断した可能性がある。

この年の日記は前半で北海道放浪の軌跡が綴られるが、実は啄木の小説づくりに決定的な役割を果たしたといってよいだろう。啄木の小説による文学遺産がもたらされたのはこの時期であり、ここでの生活体験は啄木にとってかけがえのない人生学習だった。函館、札幌、小樽、釧路という舞台は啄木という主役に相応しい独壇場とも言えるものだったからである。

まず函館である。行方定まらない時期の啄木を温かく迎えたのは苜蓿社の若き同人たちであり、終生の友も兄もいた。宮崎郁雨をはじめとする人脈、そして何より永遠の恋人橘智恵子の存在である。函館大火は啄木の希望を打ち消したが、函館は啄木の存在抜きでは語れないマチであり、啄木もまた函館抜きでは語れない存在になっている。

札幌は「詩人の住むべきマチ」と直感した文学のふるさとを象徴するかのような存在であり、滞在期間は二週間に満たなかったが、いつかはまたやってきてここに住んでみたいと言わせたマチであった。小説「札幌」は啄木の札幌に寄せた想いを語っている。

小樽は野口雨情と新聞社で机をならべ主筆追放劇をたっぷり楽しんだ忘れることの出来ないマチであった。不幸なことに事務長から暴力を振るわれ辞職するが、「日本一の悪路」を奔走しながら一人で三面記事を書きまくり、思う存分筆を取って活躍した。

釧路では啄木の人生で最大のパワーを発揮した。筆でも歓楽の世界でも。小樽に残した家族をそっちのけで酒池肉林に溺れ、早く文学の道に戻れ！という声を心の内に聴いたのも釧路であった。郁雨の後援もあって啄木はそそくさと東京への旅に発ち、本格的に文学と対峙することになる。啄木は釧路から逃亡したのだ、と書いた人もいるが、正確には逃げたのではない、新たな出発のために旅出ったのである。

『明治四十一年日誌』は北海道の流浪と東京での再出発の苦難の道のりの記録であり、この難儀な生活と体験が文学上でどう表現されるかという試練の旅程だったと言えよう。

9『明治四十二年当用日記』（明治四十二年）

この日記の前年、啄木の小説「鳥影」が東京毎日新聞連載が決まり、いくら書いても日の目を見なかった作家生活に曙光が差し始めたかに見えたが、この後も展望は見えず、やむなく朝日新聞社に校正係として雇ってもらい、一息つくが、相変わらずの前借り続きで生活の見通しはつかない。函館に残した家族から東京で一緒に暮らしたいという催促の手紙が来始める。啄木は三畳の下宿では無理だからもう少し待つようにと返事したが、内心では困り果てる。この間、啄木が考えたのは家族が来た場合の日記の置き場所だった。読まれて困るような放蕩の記録もあり、とても家族に見せられない。そこで一計を案じたのがローマ字として残すことだった。妻はその気になれば読めるが最も知られたくなかった親には絶対に読ませたくないと考えたのである。それが四月三日からのローマ字による日記で、これはいわば本番前のリハーサルだったと言えよう。四月六日には「社で今月の給料のうちから十八円だけ前借した、そして帰りに浅草へ行って活動写真を見、搭下苑を犬のごとくうろつき廻った。馬鹿な！／十二時帰った。そして十円だけ下宿へやった。」とローマ字で記している。わずかこれだけの文章に前借りと浅草搭下苑という、この時期の啄木の生活ぶりを現すキーワードが二つも含まれている。啄木の家族が宮崎郁雨に引きつられて東京に揃ってやってくるのは六月十六日のことである。

10 NIKKI. 1 MEID 42 NEN. 1909
『ローマ字日記』(明治四十二年)

この日記についてはこれまでおびただしい評論が展開されており、その功績(〝罪〟にあらず)はそちらに譲ってここでは二つのことだけ触れておきたい。一つはこの日記が書かれた時期と背景についてである。啄木が独習していた英語かドイツ語に堪能であればローマ字ではなくこのいずれかの言語を選んだことであろう。なぜなら出来ることならこの日記は家族に読ませたくなかったからである。そしてその筆頭に節子夫人があがるが、それは正確ではない。教員資格を持つ節子にはローマ字を読むことは難しいことではなかったからである。むしろ両親に荒んだ生活態度を知られたくなかったからである。我が子がおぞましい売春窟に出入りしていることを親には口が裂けても知ってほしくなかったからだ。この時期は啄木が浅草塔下苑で放蕩三昧を繰り返していたからなおさらのことである。

いま一つはこの日記の中に突然出てくるある言葉である。それは一種の雄叫びというか峻烈な響きを持つ言葉なのだ。一部の啄木愛好家には既に知られていることなのだが、啄木の独特な思想の一面を鮮明に表現したものとして注目に値する一文を改めてここで引用しておこう。

> 人に愛せられるな。人の恵みを受けるな。人と約束するな。人の許しを乞わねばならぬ事をするな。決して人に自己を語るな。常に仮面をかぶっておれ。いつ何時でも戦さのできるように—いつ何時でもその人の頭を叩きうるようにしておけ。一人の人と友人になる時は、その人といつか必ず絶交することあるを忘るるな。(四月十二日)(＊現代表記とした)

ローマ字日記にはワイセツな記述もあるが、他にも文学思潮、社会評論なども当然展開されている。しかし、このような啄木の醒めた肉声を感じさせる表現はきわめて珍しい。このような直截で骨太い記述が啄木の小説に生かされたならもっと多くの読者に迎えられたのではないかという気がしてならない。

なお、啄木が宮崎郁雨から渡された資金で本郷弓町の床屋の二階二間を借りて新しい生活をスタートさせるのは六月十六日であり、その日に書いたローマ字の日記帳は半分を空白として、この空白の十二ページ目に「A」と大文字一字、十四ページ目に「SAISHO NO KIOKU」とタイトルだけが記入されている。啄木のことだから何か構想してのことだったろうが、これらの意味は分かっていない。これらの空白について岩城之徳は『全集』の「解題」で環境の急激な変化による生活のあわただしさ、いらだたしさによるものであろう」と述べているが、僅か二間に五人、台所やトイレは階段下という環境、折り合いのよくない母と嫁が同居したのだから心のゆとりは持てなかった。日記帳を開く気になれなかったのは当然であったろう。

解《と》けがたき
不和《ふわ》のあひだに身《み》を処《しよ》して、
ひとりかなしく今日《けふ》も怒《いか》れり

という悲哀の歌は、この時期の啄木の日常の一コマを現したものの一つだ。

ところで「ローマ字日記」は六月一日で終わっているわけだが、いわゆる日記は翌年四月一日まで書かれていない。しかし、弓町の二階の借家に啄木一家が住んで四ヶ月ほどたった十月二日、節子が京子を連れて無断で盛岡の実家に帰るという〝事件〟が起こっている。これは節子の妹ふき子が宮崎郁雨と結婚するというので長女の節子がその祝いと準備に実家に帰りたいという願いを啄木が聞き届けなかったため憤慨した節子が無断で家を空けたという経緯がある。この時、啄木は狼狽して金田一京助に帰ってもらうよう涙ながらに依頼し、啄木はその怒りと悲しみを切々と日記に書いて金田一に見せたという。しかし、この日記は現在存在していない。節子は一週間後に戻って、二人はよりを戻すが母カツと節子の確執はますます深まっていく。金田一はこの日記が存在したことは間違いないという。（この件については金田一の「弓町時代の思い出から」「啄木日記の終わりに」「妻にも見せられない日記」いずれも『金田一京助全集　第十三巻』三省堂　一九九三年に詳しい）

とすると啄木か節子のどちらかが〝処分〟したことになる。日記に人一倍の愛着を持つ啄木が自ら破棄したり焼却したとは考えにくい。とすれば節子が啄木亡き後に〝処分〟したものとしか考えられない。宮崎郁雨が節子からあずかった日記の中には既にこの部分は無くなっていたと考えられるから、節子が房州北条から函館の実家（堀合忠操は盛岡から函館に転籍していた）に戻るまでの間に失われたということになろう。節子を責める気は毛頭ないが、元はと言えば啄木の独りよがりな態度がもたらした惜しまれる〝紛失〟であった。

11『明治四十三年四月より』（明治四十三年）

前年十二月末、青森から一禎が弓町の借間に戻り、久々に一家が顔を揃えて、本来であれば目出度いというべきであったが、一家の収入は啄木の朝日新聞校正係の月給二十五円のみ。それも家族が揃う以前からの前借りで生活は逼迫したままだった。頼りにすべき一禎は亡くなった長男真一のお経を上げるだけで何の役にも立たない。母カツと節子の不仲は増幅するばかり。それでも啄木はかなりの詩歌と評論の筆をとっている。二間に五人が生活し、それも剣呑な雰囲気を思うと日記を書く環境でなかったことはけだし当然といえよう。

それでも四月一日の日記には「夜、父と妻子と四人で遊びに出た。電車で行つて浅草の観音堂を見、池に映ったイルミネエションを見、それから電気館の二階から活動写真を見た。」とあり、久々の団欒を綴っている。

12『明治四十四年当用日記』（明治四十四年）

右に見るとおり、この年の日記は啄木の体調不良から途切れ途切れの状態であり、それ以外にも切り取られたり、引きちぎられたりしたらしく保存状態はよくないという。

この『明治四十四年当用日記』は唯一啄木の家族の手許に渡されたものである。節子—郁雨—堀合忠操—京子を経由して娘婿（須見）石川正雄の手に渡った。その正雄がこの日記を手にした印象と感慨を次のように述べている。

> この日記はところどころ切り取られてゐることである。まづ元旦二日の一枚二頁、これは生前啄木がどうかしたらしい形跡も、遺族が処置した事実もないのだが、今日まで一切が不明で、今ではもうおそらく消滅してゐるものと思はれる。次いで一月十三、十四、二十七、二十八日の二枚四頁、さらに八月二十、二十一日の一枚二頁が切りとられ、それが全然私の知らない人の手にあり。その写真と手許の日記とを照合すると、切りとった跡までピッタリ一致してゐて、確かに本物である。（「解説」『石川啄木日記　第三巻』世界評論社　傍点筆者）

この切り取られた部分の件については次章で詳しく検討するが、ここでは石川正雄が指摘している不可解な「紛失」についてだけ紹介しておきたい。それはこの日記を実際に手に取った人間でなければ表明しようのない疑問だからである。切り取られた日記に続いて石川正雄は次のように述べているのだ。

それから八月以後はかなりひどい。もつとも、この日記は保管がよくなく、頁の落ちかかつてゐるところもあり、私の手許にくるまで、どんな風に処理されてゐたか知らないが、八月二十一日から月末までが、恰度落丁のやうになつてゐる。これは八月の一枚を切りとつた時の乱暴さから、製本のかがり糸が切れて、そのためにバラバラになつたのではないかと思はれる節もないわけではない。次いで九月四日から十月二十日までが、恰度一綴分、これも製本がいたんでしまつて、なくなつている。他人が切りとるにしてはいささか乱暴であり、それとは思はれない。啄木が切りとつたか、遺族がやつたのか、それとも保存の粗末から紛失したのか、何れにしろ、今日までそれらのただの一頁も発見されないところをみれば、おそらく、地上から消滅してしまつてゐるのであらう。（同前　傍点筆者）

この『明治四十四年日記』は節子―郁雨から「遺族」つまり堀合忠操―京子に渡り、京子が小学校時代学校に持ち歩いたというところまでは辿ることができるのだが、正雄がしきりに「保管が悪い」と言っているのは京子と結婚して初めて見せてもらった一九二七（大正十五）年の状態だろう。啄木の日記を最初から保存を前提にして扱うのであれば別だが、この日記をあずかった堀合忠操は京子の父の「形見」くらいにしか思っていなかったはずであり、京子が気軽にこの日記をカバンに入れて学校へ持っていくのを忠操は父を思ういたいけな遺児の心情と受け止めていた可能性は捨てきれない。何しろ啄木が偉大な歌人と言われ出す以前のことである。そして正雄がこの日記を受け取るのが大正十五年だから、正雄が訝る保存状態はむしろ当然だったのである。そして正雄が「解題」のなかでしきりと「遺族」と言っているのは客観的にみれば正雄本人も含まれて然るべきだが、ここでは忠操と節子の二人を指していると考えて間違いあるまい。

ただ、欠落している八月と九月の部分は啄木が物心ともにその限界に近づいていた時期にあたり、内容的には啄木の生活と精神を知る上で重要な手がかりを与えてくれるものだったに違いなく、その欠落は惜しみてあまりある。

13『千九百十二年日記』（明治四十五年）

啄木の最後の棲家になった小石川久堅の借家での記録。二月二十日で日記は止まった。そして手紙は妹の光子に三月二十一日に送ったものが最後になった。この時啄木はもう床に伏したままで丸谷喜市に口述して筆記してもらった。四月十三日、啄木は節子、一禎、若山牧水の三人に看取られて逝った。息せき切って駆けつけた金田一京助は白装束に着替えられ、逆さ屏風の前に横たわる啄木の姿を呆然として見つめた。

三　節子と日記

ところで啄木からも日記の焼却を直接というより婉曲に頼まれていた節子だったが、これまで述べた通り、葬儀直後にその一人である丸谷喜市は徴兵検査の結果甲種合格となって旭川連隊に入隊、除隊後は長崎高等商業学校講師になり、また結婚して日記の一件から遠ざかってしまった。頼りにしていた金田一京助は父の危篤とその葬儀で一ヶ月帰郷して、出産を控えた節子は東京をいったん離れ房州に転地、この間、日記はついぞ節子の手を離れることはなかった。

1　房州の節子

房州北条で次女房江を生んだ節子は生活の目途が全く立たなくなって父堀合忠操の居る函館に移ることを決めた。生前、何度も函館だけには絶対に行ってはならんと啄木から厳しく言われていたために迷いはあったが二人のこどものことを考えると啄木の〝遺言〟を守るわけには行かなかった。晩年、自暴自棄になった啄木は節子の実家だけではなく大恩人の宮崎郁雨までをも義絶し自らだけでなく家族を巻き込んで糧道を断った。実に無責任な、そして向こう見ずでわがまま勝手な父親と言わなければならない。

妊娠八ヶ月の節子は葬儀の後、啄木の妹光子の口利きで房州の北条でキリスト教伝道と病人の世話を目的とした療養活動をしていたコルバン夫妻のもとに行くことになった。葬儀から二週間後、節子と京子は北条に移った。土岐哀果に宛てた近況は「コルバンさんはよく親切にして下さいます。日に三合の乳と、昼にスープ、それから間代（＊賃料）と医薬はおめぐみにあづかるのですけれど、今月いっぱいで軽井沢の方へ九月迄、お出になるそうですから、来月から皆、自分でしなければなりません」（五月十四日付）とあり、気の抜けない厳しい現実を綴っている。そして六月十四日、出産「今朝七時女児安産」のハガキが哀果に届く。啄木の命日からちょうど二ヶ月後であった。

困難な状況下で節子はともかく先ず出産を済ませてから一つずつ懸案を解いてゆこうと考えていた。なにより切実な問題は九月以降のことだった。コルバン夫妻の援助がなくなる前に何とかしなければならない。一番確かな方法は函館に移転していた実家にひとまず戻ることであった。ところが大きな壁が立ちはだかっていた。それは啄木から函館だけは絶対行ってはならんと厳命されていたことである。節子の実家堀合家とかつての親友宮崎郁雨とは半年前に義絶を啄木の方から一方的に通告しており、また、亡くなる朝にも啄木は節子に念を押すように「あそこ（函館）には絶対帰るな」と苦しい息の下から言われた言葉が耳に焼き付いて離れない。苦しい胸の内を節子は哀果に次のように打ち明けている。

私の手一つで育て、行かねばならぬ娘たちの運命が何とも云へない悲しい様にも思はれてなりません。父も知らない房江は三時間毎に牛乳百グラムづゝ呑んでヅン〳〵大きくなります。私がかう云ふ熱ではとても子供等の世話もおつくうで御座いますし、それに金もすつかりなくなりましたから、体がもすこし丈夫になるまで函館に帰らうと思うて居ります。夫が最後の朝も私は帰らないと云ひました。（中略）

之は私の本意ではありませんけれど、どうも仕方ありません。夫に対してはすまないけれども、どうしても帰らなければ親子三人うゑ死ぬより外ないのです。こゝに居りますと下宿料は京子と二人で十六円、牛乳代、薬価卵代で十円、それに小遣を入れると、どうしても三十円では足りません。この体で自炊も内職も出来ず、それかと云ふて三十円なんてそろうた金を、月々親の処からもらふ事等はなほ出来ません。かういふわけですから、私はほんとうに当分のつもりで行つて来ます。病気と貧乏ほどつらいものはありません。（中略）読売の方に小説がきまりましたら、立つまでに十円ばかり都合していたゞけないでせうか。もし出来ます事なら折入つてお願ひ致します。まだ申上げ度い事もありますけれども、熱のために長く筆取つてはゐられませんから之で失礼居たします。末筆ながら御奥様へも宜しく願上げ候　かしこ（七月七日）

啄木は日頃から束縛こそ人間性への最たる呪縛だと言いもし、書きもしている。ところが節子に対しては死してなお、その忌まわしい束縛の縄をかけ続け、精神的肉体的な負担を強いた。この手紙にはその呪縛からもがき、あがく苦悩する節子の真情がにじみ出ている。

函館に移った節子は父忠操が手配してくれた青柳町の家でひっそりと親娘三人の生活を始めた。母と三女の孝子が日常の世話をしたが、啄木の遺言を少しでもまもろうと実家にも足を運ばず、宮崎郁雨とも直接会わなかった。食べるだけは不自由せず、時間もできたのはこの頃のことである。

節子が落ち着いて真っ先に始めたのが啄木の日記を読むことだった。中には房州時代に既に読んでいたとする説を為すものもあるが、お腹の大きくなった節子が暴れん坊の京子を抱え、しかもその日その日を生き延びることで精一杯の節子には一日も早く読みたいと気は焦っていても、日記をじっくり読むことは叶わなかったと考えるのが自然である。

2　函館に戻った節子

ところで函館青柳町に戻った節子はあまり外出せず、家に引っ込みがちで買い物も母や妹のふき子に任せることが多く、遊び盛りの京子は晴れた日は青柳公園で一人遊びに夢中だった。今となっては形見になった啄木の日記を節子は時間のある限り目を通した。読みふけるうちに顔が火照る思いもしたり、悲しくなったり、嫉妬で日記を投げ出したくもなったりした。ただ、ローマ字日記に関しては体調が良くなく頭痛が止まないので隅から隅まで読めなかった。ローマ字は今でこそ小学生でもすらすら読めるが、当時は未知の外国語に出会うような難解な言語だったから病み上がりの節子には興味関心が薄く、ペラペラ頁をめくる程度だったと推測していいように思う。というのもここに展開される激しい性描写を知っていたらそのままに残す節子でないと思うからである。

その証拠というか例証として節子は啄木の一連の日記のなかでさりげなくというよりもハッキリした意図のもとに削除したり破棄した形跡が垣間見られるからである。つまり節子はこれらの日記を無修正、無検閲で看過したのではなく都合の悪い部分や全体を削除、切り取り、破棄しているのだ。

先ず、明確に節子が削除したと思われるのは一九〇九（明治四十二）年、秋、節子が京子を連れて啄木に無断で盛岡の実家に二十日ほど帰ったことがある。この時の節子の無断〝家出〟は妹の孝子が函館の宮崎郁雨に嫁ぐので盛岡に行ってお別れをしたいという節子の申し出を啄木が峻拒したのに腹を立てたことから起こった節子の嫁いで初めての〝反乱〟だった。ものの道理を解しない児戯に等しい啄木の血迷った言動に呆れるばかりだが、また異様とも思える啄木の自分勝手な反応や、それに同調してぼろぼろ涙を落とす金田一の〝友情〟が何ともまぶましい。これほど肝胆相照らす友情を示し合う二人に乾杯したくなる。

結局、節子は二週間ばかりで〝堂々〟と玄関の敷居をまたいで帰宅するが、これに懲りた啄木は反省するどころか余計に暴君となって節子を苦しめることになる。この話は節子〝不倫〟説と関わるがここでは触れない。ただ、はっきりしているのは啄木という人間はどこまでも自己中心的な性格で相手のことは全く顧みない人間だということである。

金田一に言わせれば「息づまるような自己解剖と痛烈な自責」の表白が綿々と綴られていたというこの日記の部分を是非みたいと思って調べると、なんとこの箇所は『全集』に収録されていない。金田一はしっかりと自分の目でこの記述を読んだといってるのだから虚言をついているわけではない。金田一も吉田孤羊も、これは節子が削除したものと推測しているが、間違いないであろう。二人ともこの部分のページが破り取られていることを確認している。

ただ私は、節子が私情に溺れてこの部分を破り取ったということを問題にするよりも、もう一つ別の視点から考え直してみたいと思うのである。というのは節子は自分がわがままを言って啄木に迷惑をかけたという事実を隠蔽したくて破棄に及んだ、とは思わないからなのだ。

節子が自分に無断で実家に帰ったとき、啄木はその心の乱れを日記に率直に記した。それを読んだ金田一は「純文学」を超える「創作以上の創作」と絶賛した。しかし、これを読んだ節子は金田一とは全く別の感想を抱いたのではないかと思えてならない。言い換えれば「痛烈な自責」どころか反省のひとかけらもない自己陶酔の羅列、その証拠が家族に犠牲を押しつけ、自己中心のわがまま放題の果ての生涯だった。それなのにこの日記は少しの自己批判どころか自分への労り少しも感じることとの出来ない利己主義者の泣き言に過ぎない。節子は猛烈に腹が立って、悔しくて地団駄踏みたい激情に囚われたのだと思う。自分ばかりが良い子になっている啄木への怒りである。ここの部分を残せば自分だけが悪者になってしまう。許せない、ということで〝乱心〟に及んだというのが私の解釈である。金田一は誠実で善人であるということは私も認めるが、この件に関しては氏自身が「創作以上の創作」をしたのではなかったか、と思えて仕方がない。

我が国で啄木の日記を初めて子細に目を通した吉田孤羊はこれを読んだ節子の心境に触れて次のように記している。

療養生活のつれづれに読み出した夫啄木の、二十余冊の日記に克明に展開されている、ありし日の夢のような恋物語 —その後の転々と放浪流離の生活 —複雑を極めたいろいろな人びととの交渉 —胸の痛むような、節子さんに対する啄木の誤解 —陰惨な晩年の家庭生活 —夫人にとって、夢にも知らなかった啄木とよその女性との交渉 —等々節子夫人は、あるときは笑い、あるときは泣き、あるときは嘆き、いかにさまざまの感情を味わったか知れない。あるときは嘆きと悲しみのあまり、あるページは引き裂かれた。ある時期のものは、そっくり灰となってしまった。(「啄木の日記」『啄木片影』洋々社一九七三年)

四　破られた日記

1　植木貞子の乱

啄木の存命中その日記の存在を知っていた人間はそれほど多くはなかった。節子夫人と金田一京助は間違いなく知ってはいたが生前はこれを読むことはなかった。啄木は日記を身内に読まれることを嫌い、ローマ字で書いたことはつとに知られている。節子も金田一もこれを盗み読みするということはなかった。むしろ啄木は金田一には気に入った叙述を「読んでみてくれ」と自分から勧めたほどであった。

　ところが意外にもこの日記の存在を知っていた人間がいたのである。それもうら若き女性で氏名も素性も分かっている。この女性はこともあろうに啄木の日記を盗み見したあげく無断で部屋から持ち出し、自分の悪口を書いたと言ってその部分をちぎり取ってしまったのだ。〝被害者〟啄木は激怒した！


室に入れば女中来りて告げて曰く、昨夜植木女来り、無理にこの室に入りて待つこと二時間余、帰る時何か持去りたるものの如しと。／室内を調ぶるに、この日誌と小説〝天鵞絨〟の原稿と歌稿一冊と無し。机上に置手紙あり、曰くほしくは取りに来れと。／予は烈火の如く怒れり。蓋し彼女、予の机の抽出の中を改めて数通の手紙を見、またこの日誌の中に彼女に関して罵倒せるあるを見、怒りてこれを持ち去れるものなり！（「十二日間の記」『明治四十一年日誌』）

文中に出て来る「植木女」とは植木貞子といい、お察しの通り、ワケあり女性なのだ。貞子が持ち出した日記と小説、歌稿などは啄木と金田一の〝画策〟が功を奏し、なんとか戻って来た。しかし、手紙は貞子に没収され日記は貞子について書いた箇所すなわち七月二十九日から三十一日の部分が破かれて無くなっていた。啄木の日記の最初の〝被害〟である。

　この植木貞子と啄木との出会いはちょっと面白い。というのは与謝野鉄幹という人物は芝居が好きで観るばかりでなく自ら新詩社同人を中心に知人の文士たちを集めて年に一回、いわゆる文士劇を劇場で公演していた。啄木が『あこがれ』の出版を企図して三度目の上京をして、これが思うようにゆかずに往生していた時のこと、この公演に〝出演〟を鉄幹から誘われた。啄木も芝居は嫌いではなかった。自分は下手な役者より演技はうまいと手紙で友人に吹聴したこともあるほどだ。気分が落ち込んでいた時でもあったので啄木は気分転換にもなると喜んで引き受けることにした。両国の伊勢平楼で開かれたこの日の模様を土岐哀果が鮮明に覚えていた。

僕も一介の文学青年で、多分中学の上級生だつたと思ふが、友達に誘はれて、そこへ行つてみた。椅子席はなくて、皆畳の上に座つてゐた。非常な盛況で、大きな会場はほとんど一杯になつてゐた。僕らは其中頃へ席を占めて、小さくなつていたのだが、近くに徳田秋声さんのゐたことははつきりおぼえてゐる。名だけは聞いて、写真などで顔を知つてゐたいはゆる文壇詩壇の大家が、周囲にもどつさりゐたに相違ない。それらを友達が一人一人こつそり指さしては教へてくれた。舞台にたつたのは、新詩社の盟主だつた与謝野鉄幹を初め、石井柏亭、高村光太郎などといふ諸君もまじつてゐたと思ふ。皆、おしろいを塗つて、一段高い舞台に出た。芸題も忘れたし、うまかつたか、まづかつたかも忘れたが、そのとき、幕間にちよこちよこと僕らの近くのところへやつて来て、そこにゐた一人の青年に呼びかけた青年があつた。僕は、この二人とも知つてゐなかつた。呼びかけられた青年が、向きなほつて、／「君は出ないのか？」／と聞くと、呼びかけた青年が、小腰をかがめながら、／「おれは出ないのだ。おれは笛だよ。鳥の笛。一寸ぴいぴいと吹けばいいのだよ。」かう、答へた。その態度が、いかにも皮肉で、こまちやくれて、キザな男だと僕は思つた。／この「鳥の笛」の青年が石川啄木といふ男だとは、あとで友達にをそはつたのだ。」／「へえ、あれが石川啄木！いやなヤツだね、」と僕は友達にささやいた。石川啄木といへば、当時詩人としてもう相当新詩社同人の間に知れてゐたし、詩壇でも、少年の天才詩人として、ちやほやされてゐた。その啄木は、木綿の黒紋付に袴をはいて、蒼い顔をして、人間の役はせずに、鳥の笛の役をしていた。（「交遊記」『啄木追懐』新人社　一九四七年）

鉄幹から「これを頼む」と言われて台本を渡された啄木はてっきり主役級とまでいかなくとも気の利いたセリフを言う役だろうと思っていたのに「鳥の笛」だったのだからふて腐れたのも無理はない。しかし土岐哀果がこの時、啄木に抱いた悪印象はこの場だけのもので三年後、啄木〝晩年〟に会った哀果は無二の詩人同志としてつきあい、実現はしなかったが二人の雅号を合わせた『果実と樹木』の刊行に奔走した。

　さて本題、この文士劇は実際には一九〇五（明治三十八）年四月十五日に公演されたが、女形に臨時出演したのが植木貞子（当時十五歳）であった。舞台が撥《は》ねた後、何かのきっかけで二人は直接口を利いたらしい。というのは日記にはこのことに触れられていないが翌年の年賀状送付名簿に「植木千子」（東京市京橋区大鋸町五）の名と住所が載っている。つまり貞子の母の名と住所をちゃんと聞いているのである。この頃は父一禎が宝徳寺を罷免になり、間もなく出ることが決まった『あこがれ』を持って盛岡へ帰る話（ただし節子との結婚は教えなかった。）をして「きっと、東京へ出てくるから、そのときまた会おう」という程度の約束をしたのであろう。

　その約束から四年後、上京してきた啄木からのハガキを見た貞子は小躍りして喜んだ。貞子の行動は素早かった。先ず、是非会いたいというハガキをその日のうちに書いて、翌日も何処で会えるかとハガキをだしている。そして三日目、啄木が留守にしている間に下宿にやってきた。「帰つて見ると、七時頃京橋のてい子さんが訪ねて来たさうで、鉛筆の走書きの結び文が残してあつた。江東落花の日の芝居から、四年目の今、どんなに変つて居る事かと、留守にしたのが残念な様な心地。あの時はまだ十六の、心に塵一つ翳のない、よく笑ふ人であつたつけが」（「五月九日」『明治四十一年日誌』）と心を弾ませる息づかいが聞こえる心境を残している。すると翌日また貞子からハガキがきて下宿に行っていいかという。夕刻、啄木が貞子に返事を出そうと机に向かおうとして何気なく窓に目をやると見覚えのある人影が見えた！

五時頃、窓の下をうつむいて通る人がある。あの人だなと思つたら矢張その人であつた。てい子さんが来た。あの時は十六であつたが今はモウ十九、肥つて、背が高くなつて、話のやうすも怎《ドウ》やら老けて居るが、それでも昔の面影が裕かに残つて居る。話は唯昔の事許りであつたが、金田一君も来合せて、いろいろとアノ芝居の時の人々の噂が初る。少し暗くなつて洋燈をつけたが、七時四十分頃に帰る。三丁目の電車の所まで送つた。（「五月十日」）

久々に若い女の子と話したので啄木はやや興奮気味だった。来る日も来る日も貞子のことで頭がいっぱいになっていた。「何だか物足らず、淋しく感ぜられた」（十日）「誰か来るか来るかと思つて居たが、誰も来ず」「〝南の人北の人〟

と云ふ題で、てい子さんの事を書かうと思つた」（十一日）「はてしもない空想に耽った」（十二日）貞子からの葉書は毎日届いた。啄木はその情熱にほだされてまた会いたいと思った。するとその願いが通じたのか貞子がやってきた。

七時ころ、てい子さんが訪ねてきた。スヰトピーの花を持つてきて呉れた。昔の話、今の話、爽やかな語は、純粋の江戸言葉なので、滑かに、軽く、縷々として糸と続く。予は此弁を知りたいと思ふので、幾度か腹の中で真似をして見るが怎しても怎う軽く出来ぬ。十時十分になつて帰る。電車まで送つて来る。／〝今を昔にしたいと口で云つて、昔の心持で今居たいと思つているのがてい子さんだ〟テナ事を考へる。（「五月十四日」）

初めて貞子に会ってからわずかしか経っていないのに既にこの若き女性は啄木の心に入り込んでしまったかのようであった。「男と女は、結婚しない方が可いぢやないかなどと考へて宿に帰る。いろいろと頭が迷つて居た。」と書いたかと思うと金田一に悩みを打ち明けた。「予は遂に心の迷ひを語つた。手紙を読んだ。慰めてやるべしと友は云つた」（「五月十六日」）貞子への想いを聞き、彼女からの手紙を読まされた金田一は「慰めてやるべし」と〝助言〟したという。金田一の性格からすると「親身になって話を聞いてあげなさい」という程度の意味だったかも知れないが啄木には貞子と行くところまで行け、という〝激励〟と受け取った。ただ、正直に告白すると日記を読み始めた当初、私は二人の関係を曖昧にしか理解していなかった。というのも啄木が正直にというか赤裸々に語ろうとせず遠回しな書き方を続けていたので薄々その関係をいぶかりながらも確信を持てずにいたのである。

しかし、いくら鈍感な私でも「三時頃に貞子《ママ》さんが来た。来たときは非常に元気がよかつたが、段々と静んで来た。噫、段々と沈んで来た。昨夜決心したと云つて居たが、其決心が、逢つて話してるうちに鈍りだしたのだ。」（五月二十日）とか「六時半何やら夢を見て居て、何の訳ともなしに目が覚めると、枕元に白いきものを着た人が立つて居る。それは貞子さんであつた。食前の散歩の序、起してやらうと思つて来たとの事。（中略）貞子さんは八時少し前に帰つて行つた。（五月二十四日）「六時四十分頃であつたらうか。目を覚ますと枕辺に坐れる白衣の人、散歩の序といつて貞子さんが来てゐたのだ。」（五月二十七日）等という記述を読まされると、二人が既に相当深い関係になっていることに気づかざるを得なかった。

こうして二人は金田一の目を盗みながら赤心館の一室で

肉欲に溺れていった。金田一は日中ほとんど居なかったし仮に居たとしても啄木から「今日は夕方まで原稿にかかり切るから悪いけど邪魔しないでくれ」と云われると嬉々としてその言に従うのが金田一だった。

これで貞子が才気煥発な女性で啄木と歌や詩等文芸で張り合えるところがあれば、その関係も続いたかも知れないが、貞子はごく平凡な性格だったから、啄木は貞子に物足りず六月の声を聞く頃には心は貞子から離れつつあった。「朝八時頃、貞子さんが風の如く来て風の如く去つた。」（六月十八日）「九時頃貞子さんが来た。かへりに送つてゆかぬかと云つたが、予は行かなかつた。窓の下を泣いてゆく声をきいた。／我を欺くには冷酷が必要だ！／貞子さんに最後の手紙をかいて寝る。」（六月二十日）「貞子さんから今夜是非来てくれといふ葉書が来たが、行かなかつた。／恋をするなら、仄かな恋に限る。」（六月二十三日）

二人の道ならぬ恋が破局を迎えるようになると金田一の役割は二人をつなぐことから、二人を引き離すことに様変わりする。当時、金田一のいた赤心館の下宿は一階玄関横の八畳間で、啄木はその二階の三畳間であった。啄木の部屋に行くためには必ず金田一の部屋の前を通って階段で上がらなければならない。貞子に会いたくなくなった啄木は金田一に「今度からあの娘がきたらあなたも直ぐ後を追って私の部屋に入ってあの娘が帰らないうちは部屋から一歩も出ないでくれないか」と言われ面食らう。いままでは逢瀬のために傍目を背ける屏風の役割をさせられたのに、今度は恋に狂う女から啄木の身を守るボディガードに変身である。

石川君は「以来もしあの女がやって来たら、それとわかるやいなや、すぐ二階へ来て、私の室に入ってください」など言うので、私も「よし来た」と、玄関に娘の声がして梯子段の音がすると、すぐ石川君の室へ行って、外から、御免なさいと声をかけて、返事も待たずにすぐはいって行ったものだった。すると、もちろん娘は、眉を寄せていやな顔をありありあらわし、気まずそうに話も何もせずに脇《わき》の方へ退《ど》いて、さもさも早く出て行け、早く出て行けと言う様。美しい娘の眉斧《びふ》を真っ向に受けて動くことができない私も変な役をさせられたもの。でも、私は荒尾譲介か何かの英雄的な気になって、坐り抜かなければならなかった。決して気持ちがよくはなかったが、あとで石川君は、拝むように手をちょっと揉《も》んでありがとうをしてにやりにやりしていた。そういう時にちょっと頭を掻いて見せるのがこの人の癖で、私はそれを見て破顔一笑せざるをえなかった。そしてそれで満足していた

ものだった。（「菊坂町の思出から」『金田一京助全集』前出）

金田一はかなり後々まで啄木が貞子と肉体関係にあったことを知らなかった。それと知っていたならこれと同じ感慨を漏らしただろうか。とにかく金田一という人物は何処まで言っても根っからの善人なのだ。

ところで、啄木がこの〝実らぬ恋〟について宮崎郁雨（六月十七日）や吉野章三などに送った手紙がある。郁雨のこの部分の手紙についいては既にいくつかの書物が取り上げているので、ここでは吉野章三に宛てた手紙を引用しよう。

いつか話した筈の新詩社の芝居の時の女、植木といふ女、そいつが非常な態度で僕を恋したけれど、僕は、初め二三日、イヤ一週間位はイヤな気もしなかつたけれど、矢張りイヤだつた、些くとも面白くもなければ（?）うれしくもなかつた。その女は何も知らないからだ、僕といふ「男」に恋したので、僕自身を恋したのではない！／そいつはもう来なくなつたよ、イヤ来ない様にしたよ、可哀相だけれど、イヤなのはイヤだ。（六月二十七日）

そしてやがて〝事件〟が起こる。初めのうちは可愛さもあり、若い貞子の身体も魅力だったが次第に飽きてくる。吉野宛の手紙にもある通り、貞子には何より筆の力と他の才能もない。またこの頃は九州の若い女流歌人菅原芳子と手紙を通じての〝恋仲〟になって余計に貞子が疎ましくなり、次第に態度にも現れるようになって、ついに日記に貞子嫌いの心情を書くようになった。啄木の身勝手といえばそれまでだが、貞子は留守に部屋に上がり込んでその〝証拠〟を発見。先に記した結果を招くのである。

貞子についいては後日談があって啄木と別れた後、浅草の紅燈街で妹と身を売るようになっていた。啄木が塔下苑に女色を貪っている時、貞子の身売りの噂を耳にした啄木は童貞の北原白秋を誘って貞子と妹を座敷に呼んで〝旧交〟を温めた。白秋に対するこの筆おろしの授業料は割り勘ということになった。白秋とは短い付き合いだったが、少なくとも〝女道〟に関しては啄木は白秋の〝恩師〟ということになる。しかし、啄木は白秋に一目会ったときからその才能を見抜き、賞賛を惜しまなかった。存命中に白秋の出世作『邪宗門』をもらったが、この名著を啄木は古本屋に売らなければならないほど追い詰められた生活に遭遇していたのだった。なお、植木貞子はさる富豪に身請けされて幸せな一生を終えたという。

2 九州の女流歌人菅原芳子

ここに登場する菅原芳子は「破られた日記」と直接関連はないが、啄木が植木貞子に嫌気を指した原因の一つにこの菅原芳子の出現があるので、敢えてここに取り上げた次第である。もしこの菅原芳子がこの時期に現れなかったなら、啄木と植木の関係は泥沼にはまったに違いなく、その後の啄木の文学上の人生に悪い影響を与えたに相違なく、その意味でここに取り上げる所以である。

ちなみに啄木が植木貞子を見限って九州の若き女流歌人と始めた〝恋〟は函館の片思いの恋人橘智恵子を上回る情熱を傾けたものとなったが、仔細は拙著『石川啄木という生き方』に詳述したので、ここでは簡潔に梗概を述べておくにとどめたい。

手短に言うと啄木が植木貞子との関係に嫌気がさして、この苦境から逃れようともがいている時に出現したのが菅原芳子だった。とは言っても二人は直接会ったことは一度も無く、最初から最後まで手紙だけの〝清い〟関係だった。

上京以来、啄木は必死で机に向かい小説を書き続けるが、一つも売れない。経済的に行き詰まった啄木の苦境をなんとか救おうと与謝野鉄幹が『明星』に設けていた地方読者に短歌添削指導の「金星会」の添削料を啄木に譲ることにした。それほど収入があるわけではないが五円前後の臨時収入になった。

その「金星会」の一会員に九州臼杵に住む菅原芳子がいた。偶々、啄木がこの担当になったときに菅原から数本の歌を送ってきた。作品のできばえはほどほどだったが、優雅で流れるような筆致が気にいった。菅原の書いた添え書きからうら若い女性だ、という〝確信〟を啄木は持った。啄木の周囲には与謝野晶子以外に歌をつくる女性の歌人があまりいなかったせいもあるが、啄木がこの女流歌人を育ててみたいと考えたとしても不思議はない。ただ、例によっての〝下心〟が啄木に全くなかったと断言するには多少の無理があるように思う。あるいはまた、この時期の啄木は仕事や貞子のことで追い詰められていて、そういう状況から逃れる道や打開の一縷の望みを待ち望んでいたとも考えられる。菅原はその光明の兆候《しるし》に思えたのかも知れない。なにしろ啄木はこの頃、自殺したいと思うほど煩悶していたのだから。

菅原の作品を読んだ啄木は数日後、菅原に自分が担当になったという形式的な葉書を出したところ、菅原から有名な啄木先生からご指導いただけて嬉しいという返事が届いた。しかも独身で啄木より三つ年下という自己紹介までついていた。

この〝有望〟な返事で意気消沈していた啄木は俄然生気を取り戻した。俗に恋は盲目というがそれどころか、恋こそ最良の治癒薬なのである。最初の返事はなんと一千四百字にも達する熱（厚）き〝指導〟ぶりであった。他の歌人には葉書で済ませているのだから菅原への指導は明らかに破格である。冒頭から恋文とまごうような美文が綴られるのだ。「いとどしく雨ふりそそぐ日に候。風にゆらゆる竹の葉のしぶき窓をぬらし、昨日まで誇りかなりし瓶の白百合、けさは二つまで痛ましくも打しをれ候。かかる日、かかる時、かかるしめらへる心をもて、はるかにまだ見ぬ君を忍び候ふ心根御許し下されたく候」

　これは冒頭の数行に過ぎない、連綿としてこの調子が続いて、菅原の作品への一字一句の修正、はたまた歌人としての心得、歌壇の動向にも言及、歌作の指導に入ったばかりというのに「明星歌壇の閨秀作家誠に寥々たるものに候、一つ御入社あそばれてはいかがに候や」と持ち上げながら入会を誘っている。啄木ですら『明星』の同人になるには多大の苦心を払ったのだから、この誘いは菅原に対する最大級のお世辞だといってよい。

　この啄木からの手紙に対して菅原芳子から「長いたより」が届く。啄木の当日の日記には「兄弟もなき商家の一人娘、詩歌は幼き時から好きであつたと。若し兄弟のあらば早速東京に出て門弟になりたいと。そして、潮風黒かみを吹く朝夕、おばしまに腰うちかけて沖の白帆をかぞへてると。」これで啄木は自信を持った。「門弟になりたい」というのだから菅原芳子は自分に気があるに違いない。この手紙でさらに気力を回復した啄木は今度は五千字を超える手紙で応えたのだ。その手紙の半分は苦境に立つ身の上話と文芸上の行き詰まりに関するもので、残り半分は菅原への〝声援〟つまりラブコールである。なかでも目立つのは菅原をなんとか東京に出てこさせようとする啄木の〝陰謀〟が見え隠れしている。なかでも森鷗外の歌会のことをわざわざ持ち出して

有望なる作者、女詩人なりと招待すべき人なきものにやと博士（＊鷗外）の言出でられ候ふに、それかこれかと指をり数へ候いしも、これぞと言ふ人無く、晶子女史を除きては、現在東京の女流作家には一人としてこれぞと思ふ人もなかりし次第に候。若し御身でも東京に居るならと、その時小生の心の中にて残念に存じひし事に候。

　と最大限の持ち上げぶりである。友人の岩崎正に宛てた手紙で菅原について「どんな人か見たことはないけれど、

字も優しく、歌もやさしい。（中略）事に女は、恋をすると急に歌がうまくなるね。まだ見ぬ人の温かい消息ほど、罪の無い仄かな楽しみを与へるものはない」とあたかも菅原が自分に恋をしているかのように吹聴している。

啄木の芳子への思いは懊悩に反比例して益々深まってゆく。七月二十一日の「なつかしき芳子の君」という書き出しで始まる手紙では「力ある柔かき腕に抱かれたる心地にもたぐふべきや。心暗くのみ打過ごし候ふ今日此頃、かかる喜びと安けさを味ひ得候を先づ謝し奉候」という啄木の言葉には真情が込められていいてしんみりさせられる。この手紙の末尾は「若し出来る事なら、一寸なりとも上京なされ候様説に御勧め申上げ候。立入つた話に候へど、旅費の外は一ヶ月に十二三円にても間に合ふ事と存じ候。この夏にてもお出でなされては如何に候ふや。」と強引に上京させようと懸命に〝口説〟いて結ばれる。

思うにこの時期の啄木にとって菅原芳子は生きて行く為の精神的指標となっていたのだと思われる。そして「芳子の君」という存在が啄木の懊悩の防波堤になり、その生きる力の源泉となっていた。一方、菅原は啄木の必死な説得に少しは気が揺らいだであろうが結局、家の許しが出ず、上京を諦める。かくして二人の〝清い恋〟は汚されることなくしばらくの間、続いた。

啄木の芳子への熱情は衰えることなく続いたが、やがて啄木の小説が東京毎日新聞に掲載され、生活の不安が一時的に解消されることで啄木自身の支えとなっていた菅原芳子という指標を必要としなくなったため二人の絆は薄まっていった。熱烈な愛情を訴えた菅原芳子に関する歌が残されていないのはその故かもしれない。しかし、菅原芳子という女性は啄木の〝命の恩人〟ともいうべき人間であり、啄木の生涯における重要な存在であったことは再評価される必要があろう。

五　不明になっている日記

これまでに公開された日記は筑摩書房版全集第五、六巻にすべて収められているが、編集者たちの懸命な努力にも関わらず完全なものになっているわけではない。現在、分かっているだけで次の部分が切り取られたり、欠落したりしている。その一部は既に述べた植木貞子によるもので、次いで節子、そして特定不明の何者かとされている。

具体的に言えば『明治四十四年当用日記』（明治四十四年一月三日～同年十二月三十一日まで）の次の部分である。

◇一月一、二日（一枚二頁分）＊未発見
◇一月十三、十四、二十七、二十八日（二枚四頁分）
　◎『全集』所収
◇八月二十、二十一日（一枚二頁分）◎『全集』所収
◇八月二十二日から九月一日（一綴）＊未発見
◇九月四日から十月二十日（一綴）＊未発見

このうち八月二十、二十一日については吉田孤羊、金田一京助、岡田健蔵、宮崎郁雨らの証言を重ねあわせることによってある事実が明らかになる。この年の八月、啄木は郁雨の計らいで本郷弓町の床屋の二階から小石川久堅町の一軒家に引っ越している。母カツ、妻節子、啄木は既に病魔に冒され、父一禎と京子が辛うじて伝染から逃れて妹が夏休みの合間に見舞いにやってきていて久々に家族揃っての生活だった。この日の日記の内容は次に見るように啄木の生活にとってそれほど意味のあるものとは思えない。

八月二十日
日曜なれば妹は教会に行けり。
予の病状やうやくよし。発熱三十七度五分以上にはのぼらず。

八月二十一日
歌十七首を作つて夜「詩歌」の前田夕暮に送る。
朝に秋が来たかと思ふ程涼しかりき。
　何がなしに
　肺の小さくなれる如く思ひて起きぬ
　秋近き朝
妻の容態も漸くよし

この部分の欠落を最初に気づいたのは啄木の遺児京子の婿となった石川正雄である。というのも啄木亡き後、啄木の書いた日記は本来ならば金田一京助の手に委ねられる筈だったが善人で気の弱い金田一が葬儀も済まない慌ただしい節子に「日記はどこでしょうか、生前に頼まれていた日記を預かります」と言えないうちに節子は日記を含む遺品を房州の北条に持参して移転、そこで房江を生んだあと五月五日函館で亡くなった。堀合忠操は『明治四十四年当用日記』一冊を京子のために渡して残り十三冊の日記を郁雨に托した。これが後に岡田健蔵函館図書館長に委ねられるわけだ。

しかし、注目されるのはこの間、節子以外、誰一人この日記を読んでいないというか、読まなかったという事実である。節子が亡くなった後、すべての日記を託された堀合忠操はその謹厳居士の面目からこの日記を開くことすら憚る体で、郁雨からこの譲渡に関する話が出て初めて日記にパラパラと目を通し「京子のために一冊だけ頂こう」と言って『明治四十四年当用日記』を除いた十三冊を函館図書館に寄贈したのだった。だからその気さえあれば堀合忠操、金田一京助、宮崎郁雨の三人は読めた筈であるが、申し合わせた如く三人は一頁たりとも読まなかった。関心が無かったからでは無い。三人とも啄木とは生活の深淵で関わっている。啄木の性格を最も良く知る三人だからこそ自分がどう〝表白〟されていることだろうかという躊躇と戸惑い、そういう当事者意識もあったであろう。現に金田一京助は日記が函館図書館に保存されて以降、訪函した際、岡田健蔵が勧めても断固として閲覧を断り続けた。この段階では啄木の日記の存在を知るのはこの三人以外では吉田孤羊くらいであった。しかし、秘密や隠蔽の扉は必ず何時かはこじ開けられる。ただ、この秘密の扉が開けられるのはもう少し時間が経ってのことである。

八月二十、二十一日の日記にもどろう。この時の二日にわたる日記の消息は金田一京助の元へ飛び込んできた見知らぬ人間から届いた一通の手紙によってもたらされた。金田一は啄木研究に真剣に取り組んでいるという吉田孤羊にこの事を知らせた。その時の孤羊の証言である。

ある日金田一京助氏から、啄木の日記について、腑に落ちない手紙と日記の断片らしい写真が来ているからという知らせがあったので、出かけて見たら、氏は、一通の手紙と日記の断片らしい写真を示して、「北海道のある人からこんなものを送ってよこして、真偽を確かめてくれといってきた。この現物の持主は根室の中学校か、何か何れ学校の校長が持っているものだそうだが、君はどう思うか。」というお話であった。そして氏の所感《ママ》は偽物ではないかとのことであった。私もためつすがめつ、その写真を調べたが、どうしても本物と思われなかった。氏は、そのとき、その写真を送ってよこした人へ、たしか否定の返事をされたはずである。（「啄木の日記」『啄木片影』洋々社　一九七三年）

「ある日」というのは何時のことかはっきりしないが、この原稿の初出が雑誌『改造』（一九三三年　二月号）であり、前後の文章から推測して昭和初期であることは確かである。この証言で興味を引くのは啄木の筆跡を熟知しているはずの金田一京助と吉田孤羊がこの写真の日記を偽物と判じたという点である。啄木以上に啄木を知ると言われる二人が「どうしても本物と思われなかった」と断定したのだから、これで一件落着である。吉田はその返事を金田一が北海道の手紙の主へ書いたはず、とあるが、これは確認できなかった。というのも二人から「偽物」という〝お墨付き〟をもらった当人がわざわざこれを保存する可能性が極めて低く、破棄されてしまっても仕方のないことだが、幸いにもこの部分は破棄されず回収される。この一件については後に詳しく触れることにしよう。だから金田一が偽物と断じて返事を書かなかった可能性の方が高いと見るべきで、この場合は金田一の〝怠筆〟に感謝しなければなるまい。不思議な偶然が啄木の手紙を紛失から救ったことになるわけだ。

ところが、これに続く吉田孤羊の話で様子が一変してしまう。

昭和三年の暮だったかに、私が堀合氏から京子さんの手に渡されて保存されてある、明治四十四年の日記を借りて調べて見たら、あるページが新らしい切口を見せて、鋭利な刃物で切り取られてある箇所を発見したので、ひょっといつか金田一氏に示された写真のことを思い出し、すぐ氏を訪ねて写真と日記を対照してみたら、寸分違わずぴたりと合った。氏も私もその時はちょっとあっけにとられた形だった。想うに、誰かその日記を京子さんから借り出して、啄木を愛するのあまり、そこの部分をこっそり失敬してしまったものが転々として、根室の某氏のもとに秘蔵されるようになったのであろう。（「同前」）

腑に落ちないのはこの部分の日記の真贋が啄木の文字から判明したのではなく、「鋭利な刃物」跡によって識別されたという点である。かつて北大路魯山人という芸術家の作品についてある骨董屋の主人から、魯山人のある作品の真贋をテストされ見事失格となった経験からいっても、真贋を見抜く技量の困難さは痛いほど知らされている。

未発見の啄木の手紙や他の遺稿は今猶各地に散じている。時が経てばそれらの幾つかは今後も発見される可能性は残されている。また、何時の世にもある偽物も意図的にながされる場合もないわけではない。そういう際にその真贋を見分ける力量は非常に重要なものになる。金田一や吉田ですら見逃した教訓を今後活かしていく方途を真剣に考えてゆく必要性を提起しておきたい。

六　北海道から回収された日記

1　切り取られた日記問題

前節で見た、鋭い刃物で切り取られていたという日記の部分について少し書き加えておきたい。追い足しになるがこの『四十四年当用日記』だけが石川家所属で残りはすべて函館中央図書館に所蔵されている。というのは節子亡き後遺児となった京子への形見として義父堀合忠操が取った措置によるもので、啄木と最後まで折り合いの悪かった忠操だったが、節目節目で重要な役割を果たした事を忘れてはなるまい。

京子の夫石川正雄（旧姓須見）はこの日記の切り取られた部分について「それが全然私の知らない人の手にあり。その写真と手許の日記とを照合すると、切り取った跡までピッタリ一致してゐて、確かに本物である」（「解説」『石川啄木日記　第三巻』世界評論社　一九四九年）と述べており、その経緯について次のように〝解説〟している。

よほど以前のことだが、北海道郷土雑誌に、一月の二枚分を現所有者が入手した経路や、その内容についての記事が載つたことがある。それによると、遺児京子が高等一年の時、受持訓導が、京子の保護者なる叔母（その血縁関係については知らぬと所有者は語つてゐる由）から贈られたものだといふ。ところが私の知るところでは、京子にはさういふ保護者の叔母といふ人は実在したことがない。念のために明らかにするが、京子、房江姉妹の保護者は、母方の祖父堀合忠操であつた。それからも一つ八月の一枚は、その所有者が、京子から直接貰つたといつていると聞かされたが、京子が私に語つたところでは、他人にくれた覚えは全然ないといつてゐた。たゞ京子が女学校時代、この日記を気軽に学友に貸し、それが本人の知らぬ間に転々と持ち廻られ、かなりながい間、知らぬ人の手まで渡つてゐたらしいことがある。私が知つてゐるのはこれだけで、ことの真相については、今のところ断定を下すやうな材料を持ち合はせてゐない。しかし、それはそれとして、この三枚六頁だけは、その内容をここに完全に復原し得たことは勿怪の幸であつた。

　ここに出て来る「北海道郷土雑誌」はもっと正確に言えば『北海道倶楽部』（一九三六・昭和十一年）四月号であり題目は「石川啄木の日記など」、そして著者は樋口忠次郎である。石川正雄のコメントは一見してお分かりのように不快感をあらわにしてぶっきらぼうな語り口で正雄の性格がにじみ出ている。

　それはともかくとして、この石川正雄の〝解説〟にはさらに納得の行かないものがある。というのは行方不明の日記の部分がどのようにして入手できたのかを明らかにしていないからである。実際に回収された日記を目の当たりにしたのだから、普通であれば誰が何時、どのようにして取り戻すことが出来たのかを知ろうとする筈で、現物が戻って来たのだから一件落着と他の要件を語らないのは不自然過ぎる。ここで言う要件とは何時、誰が、どのようにこのページを取り戻したのか、という説明である。「今のところ断定を下す材料を持ち合はせてゐない」という言葉には影があり含みを感じる。

　回収にかけずり回った関係者がこれを切り取って持ち歩いた当事者と様々な駆け引きの末の結果で表に出せない裏の話があった可能性は捨てきれない。この〝交渉〟に深く関わったのはおそらく吉田孤羊だったのではないかと推測するが今となっては死人に口なしである。二十六歳という若さで亡くなった啄木も多くの秘密を持ったままあの世に行ってしまったが、その三倍長く生きた吉田孤羊にも残された謎は多くここでは到底述べきれない。

ところで樋口忠次郎が『北海道倶楽部』に投稿した題目は「石川啄木の日記など」である。石川正雄が指摘した関連部分を原文からそのまま引用すると

石川京子が函館の小学生時代、其の受持の斉藤勇夫先生は、或日京子の家庭訪問をしたのであつたが、高一の函館女子小学校在学中（大正八年）—保護者にあたつてゐる京子の叔母（その血縁関係は明らかでないと、担任勇夫先生の令弟であり所蔵者の斉藤先生は語らる）から詳しく家庭事情を聴取したのであつた。そして一冊の日記帳から引ちぎつて記念として前述の日記を贈られたのである。当時二枚つまり四日分であつた。（傍点筆者）

となっている。

ただ、この短い〝証言〟にも疑問は残る。一つは日記帳を「引ちぎつ」たという点、いまひとつは誰が「贈」ったのかという点である。既に金田一、吉田孤羊、石川正雄によってこの部分の日記はきれいに「切り取られて」とされている。引きちぎってとなると切り取った形状にはならない。また家庭訪問のお礼に「贈られた」とあるが「贈りもの」を「引ちぎって」渡すというのも解せない表現だ。こうした曖昧な記述に石川正雄が樋口に不快感を持ったのも分からないではない。

また石川正雄が妻である京子にこの時期の日記の所在を〝確認〟したところ（1）（日記の一部を他人にくれた覚えは全然ない、と断言した（2）（正雄の推測、京子が）この日記を気軽に貸し、長い間、それが本人の知らぬ間に転々と持ち廻られ、知らぬ人の手まで渡っていたらしい、としている。一方で他人にあげたことは全くないといいながら、しばらく転々と人手に廻されていたという正雄の推測の間には相当な隔たりがある。

ところが樋口忠次郎に関してはもう一つの文章が残されていて別の視点から、この時の啄木の日記に関して、以下のように〝補足〟している。

北海道岩内町に、夏目漱石の戸籍がどうした訳か、大正五年から（＊漱石が）逝く二年前の大正三年まで鷹台町五十四番地にあつたといふ事も珍らしかつたが、その鷹台に住んだ私にとつて、啄木晩年の日記の断簡を、岩内に発見した事は、それにもまして深い衝撃であつた。岩内は思出の深い町であつた。最早十年程も前の話である。其の日記の断簡は、現に、町会議員である某医師が愛蔵され、それを贈られた当の斉藤君は、間もなく横浜市へ

転住されたといふが、矢張り啄木の日記を秘蔵して居られる筈だ。今は亡き岡田健蔵氏が私共の請を快く容れられて、啄木講演に岩内へ遊ばれた折、問題の日誌は、正しく啄木の真筆であることがたしかめられたのである。
（「啄木晩年の日記」『秘められし啄木遺稿』新星社　一九四七年　題字宮崎郁雨　装幀樋口忠次郎版）

夏目漱石の戸籍や石碑のことはさておいて、岩内町鷹台（現在は高台）に住んでいたという樋口が啄木の日記の真贋を岡田健蔵に見せたところ間違いないというお墨付きをもらったとあり、その保有者が町会議員であり、医師をしていた「某」氏であるとしている点は初めて耳にする話である。樋口が最初は京子の受持担任の斉藤勇夫に贈られたとした話と矛盾している。二度目の原稿では町会議員から斉藤勇夫に譲られた話になっていて、その経緯には触れていない。

不可思議なことにこの日記を岩内で確認した岡田健蔵が「京子さんが函館女子小学校在学中受持職員斉藤勇夫氏（今在岩内町弟斉藤充夫氏所蔵）へ二枚四頁及び同時大原某氏へ一枚二頁を割愛したりと云ふ」（「北海道漂浪の啄木と秘められたる日記」『啄木と小樽・札幌』所収）として、さらに大原某氏なる人物を新たに登場させて話が複雑になっている。ここいらの推移はどうにも整理のしようがつかない。

言い換えればこの日記の断片は啄木と同じ様に有為転変、放浪を繰り返したことになる。この大原某については岩城之徳の日記に関する「解説」（『全集』第六巻）にも名前は出てこない〝謎〟のままである。

2　新聞による経緯

そこでいささかしつこいようだが、ここで新たな資料に基づいて簡潔に再検証してみよう。今までの経過は樋口忠次郎、岡田健蔵、石川正雄ら三人の証言に基づいて述べたのだが、これらの経過を別の視点から整理し直すために、当時の新聞記事を調べてみた。

戦前から戦後にかけて啄木の日記、とりわけ「切り取り」に関する記事について調べて見た結果、次の六件が見つかった。混乱しないよう始めにその一覧を順番に並べておく。

1「ゆくりなくも世に現れた／啄木の日記の一片／貧と闘つてゐたあの頃」『東京朝日新聞』一九三九・昭和十四年四月十六日付
2「世に出た『四頁』／秘められた啄木の日記」『函館タイムス』一九三九・昭和十四年五月六日付
3「公けにされた／啄木の日記をめぐる秘話／私の固辞

もきかず／遺児が強いて贈る／菅原北見高女校長が語る／切抜きの真相」『北海日日新聞』一九四八・昭和二十三年三月二十六日付

4「不思議な啄木日記　石川正雄」『北海道新聞』一九五〇・昭和二十五年八月一日付

5「宙に浮いた啄木遺墨／女婿研究家も否定／日記にない〝名歌〟／疑い多い菅原氏の随想」『北海道新聞』一九五〇・昭和二十五年八月二日付

6「啄木日記に就て／石川正雄氏の公開状に答う／菅原信」『北海道新聞』一九五〇・昭和二十五年八月六日付

「1」の記事は啄木二十七回忌の日に「ゆくりなくも、いまだ世に出ざる啄木の日記の一片が釧路から発見され好事家達の垂涎の的となつて居る」として四段日記の該当部分の写真二枚を掲載し、所有者の坂本恭輔（釧路国塘路小学校長）の談話を載せている。発見された日記は一九一一・明治四十四年八月二十一日とあり、その談話は

これは今から二十年前、啄木の愛娘京子さんを、函館の小学校で教へたことのある友人から貰つたものですが、その友人は京子さんから「お父さんの日記をあげませう」と簡単に貰つたものださうです。その後私は函館の岡田図書館長に秘蔵する啄木の日記帳をみせて貰ひましたが、その一部が切抜されて居る頁がありその一枚が私の持つて居るものとピッタリ符合するので始めて本ものであることを知りました。

となっている。ここでは「一枚」とあることに注目しておきたい。また、所有者の坂本恭輔は小学校教師をしていた友人から譲り受けたと言っているから、第一所有者ではなく二番目であること、したがって京子の担任が第一所有者であったことになる。

「2」の件は啄木日記の一九一一・明治四十四年一月十三日、十四日、二十八日の四ページが北海道岩内小学校教師斉藤充夫に所有されていることとその経緯について報じたものである。

過般の岡田健蔵函館図書館長のラヂオ放送によつて『秘められたる啄木の日誌』を繞る話題は愈よ各方面に拡大されてゐる矢先岩内小学校の斉藤充夫氏から当の岡田館長に対し自分の手許に啄木の日記帳のうち四頁が保存してあるがこの真偽を確めて貰ひたいといつてその写真を送つて来たその手紙によれば斉藤氏の兄さんが函館女子高等小学校に奉職中の大正八年石川啄木の遺児である京

子さんを受け持つてゐた関係上京子さんから明治四十四年の日記帳のうち四頁を切り取つて貰ひその後当の斉藤氏が歿くなつたので弟である斉藤充夫氏の手に入つてをつたもので正しく本物であり而もこれがため図書館にある本物にはこの四頁が欠如してをつたもので図書館長は何とかしてこの本物を図書館に寄付を受けようと目下斉藤氏に交渉してゐる。

そして右三日分の日記の本文を掲載している。すると「1」でいう「ある友人」というのは斉藤充夫の兄が第一所有者ということになる。ところが話はこれで終わらない。さらにまたもう一人の人物が現れるので混乱はなかなか収まりそうにもない。尤も三人目の人物が登場するのは「1」と「2」から九年後のことなので、この間に日記の断片はさらに別の人手に渡ったとしても不思議はない。しかし、そういう事実はなかったようなのだ。それが「3」の記事で、しかも既に登場した坂本恭輔でもなく斉藤兄弟でもない、第三の新たな人物が現れるのだから事態は混迷の極みに達する。

「3」について見よう。当時北見高女校長の菅原信なる人物が京子から問題の日記の部分を直接受け取った、と名乗り出たのだ。七段組み、啄木の顔写真と函館立待岬の啄木墓に刻まれた「東海の・・・」の写真を載せ、記事は記者が菅原にインタビューする形で構成されている。こうした場合は記者の主観や思い込みがないまざって往々にして不正確なものになる場合があるのでこの点を留意して読む必要がある。出来れば全文をそのまま引用したいが長すぎるので先ず記事の大要を紹介して置こう。

一九二〇（大正九）年、師範学校を卒業して函館区立女子小学校に勤めた菅原信は高等一年の京子を知り、歌の添削指導をした。そのうち京子が「数冊」の日記を持参して「これは父の日記ですが先生に差し上げたいと思います。」と言った。最初は固辞したが納得せず「それでは好きなところを切取つてくれというたつての希望」に菅原は「心ならずも日記の一冊、当用日記に認められた歌と随想の中から二葉を切取つた」そして一葉は京子の担任だった斉藤勇夫に渡し、もう一葉は菅原が根室高女に転勤しその同僚に坂本恭輔がいて妹の節子が啄木ファンだったことから自分が持っているより熱心なファンの手に渡した方が有意義だと考え坂本節子に与えたという。坂本節子はこれを写真版にして友人達に配布して楽しんでいた。そのうちの一人が金田一京助にこの写真を送り鑑定を依頼するというハプニングが起きている。そのことは本章の「五　不明になっている日記」で既に述べた通りである。

啄木の筆癖を知り尽くしている筈の二人が本物と見抜け

なかったことは一つの過失だと前に述べたが、菅原はこの日記を貴重な遺産と知り心を痛めたが返上する機会を失ってしまったことを後悔する。斉藤勇夫は長野の故郷に戻ってまもなく他界、坂本節子は嫁いで東京へでたが音信不通となり、切り取られた日記の二葉は行方不明で、もう二度と現れまいと述べている。そして記者は次の言葉で結んでいる。「四月一日から新制女子高校に看板をぬりかえる北見高女の校長室、ストーブをかこんで記者に述懐する菅原校長の顔には悔悟の色が深く刻まれていた」素直にこの文章を読めば啄木と京子に思いをはせるよき理解者というイメージを読者は抱くだろう。

　ところが問題はこれで終わらなかった。実は菅原は校長になる前は函館教育委員会の課長でその時分に「私と啄木の日記」という原稿を北海道新聞に寄せている。（掲載は一九五〇・昭和二十五年七月四日付）内容は「3」とほぼ同じ。これに石川正雄が噛みついた。「不思議な啄木日記」（同八月一日付）がそれである。三千字余り、八段に渡り紙面を割いてもらっての反論である。正雄の反論は例によって感情的になりすぎているものの、数点に渡って根拠に基づいた具体的に反駁し完膚なきまでに相手をたたきのめしている。その一部を引用してみよう。

最後に菅原氏の文があまりに人を食いすぎてることも一つ証明しよう。／「歳月は流れて京子さんは函館で結婚のひ《ママ》露の招待状を頂だいしたが、ついに出席できなかった。」という。私共の結婚の時は氏は奥地に赴任していたらしい。私共のひ露招待者は私と京子さんと祖父の三人できめた。親戚と私と京子の友人若干で、地方の人など一人もなし、まして縁もゆかりもない菅原なんて名前は京子からも出ず、もちろん招待状を出した覚えは絶対にない。そんな人など始めから招待しないのだから。

　また道新も翌日社会面トップで「宙に浮いた啄木遺墨／女婿、研究家も否定／日記にない〝名歌〟／疑い多い菅原氏の随想」正雄と菅原の顔写真、正雄の直筆原稿の一部を写真にして詳しくこれまでの経緯を伝えている。函館市立図書館主事の田畑幸一郎の談話はこの問題について「私はどうして菅原氏があゝした不明瞭な随想を公にしたのか真意がわからない」と述べているのに対し、当の菅原は「あの問題については憶い出をたどつて書いただけで別に誇張したわけでもないが今日は忙しくてまだ新聞の内容をよく読んでいないからいずれゆっくり読んで検討を加えた上で返事をしたいと思っている。」といい、六日付道新に「啄木日記に就いて／石川正雄氏の公開状に答う――」を寄稿し「私の感想が当時の日記や記録によつたものでなく、三十年前の記憶をたどつて事実をそのまま書こうとつとめたまでであつたが、記憶違いであつたとすれば陳謝のほかはない。」と完敗を認めたため、この一件はようやく鎮火することとなった。

それにしても菅原はどうしてこのような虚偽をでっち上げたのだろうか。一つには坂本恭輔と同じ学校にいたことから京子が啄木の長女であることを知って、いかにもありそうな話をつくり上げ売名行為に走ったとしか言いようがない。東京にいる正雄がまさか北海道新聞を読むことなどありえないという情報に疎い感覚も追い打ちをかけたのだろう。

3　混乱の果てに

さて、これまでの経緯を整理すると①問題はこの日記が京子に預けられた時期に起こっていること②なぜか受持の斉藤勇夫の手に渡ったこと③この間に岩内の町会議員（医師）に一時渡ったこと④やがてこれが斉藤勇夫の実弟充夫に渡り、この実弟充夫の了解を経て『全集』の編集部に渡り無事収録された、ということになろうか。

それにしても疑問は残る。一つは誰がこの部分を切り取ったか。それもきれいに切り取られたとするか、引きちぎったのか。この件は金田一や吉田孤羊、石川正雄の証言からきれいに「切り取られた」ものと考えて間違いないであろう。謹厳実直を画に描いたような男と云われた岡田健蔵がもちだした「大原某氏」についてはその存在が不明である。岡田は菅原信のように嘘をつく人間ではないから、実際にこの日記に何らかの関わりを持ったことは間違いないだろう。しかし、残念ながらウラが取れない。また、この原稿を直接見て本物とした岡田が「引きちぎった」ものであったとなれば岡田は必ずやその荒れた形状を嘆いたであろうが、その気配は一切ない。となると「引きちぎった」とする樋口の話は誰かから聞いた伝聞か、間違いということになる。

そしてもう一つの大きな疑問は『全集』に収録するまでの経緯である。「切り取られた日記」の存在を知っていたのは金田一京助と吉田孤羊である。さらに吉田孤羊は別の出版社から『全集』（改造社版）刊行の任務に就いていたこともあり、この部分の回収については並々ならぬ意欲を持っていたから、この話に飛びつかないでは居られなかったであろう。

筑摩の『全集』編集に孤羊はお呼びがなく外されていたが、この日記の回収をめぐる筑摩編集部と改造社孤羊の〝暗闘〟は啄木をめぐる戦後史の一ページになったといってよいだろう。さらに敢えて踏み込んで云えば啄木研究の第一人者岩城之徳とそれに一歩たりとも譲らなかった吉田孤羊との〝闘い〟の舞台でもあったとも言えよう。しかし、啄木についてはは〝饒舌〟であった二人はこの件に関しては黙したまま世を去った。

ただ、岩城は『全集　第六巻』の「解題」の中でこの問題の日記の部分について「石川正雄氏がその持主である坂本巌氏等の協力により本文を復原している」と述べている。しかし、岩城之徳はここに出て来る「坂本巌」について一言も触れていない。このため肝心の坂本巌と日記との正確な関係が曖昧のままになっている。いつもの岩城であればこんな手抜かりはしない筈だ。この「坂本巌」はいわば切り取られた日記の経緯や事情を知っている重要な証人である。このことに言及しなかったというのは岩城が書きたくなかった不愉快な経験が起因しているような気がするが、今となっては闇の中である。

思うに坂本巌は釧路で日記の断片を所有したとされる坂本恭輔の姻戚に当たる人物の一人だったのではあるまいか。評判を落とした菅原信の言葉の中に、「日記の一枚から写真版を作り周囲に配布していた坂本節子は恭輔の妹で結婚して東京に出て音信不通になった」とある。学校長まで勤め上げた菅原が何の根拠もなく、自分が日記を切り取ったと虚言を残したのは、ひょっとすると菅原は坂本節子とどこかに接点があり、その経緯を知っていて坂本節子を守るために自分が〝犯人〟になって坂本節子の〝罪〟をかばったのかもしれない。

熱烈な啄木ファンであった坂本節子はこの日記を大切に保有し写真版にも取ったほどだったが、いざという時の為に自分のこどもか信頼できる姻戚の一人に、経過を言い残して引き渡し、それがこれまで述べた回路を辿ってようやく落ち着くべき所に落ち着いたということになるのだろうか。

かくして日記は、短く儚《はかな》かった啄木の生涯とは対照的な長い旅路をたどったのであった。

Ⅳ 日記公刊過程の検証

日記公刊をめぐっては啄木の後嗣石川正雄（右下）と啄木研究の第一人者吉田孤羊が主役だった。

一　日記の黎明

啄木が日記を書いていたということは土岐哀果が編んだ『啄木全集』（新潮社　一九一九年）第三巻の凡例に「故人の日記は多年に亘りて堆く、細大を洩らさず、頗る価値多き資料なりしも、その没後、夫人節子また病を獲、遂に日記の全部を焼却して今影を、止めず。その一部をもこの全集に収むる能はざるを遺憾とす。」とはっきりと日記の全焼却を明言した。この段階で日記の存在を知っていたのは土岐哀果以外では金田一京助、丸谷喜市、宮崎郁雨の四人のみだった。

ただし、哀果は先の凡例の言葉とともに次の見逃せない一文を（　）付きにしてつけ加えている。「焼いてしまったはずの日記の一部分が、現在某所に保存されているが、これを発表することは故人たちの遺志ではない」つまり日記の存在を自ら正直に認めてしまっているわけである。ハナの聞く関係者や編集者がこのことを見逃す筈はない。彼等はことある毎に「某所」の所在を嗅ぎ廻った。

この後一九二六（大正十五）年に丸谷喜市が突然、宮崎郁雨と函館図書館長岡田健蔵に所蔵している啄木の日記を石川京子に返還するよう強硬な手紙を送った。この手紙は形としては「私信」であり、外部に漏れることはなかったから世間に知れ渡ることもなかった。しかし、郁雨と岡田は今迄音信一つなかった丸谷がなぜ急に口を挟んできたのかいぶかった。この件に関しては従来の研究でも誰もその背景を説明出来なかった。ところが今回新たに入手した資料にそのヒントが隠されていた。宮崎郁雨が函館の雑誌『海峡』に書いた一節である。とはいっても少々長いのでそのまま引用せずかいつまんで述べることにしたい。（「岡田君と啄木日記」『海峡』一九四七（昭和二十二）年二月号）

丸谷からの手紙が来る少し前のこと、東京の弘文社から啄木が郁雨宛てに出した手紙の出版を郁雨に依頼してきた。郁雨が熟慮の末『深瀬春一編　啄木より郁雨へ』というタイトルで出すことを了承した。深瀬は弘文社の仲立ちをした友人である。ところが弘文社は勝手に『宮崎郁雨著　啄木書簡集』と変えて出そうとしたことがわかり、約束違反に激怒した郁雨が「ヤクソクチガフコトワル」と電報を打った。慌てた弘文社が函館に飛んできて詫びをいれたので事なきを得たことがあった。その編集者が東京に戻って「うちで啄木の日記を出すことになった」と触れ回ったらしい。その話を聞きつけたいくつかの出版社が名乗りを上げるに至った。啄木の名だけでベストセラーになるうまみを知っている出版界がこの話を見過ごすわけがない。中でも有名な某出版社はコネを使って丸谷に働きかけた。しかし焼却論者の丸谷は公刊されたら啄木に合わす顔がないと郁雨と岡田に処分を迫った、というのがことのいきさつである。

そして以下は私の推理だが、ここに言う某出版社とは「改造社」であり、創業十周年を三年後に控えての目玉商品に「啄木」はうってつけの企画だった。それこそ出版界では最もハナの聞く社長の山本実彦は金田一京助や土岐哀果に会って新潮社『全集』の版権を買い取って新しい全集を出すつもりだと話した。ただ、山本が日記の話を持ち出すと哀果は反対はしなかったが金田一は煮え切らなかった。その代わりに金田一が「それにしても神戸にいる丸谷喜市君は絶対に反対するでしょうから実現は無理ですなあ」と答えた。そう聞いて、はいそうですかと引き下がる山本ではない。むしろ逆に闘志を燃やして「その丸谷氏と一度話してみないといかんですな」といってこの会談は終わった。

こうして啄木没後、日記の出版が始めて俎上に登った。しかし、障碍はまだまだ山積していた。この日記の出版問題が進捗するのはまだまだ後のことであるが、実彦・哀果・京助の三者会談はこれまで全く動かなかった日記出版の足がかりになったと言えよう。換言すれば日記公開の黎明がほのかに差し込み始めたのだった。

二　版権委譲問題と正雄

石川家の当主になった正雄が当面した最初の大仕事は土岐哀果が編んだ『啄木全集』の版権を改造社が買い取り新たな啄木の全集を出したいといってきたことへの決断であった。この時、正雄は誰にも相談せず独断でその承認を求めたという事になっている。残念なことに今となってはその契約書も残っておらず、いくらで版権を改造社に渡したのかも分からなかった。言われているのはこの版権委譲後に正雄は演劇研究と称してフランスに〝留学〟しているので金額はそれをまかなえるくらい、ということだけだった。一年後に帰国した後、正雄は喫茶店を開いて生活をする計画を持っていたという噂が流れたことがあるが、吉田孤羊の勧めで雑誌『呼子と口笛』を出すことにして食いつなぐことにした。ただ、この雑誌も経済的に不安定で、しかも内助の功で編集や雑務を手伝ってくれていた京子が急死したため九号で廃刊になった。

正雄の計画では啄木の作品がブームになって飛ぶように売れているので版権を改造社に譲っても生活に困らないだけの印税がはいってくるものと考えていた。ところが改造社の狡猾な山本実彦社長はこの契約で「買い取り」方式を押しつけた。版権や印税の知識に疎い〝おぼっちゃん〟を手玉にとって、版権を買い取り、後は一銭の印税も石川家に払わない契約を交わしてしまい、正雄は山本実彦の掌中にまんまとはまってしまった。

これまで石川正雄が改造社に版権を渡したのはフランス〝遊学〟のための資金欲しさからだった、とする見方が定説になっていた。もう少し付け加えればこの定説にはフランスに「演劇研究の留学」という尤もらしい説明が付されているが、正雄は「留学」後、ただ一つの論文や原稿を残していない。つまり「留学」ではなく「遊学」だったというのが正しい。はっきり言えば正雄は殆ど何の成果を得ることなく帰国せざるを得なかったのであって、改造社に売った版権料は全く無駄に使われたという事になる。

この一件はこれだけでは済まなかった。何故かというとこの版権委譲に関して正雄が全集を編集した土岐哀果に一言の相談もせず独断で決めたので、哀果は勿論のこと出版界も正雄の不義理を不快に思い反応しだした。その頃ようやく雑誌や新聞から原稿依頼が来るようになっていたのがぴたりと途絶えて、筆で食べていこうとしていた正雄の生活を直撃した。世間も啄木の威光を騙る無礼な人間と噂した。

驚いたことにこの評判は正雄に長いことつきまとった。いや、もっと正確に言えば現在にいたるまでその風評は続いているといっても過言ではない。例えば小田切秀雄が「石川正雄というひとについては、若いころの『父啄木を語る』(昭和十一年、三笠書房)をわたしも学生時代にかなり熱心に詠んだ覚えがあるが、それ以後のこの人には啄木の尽きることがなかった印税が微妙な影響をしていたように思われる」(「私の見た昭和の思想と文学の五十年」『小田切秀雄全集』勉誠出版　二〇〇〇年)と言っているが、小田切秀雄は筑摩の『全集』の編集代表格で石川正雄を編集委員に指名し、一緒に編集に直接関わった人間である。その彼ですら正雄の印象を〝印税の男〟と評しているのであるから〝版権無断委譲者〟というレッテルはその死後もぬぐえていないということになる。

ついでに一言しておきたいのだが京子との結婚についても一部には正雄が啄木を利用するために京子に言い寄ったとか、新聞記者の肩書きを使って京子に近づいたという類のあらぬ噂をいまなお流す手合いがいるようであるが、このことについてはきっぱりと根も葉もない作り話と断言できる。このような噂話のために不要な紙数を費消したくないから証明はよすが、この点に関しては吉田孤羊(『啄木発見』洋々社)や二人の仲を取り持った同僚の常野知哉(「啄木の娘京ちゃんのこと」『回想の石川啄木』八木書店一九六七年)を参照されたい。

そして今一つ、この〝印税事件〟が尾を引いているのだと思われるが正雄の性格を狡猾とか陰湿、或いは計算高い男等という印象で語られる場合が少なくない。そういう一面があるとしても、その反対の側面として正雄が函館で「北海タイムス」や「函館毎日新聞」にいた頃、その上司に「酒は涙か溜息か」で知られる高橋掬太郎や京子が正雄と知り合うきっかけになった「素劇会」の久生十蘭がいて正雄は彼等にかわいがられていたという。居酒屋で議論をふっかけるのはいつも正雄だったという証言もある。正雄が狡猾で狷介であったというならこのような生意気な若造を高橋掬太郎や久生十蘭などが相手をすることはなかったであろうし酒の席に呼ばれることもなかっただろう。そしてもう一歩踏み込んで考えたなら、本当に正雄が巷間で言われるような人間であれば高橋や久生の社会的立場を利用したに違いない。つまり正雄には人を利用したり人気に便乗したりすることをよしとせず、上京の際も彼等に頼らなかった、それが正雄という男だったとも言えるのである。

あまり正雄の肩を一方的に持つ気はないが、石川家を継いだ正雄がその心境を次のように語っている。時に彼の生の言葉をじかに伝えるのも必要であろう。

私は、過去数年間、啄木の重荷で疲れ果てた。無力で一本気は《ママ》私には、啄木の名はあまりにも重すぎる。曾つて盛岡の新聞に『石川正雄東京で喫茶店を開くさうな。定めし地下の啄木が泣くだらう』こんな意識的にあくどいゴシップを書き立てられたことがある。この田舎新聞記者は、石川家の者は仙人見たいな生活でもしなければならないものとでも、思つてゐるのだらう。かと思ふと、啄木をいぢくり廻し、片つ端から食ひものにする。これが世間といふものなのだ。さういふインチキな世間にほふり出された一小人にすぎない私は、だから京子との結婚の時にも、石川家を継承することには反対だつた。だが、二人が結婚するためには、世の掟がそれを許さなかつた。—掟なんて呪はれてあれ —最後に、そのことでひどく心配してくれた友人が／「なあに、それは単なる形式に過ぎないよ。君に啄木になれといふのぢゃない。只姓が変るだけぢやないか。そんな事で二人の仲に変りがある訳ぢやなし・・・」／さういはれると、それもさうだな、結局形式だ。二人が結び合ふために、さうしなければならぬものなら、それも仕方ないだらう。そんな風に考へ直して石川家を継承した。だが、私の杞憂は矢張り単なる杞憂でなかつた。で、自分といふものを知れば知るほど、私は家庭の穴の中へ引つ込んだ。ひとがいい（馬鹿の代名詞だ）といはれるだけで、外に何一つ取り柄のない私は、ひたすら自分をかくすことによつて護身術としてしまつた。／「あいつも啄木のおかげで —かういはれるのが、一番辛かつた。と、同時に、啄木など、いふお守りがなくても、京子姉妹を幸福にして見せるぞ！こんな自惚もあつた。／「こちらが啄木のお婿さんで、石川正雄君です」／こんな紹介をされると、ものもいへず、顔を赤らめて、こそ〳〵と人中に紛れこんでしまふ私だつた。（「啄木を掠めた改造社」『人物評論』一九三三年五月号）

啄木という文芸界の雲上人を背負った重荷は本人でなければ知りようがないであろう。かと言ってこの場合、須見正雄以外の人間がこの椅子に座っていたなら状況は一変してしまった可能性はあったわけで、その重荷に耐えた正雄には感謝するしかない。

三　改造社の策謀

ところでこれまで伝えられてきた版権委譲の話は正雄が哀果に一言も相談せずに一方的に決めたことになっている。しかし最近、私が得た資料で別の事情が存在することが判明した。この資料の所在がもっと早く知られて伝わっていればおそらく石川正雄の〝汚名〟は今日まで尾を引くことはなかったろうし、したがって正雄はもっと別な評価を与えられていただろう。

実はその資料とは前節に引用した石川正雄の原稿で、そこでは正雄の石川家入りの苦悩についてのくだりだけを使ったが、さらにその後に思いがけない話が続いているのである。正雄の語ったその〝真実〟を先ず紹介しておこう。もし正雄のこの話が事実であるとすれば、長い間、正雄にかけられていた〝版権独断容疑〟という濡れ衣は晴れることになるが、虚偽であれば二重の嫌疑に増幅されて歴史に不名誉な名を残す事になるだろう。出来れば全文を紹介したいのだが、これが長文でとてもここに採録しきれない。重要な部分の引用に止めたい。

一九二七（昭和二）年の或る日、金田一京助の紹介状を持った恰幅のいい男が函館の正雄を訪ねて来た。男は函館駅前の勝田旅館でこの人物と会った。改造社の社長秘書高平始（後に出版部長）である。改造社が出版界で中央公論社や春陽堂といった大手とならぶ会社だということは正雄も知っていた。高平は慇懃に現在、『現代日本文学全集』を企画しているが、そのなかに啄木の作品も入れたい、と話を切り出した。金田一の紹介状だけでも正雄にとっては驚きだったが次々とベストセラーを出している改造社の大幹部がやってきて頭を下げての頼みだったので一も二もなく賛同した。高平は二通の契約書を用意し署名押印するばかりになっていた。ただ、印税率を一割か二割にするかという話になって様子が少し変わった。

どういふ訳かその日は単に話だけに終つた。率さへきまれば、署名捺印で万事解決なのだ。殊に向ふからそれを切り出して私の方から何の異議もはさまなかつたのだから、そこに何か、高平氏をして考へさせるところがあつたのかも知れない。私としても別段調印を急ぐ理由はなかつた。ばかりでなく、高平氏の圧倒的な —それは精神的にも肉体的にも —申出に対して、何一つ異議あらう筈もなく、改造社に対する信頼は貧乏揺ぎもしなかった。

この記述だと正雄は署名捺印をしようとしたのに高平は考えるところがあって契約書をカバンに収めてしまったことになっている。東京からわざわざ遠路函館まで足を運んできたのだから常識的に考えればさっさと相手に署名捺印させて帰京しようとする筈なのに、どうして高平は躊躇したのか。印税を一割にするか二割にするかとなって高平が掌を返すように慎重になったと正雄はいいたげだ。思うに実際には高平は印税を一割と主張し、正雄は二割を求めた結果がこの気まずい雰囲気になったのではあるまいか。わざわざ社長秘書の高平が函館にやってきたのは山本社長の意向を汲んでのことであろう。そしてケチの上にドがつくと言われた社長から印税は「一割で決めろ」という命を受けて来た。ところが正雄は意外と頑固で二割を譲らない。そのぎくしゃくがこの文体になったように思う。正雄の文体にはこうしたレトリックが使われる傾向があり、この場合もその例の一つとみていい。

翌日、正雄は再び旅館に出かける。すると開口一番、高平は「昨夜、電話で社長と話した結果、状況が少し変わった」といって次のような話をした

君たちが知らずにゐたら印税さへ払ふかどうか分からぬやうな不徳義な社もあるので、この際版権一切を本社に譲渡したらどうか。本社は責任をもつて立派なものを出す。さうしてあゝいう不徳義な社は（＊春陽堂『明治大正文学全集』のこと）全集から削除した方がいゝ。それで昨夜、長距離電話（函館―東京）で、社長と相談の結果、社長は勿論賛成であり、殊に版権といふものは、著者死後二十年より効力がない。するとあと三四年経過すると誰が出版しようが自由である。それに啄木もこの全集が絶好で絶頂といふ機会であらう、今詰らないところから出版して拙い本でも出されたら、啄木の名にもかゝる。又あと三四年たつて、どこの誰が出版しようが、君の手には一文も入らない。さういつては何だが、文学全集の印税では、高が知れてゐるし、この際譲渡してくれゝば、本社としては、勿論十二分の支出を惜しまない。僕も精々社長を説きつけて一つ君のため骨を折つてあげたいと思ふから譲渡した方がいゝと思ふ。決して悪くしない。実際いゝ機会だし、石川家にとつても充分とくだと思ふ

（傍点正雄）

正雄はてっきり印税の話だと思ってでかけたのに、印税どころか版権委譲と著作権二十年という予想もしなかった

話である。正雄は版権委譲についてはいくらうまい話といってもそう簡単にいくまいと考えていたが啄木の版権が二十年しかないと言われて驚いた。あと三、四年には印税が一銭も入らなくなるというのはショックだった。気が動転した正雄に高平は畳みかけるように決断を促した。

改造社は石川家の版権を籠絡しようと様々な〝戦略〟をしかけるが差し詰めこの話はその第一弾といえよう。版権という言葉は福沢諭吉が〝copyright〟の翻訳「出版の特権」を略して「版権」としたことに拠るものとされるが、我が国でこの問題が浮上したのは改造社が始めた円本が大あたりし、これを真似て著者に無断で出版するものが激増したためにこれを規制したり取り締まる法規制の必要性が出て来たためである。一九二八（昭和三）年に「出版権法」が制定されたものの問題が多く実効が伴わなかった為に政府は法改正を目指したが国会の審議未了が続き、実効性のある出版権法が制定されたのは一九三四（昭和九）年であった。この為、出版社側も法律を無視し本来三十年と定められているのにこれを勝手に都合の良いように解釈する場合があった。

したがって改造社が正雄に版権を二十年と告げたのはこの混乱に乗じてのことで、正雄がそれに気付かなかったのは仕方がないことであった。実際、この時代は春陽堂にみられるように著作権に関してはいい加減だった。森鴎外が「日本は著作権という感覚が乏しい、嘆かわしいことだ」と啄木に語ったことがあるほどだ。版権時効のことを正雄が知らなかったというか知る由もないことをいいことに改造社の山本社長と高平は「二十年説」を持ち出し正雄の弱みにつけこんで一気にサインをさせたというのが真相に近いように思う。

ただ、少し気になるのは、正雄がいくら著作権に疎かったとしても新聞記者の経験があるのだから、その正確な情報を知ろうとすれば函館在住の知人、友人にでも聞けば簡単に耳に入れることが出来たはずであり、なぜそれをしなかったか、ということである。これは言ってみれば新聞記者の取材のイロハでもあろう。この点で正雄の言葉をすべてそのまま鵜呑みにしていいのか、少し疑問が残る。

また版権譲渡の鍵を握っているのが土岐哀果であるということを正雄は認識していたと述べている。「私にとつて知りたい事は従来の版権といふものが、どうなつてゐるのか？それについては土岐氏が一切を知つてゐるのだ。新潮社版の全集は、土岐氏が一切をとりはからつたもので、石川家では誰一人知る者がない。この関係から、何より土岐氏の意向と承諾を得なければならない。」（同前）と明言しているにも関わらずこの言葉を誰一人取り上げようとせずに哀果に一言の相談もなく正雄が独断専行したという話になっている。このことはさらに次のような具体的な言葉によって裏打ちされている。

土岐氏の意向と承諾に、道を求めはしたもの丶、困った事には土岐氏はその時、社命（朝日新聞社）で洋行中なのだ。そこで私は、土岐氏の承諾を得なければならぬこと、そして土岐氏は目下外遊中である事をつけ加へていふと、／「なあに、それなら心配いりませんよ、朝日新聞社で、現在の滞在地を確め、電報で交渉すると二日で返事がきける。それぢゃ早速さうしよう」／内心交渉延期となるだらうと期待してゐたが、さう軽くあしらはれると、それ以上いふことがない。そればかりでなく、こんな複雑な、恐らく長文になるだらう外電を、まるで隣へ電話でもかけるやうに扱ふところは、流石に改造社だなんて、又しても感心してしまつた。

正雄が考えた危惧はもう一つあった。それは新潮社がそう簡単に版権を譲り渡してくれるだろうかということであった。すると高平は「今迄は売れただろうけど、もう下火で新潮社は売りどきと考えているから、心配ない。それにうちで新しい全集にすればもっと出るはず」と強気の返事が戻ってきた。正雄は田舎と違ってスケールの違う出版業界の裏面をみたようでますます改造社の方針に共感してしまった。

京子に話すと「父も喜んでくれるわ。」と賛成し、北海タイムスの記者で二人の結婚の仲立ちをした常野知哉もさすがだねといいながら返事を待つことに賛成してくれた。すると二日後、高平から「承諾」の返事を貰ったという連絡があった。

電報は、東京の本社で発受されたといふので、どんな内容か聞くすべもなかつた。又、聞いたところが、高平氏の手許に電文がある訳でなし、／「本社で至急問合はせた結果、承諾の電報が来たと、電話でしらせてきたから、もう安心してい丶ですよ」／極めてあつさりした話である。

それはあっけない幕切れであった。地球の裏側を巡った一通の電報がたった二日で問題を解決してしまったのだから正雄が驚くのも無理はない。そこにとんでもない〝作為〟が仕掛けられていたことに気付かず正雄は高平の目の前で「譲渡証」を書いた。しかも、この譲渡証にも新たな作為が付け加えられるのである。後に改造社は治安維持法体制下で廃刊に追い込まれるが、この場合は国家権力というとてつもない巨大な〝作為〟に押しつぶされてしまう。改造社は出版界に一つの歴史を作ったが、大胆に言えば作為にはじまり作為に終わったと言えなくもない。もう一つの作為とは――

版権譲渡証！高平氏の口うつしで譲渡証をかいてゐる私の傍から、『未発表も含む』と入れて下さいといふ注文だつた。私はチョッと考へたが、未発表といつたところで、日記は遺言で発表出来ないことを断つてあるし、あとは、ほとんど纏ちたもので未発表のものはない事を考へて、言ふ通りそれを書き入れた。

この段階で改造社が正雄に「未発表も含む」という一言をつけ加えさせたというのは作為というより〝卓見〟と評したいほどの見事な商魂であった。改造社は既に吉田孤羊とコンタクトを取って「啄木日記」の存在を知り、これを新たな全集にいれる積もりだったのである。世間知らずの正雄を騙すことなど赤子の手を捻るより簡単だった。このことより正雄にとってこの段階で最も気がかりだったのはむしろ印税そのものであった。ただ、この件ではどの啄木研究でもその金額を公にしておらず「渡欧する費用」という程度にしか理解していない。ところが正雄はこの一文にはっきりと金額を明らかにしているのだ。

金額は、私にはどれほどの価値か全然見込みさへ分からないので、これ又信頼する高平氏の説に従つた。氏の説では、何でも社長と大交渉の結果、従来こんな巨額を一度に出した事がないといふ断りつきで、八千五百円と記憶してゐる。そのあとで、高平氏は、これは今きまつてゐる訳ではないが、文学全集のあとで出版するやうな場合には、初版の印税位は出しますよ、もつとも精々五千部位と思ふから、金額は知れてゐるが、といふことだつた。それは、高平氏が私に寄せた好意なのかも知れない。兎に角、いろ〳〵親切？にしてくれた氏の事でもあり、何より社長から一切の権限をゆだねられてきたといふお方なので、その節はよろしくお願ひすると礼を述べておいた。契約書！フッとそんな事も頭のどこかを掠めたが、しかし、何もかものみ込んでゐるといふ風に、泰然と構へてゐる高平氏を見ると、口に出す勇気もなく、高平氏もまた、おくびにも出さなかつた。／かうして版権は易々と譲渡されたのだ。

譲渡金八千五百円というのは当時の物価相場では国会議

員年間歳費三千円、銀座「三愛」附近一坪千円、小学校教員月額五十円、早い話が、国会議員を約三年やって懐に入るカネであり、小学校教員を二十年勤め上げて得る収入だ。また、この時に正雄は次回以降の契約書を交わさなかったのが尾を引いて改造社から出る啄木のどの著作の印税が石川家に一銭も払われないことになってしまった。『啄木全集五巻』刊行後は一言の挨拶もない。あまりの仕打ちに正雄が改造社に抗議の手紙を送ると高平が東京の正雄宅にやってきて二千円を置いていった。この全集は一巻について六万部全五巻で三十万部のバカ売れになった。単純に計算して印税を一割とすれば正雄の手には三万円はいるはずだった。しかし、正雄が受け取ったのは東京に招待され銀座高級料亭の一夜の接待、歌舞伎見学と豪華な弁当代だけだった。

四　土岐哀果と石川正雄の和解

ところで正雄と哀果をめぐる問題では新潮社の全集の版権委譲を正雄が哀果に一言の相談もしなかったという話が〝定説〟になっている。例えば哀果と親しかった冷水茂太は「石川正雄は善麿の海外旅行中に、善麿に無断で、啄木全集の著作権を改造社に売り渡していた」(『哀果と啄木』短歌新聞社　一九六六年)といった具合に正雄は〝悪人〟に仕立て上げられて今日に至っている。経過を知らずこの話を知らされた土岐善麿(帰国後は本名を名乗った)が不愉快な思いをしたのは当然である。

石川正雄一家が函館を発ち東京に出てきたのは一九三〇(昭和五)年の三月十日である。パリで演劇研究をしてきたのだから演劇の盛んだった函館でその造詣を思う存分発揮できたはずだが、その頃には演劇熱は冷めて、世渡りの出来ない正雄は地元では出番がなく鳴かず飛ばず、新聞社も辞めての留学だったから生活の見通しがたたない。そこで吉田孤羊の強い勧めもあって東京へ出ることにした。また正雄は哀果が今回の改造社版全集の件で挨拶もないといって周囲に不平を漏らしているという話があちこちから耳に入っていたので東京へ行ったら挨拶しなくてはなるまいと考えていた。しかし、この段階では正雄は改造社が哀果にきちんと連絡をつけて諒解を取ったと思っていた。時期ははっきりしていないが引越の荷ほどきが落ち着いた四月半ば、正雄は朝日新聞に出向いて土岐善麿（社会部長）に挨拶した。その時の会話の再現。

「ご挨拶が遅れて申し訳ありませんでした。全集の件では改造社がすべてやってくれましたので助かりました。それにしても外電で諒解をとったというので驚きました。」

「え？何の話ですか。その外電というのは。」

「土岐さんには改造社から電報で版権委譲の諒解をもらった、と聞きましたが。」

「はてな。そんな電報みたこともないし、一度も改造社から挨拶も相談も受けたことありません。何かの間違いではありませんか。」

ここで正雄は事の次第を善麿に詳しく話して誤解を詫びた。善麿は啄木から一日あって気に入られたほどの人間である。正雄の言い分を聞いて善麿はこれまでの硬化した態度を翻し、啄木との往事を忍んで和やかな思い出の時間を過ごした。帰りがけ、善麿は「そうだ、京子ちゃんとは長いこと会っていない。久しぶりだから是非会いたい。今度わが家へ家族揃って遊びにきて下さい」と言われて正雄は「京子も喜ぶでしょう。きっと伺います」と応じた。

この約束は五月十一日に果たされた。正雄が吉田孤羊に話すと「ちょうどいいや。僕も一緒に行っていいか」というので同行して撮った写真が吉田の『啄木発見』（洋々社一九六六年）の扉に載っている。この写真は善麿自らが撮った貴重なもので、正雄、京子とその長男玲児、長女、善麿家の家族が笑顔でくつろぐ姿が写っている。以来、正雄と善麿は親しく付き合うようになった。京子と妹房江がこの年末に相次いで亡くなるが、この時も善麿は出来るだけの救援を惜しまなかった。

ある時、といっても一九三三（昭和八）年の春のこと、善麿が正雄に「いつか話してくれた改造社の印税のことは片付いたのかね」というと正雄は「実は……」と頭を掻きながら、買い取り後も新しい全集も印税を一円も貰っていないと正直に話した。「それもこれも自分のミスですから仕方がありません」と言って項垂《うなだ》れた。「そんな馬鹿な話は聞いたことがない。よし、この件は私が片をつけてやる」と憤激した善麿は友人で弁護士の山崎今朝弥にその理由《わけ》を話し協力を求めた。山崎今朝弥は幸徳秋水、堺利彦、片山潜、大杉栄らと親交がある社会主義派の正義感の強い大物弁護士である。改造社の山本実彦とは飲み仲間でお互いよく知っていた。

善麿は金田一京助、白柳秀湖、大宅壮一、木村毅、服部浜次、稲庭謙治といった当時匆々たる論客で民法、商法、刑法といった多角的戦法で山本を責め立てようという計画だった。山本は長びいては勝ち目がないと和解を選んだ。文書作成は山崎今朝弥があたり「覚書」が交わされることになった。十月二十日に調印式を行って両者は和解に合意した。内容は次の通り、殆ど石川家の言い分が通ったものになっている。

覚　書

故石川啄木遺族石川正雄ト改造社長山本実彦トノ間ニ起リタル故啄木遺稿版権問題ハ、昭和八年十月十三日赤坂皆香園ニ於テ右当事者ノ外白柳秀湖、山崎今朝弥、金田一京助、土岐善麿、稲庭謙治、大宅壮一、木村毅、服部浜次ノ諸氏立会ヒノ上、左ノ条件ニテ円満解決、今後コノ問題ニツイテハ双方異議申スマジク依而後日ノタメコノ覚書ヲ交換ス

一、山本実彦ハ昭和八年十月二十日マデニ石川正雄ニ対シテ金弐千円ヲ現金ニテ支払フコト

一、山本実彦ハ石川正雄ニ対シ昭和八年十月ヨリ昭和十一年九月マデ満三ケ年間、毎月末日金百円支払フコト

一、改造社発行「改造文庫」ニ収メラレタル啄木全集全九巻ノ印税分五分ニ相当スル額ヲ、昭和八年十月以降毎月末ニ売上高ニ従ツテ著作権存続期間中贈呈スルコト

一、昭和八年十月以降改造社又ハ山本実彦ニヨツテ「改造文庫」以外ノ形ニテ啄木遺稿ノ全部又ハ一部ヲ出版スルトキハ、石川正雄ニ対シテ「改造文庫」ナミニ印税ニ相当スル額ヲ著作権存続期間中贈呈スルコト

一、昭和八年十月以後改造社又ハ山本実彦以外ノ者ニヨツテ計画サレタル全集、叢書ノ類ニシテ文化的意義アルモノニ啄木遺稿ノ全部又ハ一部ヲ加ヘルコトヲ求メラレタル場合ニハ、ソノ要求ニ応ズルト共ニ、ソノ印税ノ半額ヲ石川正雄ニ贈呈スルコト

一、今後啄木ノ日記ハ絶対ニ発表又ハ出版セザルコト

昭和八年十月二十日

山本実彦㊞
石川正雄㊞
以下立会人
山崎今朝弥㊞
大宅壮一㊞
服部浜次㊞
土岐善麿㊞
稲庭謙治㊞

（冷水茂太『啄木私稿』清水弘文堂　一九七八年）

なかでも立会人に名が出ている大宅壮一は当時、歯に衣着せぬ毒舌で有名な評論家で、さしもの山本実彦も大宅には頭が上がらず平服するしかなかった。弁護士山崎今朝弥の腕も効いたが世間では大宅に逆らって勝ち目はないというのが専らの風評だった。「立会人」に金田一、白柳、木村三人が署名していないのは当日多忙で出席出来なかったからであろう。不都合や見解の相違といった複雑な背景からではない。なかでも注目されるのは最後の一項「今後啄木ノ日記ハ絶対ニ発表セザルコト」である。この一項のために改造社は日記に関しては手足を縛られて為すすべを完全に奪われてしまう結果になったからである。一方、石川正雄はこの「覚書」によって生活の目途が立ち、不安定だった啄木の著作権を維持遵守してゆけることになった。

さらにこの「覚書」によって石川正雄は文字通り石川家の名実共に当主となった。啄木の著作権は余人を寄せ付けない盤石の権利として確立された。すべて土岐善麿の尽力と実力によるものである。亡くなる直前、啄木から「オイ、頼む」と言われてから一日たりとも忘れることのなかった啄木への追憶。

あのころのわが貧しさに、いたましく、悲しく友を
死なしめしかな。

そして今、石川正雄にその想いを引き継ぐことが出来た安堵感。土岐善磨はこれから、ようやく自分の人生を歩む事が出来る、と自らにいい聞かせた。

五　吉田孤羊の訪函

1　最初の訪函

ところで、この合意書を山本社長から見せられて呆然となった人間がもう一人いた。それは誰あろう、吉田孤羊である。吉田が金田一京助の推薦を受けて新しい啄木の全集を改造社から任されることになったことは先に述べた。この時に山本社長は「君には全集刊行後も我が社で啄木専属の担当者としていて貰いたいから、非常勤社員ではなく専従社員として入社してくれないか」と持ちかけられた。二年間ほど無職で浪人生活の悲哀を嫌と言うほど感じていたのでこの言葉に吉田は飛びついた。しかも啄木に関することだけやってくれればいい、という願ってもない申し出である。断る理由は全く無かった。実は正社員になれば給料は貰えるがそれ以外の印税や手当は出ないということを考えた山本一流の狡知に長けた策略だったが、そこまで吉田の頭は回らなかった。三十年ほど前、あるテレビ局が発売したこどもむけの音楽が大ヒットして数百万枚ほどのレコードが売れた。しかしその歌手はその局の社員だったため手当は貰えず数十万の臨時ボーナスで済まされたという話を聞いたことがある。山本の悪知恵はどこかで今でも生きているのである。

話が逸れた。吉田が「覚書」を読んで愕然としたのは最後の条項「今後啄木ノ日記ハ絶対ニ発表又ハ出版セザルコト」であった。実は吉田は山本社長にはまだ話していなかったが、啄木日記が函館図書館に眠っていることを早くから察知して任された全集にはこの日記の一部、あわよくば全部を入れて社長を驚かせてやろうという野心を持っていた。こんなことなら社長に話しておけばよかったと臍《ほぞ》を噛んだが後の祭りになってしまった。

改造社の社員になった吉田は早速、北海道に出かけた。一九二七（昭和二）年十一月二十二日のことである。函館には友人で朝日新聞函館支局にいた川村専一に手紙で宮崎郁雨に会わせて貰えるよう頼んでおいた。函館に着いた翌日、旭町に郁雨を訪ねると郁雨夫妻が待っていた。そこにはもう一人の客人がニコニコ顔で座っていた。この「極度の近眼鏡をかけた中老人」が岡田であった。郁雨が気を利かして呼んでいたのである。「あなたは私よりこの人に会いたかったのでしょう」と郁雨は柔和な笑顔で岡田を紹介した。確かに郁雨の言うとおり本丸は岡田だったが、川村から最初から会いたいというと頑固な彼のことだから間に人が入った方がいいと助言されて郁雨に最初の面会を申し込んでいたのである。気配りの人、郁雨は岡田に「どうだい、会ってみるか」と言われて気むずかしい岡田はあっさり承諾してこの場面となったわけである。この日は午後十一時すぎまで吉田が郁雨と岡田に矢継ぎ早の質問を浴びせてその元になった資料目録をみて岡田が「よく集めたもんだ」と感心した話は既に述べた通りだ。こうして吉田は一日で岡田の信用を得て、「それじゃ、明日図書館で会おう。」という約束を取り付けた。その時の吉田の日記にはこうある。

はじめて徒歩にて青柳町に向い図書館に岡田氏を訪問、資料の豊富なるにただただ驚く。昼食を馳走になり、岡田氏会議所に所用ありて出かけ、ひとり岡田氏の部屋にて目録の筆記にかかる。岡田氏に三歳になる愛嬢あり、愛らし。息子さんの案内にて新館楼上に登り市内を望見す。風景絶景。夕刻辞去。啄木研究のため二ヶ月も滞在し得たらと思う。(「啄木の面影を求めて」『啄木発見』前出)

この日記によっても吉田の目的が函館図書館にある啄木関連の資料にあることは明白で、しかも岡田の〝信任〟を得て館長室まで使わしてもらっている。なお、ここで岡田のこどもたちが出てくるが館長宅は図書館に隣接していたので岡田が「東京からお客さんが来てるからご挨拶しておいで」と口利きしたのであろう。

なお、余談になるがここに出てくる「三歳になる愛嬢」というのは後に父岡田健蔵の後を継いで函館図書館長になる岡田弘子のことであるが、孤羊は「慶応大学の図書館学科で学んだときは、偶然にもこの弘子さんと私が同級だった」(「啄木の面影を求めて」『改造』一九六六・昭和四十一年七月稿)と書いている。これは吉田孤羊が後に盛岡図書館長に招かれる際に資格要件として司書資格が必要とされたために慶応大学の聴講生になった時のことだと思われる。奇遇といえば奇遇だし、不思議な巡り合わせだとも言えよう。

ところで改造社の旅費を懐にした吉田のほぼ一ヶ月に渡る旅程を一覧にしてみた。

二十五日　正雄夫妻と語り合う。
二十六日　岡田、郁雨、啄木墓を案内、郁雨とは終日対談
二十七日　正雄宅　一緒に墓参

二十八日　堀合忠操宅訪問　正雄一家と夜遅くまで懇談
二十九日　図書館、岡田ご機嫌　ビール出る　岡田饒舌
三十日　斉藤大硯（元「函館日日新聞」）談話筆記
午後単身五稜郭見学
十二月一日　図書館　資料書写（助手を雇っている）
二日　宝小学校（節子代用教員）弥生小学校（啄木代用教員）資料なし　図書館（岡田から余分書籍貰う）
三日　昼函館駅発根室行き急行　午後八時小樽着
「若き商人」高田治作と午前一時半まで語合う。泊高田宅
四日　高田の案内で啄木関連市内見学　啄木交遊関係知人らと懇談　泊高田宅
五日　啄木から高田宛書簡書写　藤田武治（高田と同期）訪問　午後十時発北見行乗車
六日　午後三時、野付牛《のつけうし》（北見）下車、苜蓿社仲間吉野白村の日記保有者遠藤勝一を訪問
遠藤宅泊
七日　白村日記書写
八日　午前七時野付牛駅発釧路行、釧路午後六時着　近江屋旅館（「小奴」経営）泊
九日　小奴と面談、釧路新聞社で当時の綴じ込み紙閲覧　夜「小奴」部屋にきて午前一時まで懇談
十日　釧路市啄木関連跡歩く。夜「小奴」懇談
十一日　「小奴」談話筆記、「小奴」に招かれ自宅訪問
十二日　「小奴」に別れの挨拶、午後六時釧路発
十三日　午前七時札幌着　市内散策
十四日　啄木の下宿跡を探すも発見できず
十五日　小樽に出て高田治作宅を訪問
十六日　小樽、高田氏らと別離の宴
十七日　夕刻函館行き乗車
十八日　函館猛烈な寒波、郁雨・岡田氏に帰函の連絡、岡田と四時間懇談
十九日　日中函館図書館で目録作成、夜正雄宅で午前一時まで語り合う、京子から『明治四十四年日記』を借り出し徹夜で読む
二十日　郁雨と会い小樽・釧路の様子を報告、正雄宅に泊
二十一日　正雄夫妻と湯ノ川温泉で汗を流す
二十二日　岡田を訪ね日記を正雄夫妻に見せない理由

を聞くが「笑って答えない」、夕刻五時半連絡船乗船
二十三日　午前四時盛岡着（＊内容記載なし）
二十四日　午後六時盛岡発（＊内容記載なし）
二十五日　午前八時上野着（＊内容記載なし）
二十六日　目白の自宅で静養
二十七日　改造社に出社、山本社長に帰京挨拶、土岐に電話（二十九日土岐宅訪問するも留守）
二十八日　金田一京助に経緯報告

吉田は一九〇二（明治三十五）年生まれだから、この時は二十五歳である。この若さだからこなせた日程ともいえよう。それにしても何ともハードなスケジュールだろうか。連日のように徹夜で人と語り、夜明けまで資料に目を通す日々、その上長時間の列車移動、それらはみな啄木への飽くなき探求心から生まれたのである。

この旅行でいろいろな収穫はあったが、なかでも最も大きな成果は函館図書館長の岡田健蔵の信頼を得たことだったろう。最初の訪函だったが、その僅かな時間の間に吉田は岡田の心を掴むことに成功した。この信用が築かれなければ啄木の日記の運命は一変したかも知れないと言えるほどの重要な絆となった。それは例えば訪函して間もなくのこと、函館図書館の一室での岡田との、こんな光景が語られているのを見ても瞭然だ。

図書館に岡田さんを訪ねて筆記者の打合せなどした。岡田さんはひどくごきげんで、ストーブのかたわらで、冷え切ったビールを傾けながら、「浅草の等光寺から啄木の骨を運んできたが、石川家の墓地があるわけでなし、置き場にこまって・・・」と、頭の上の雑然と古書類を積み上げている煤けた棚を指さしながら「この頭の上に半年ばかり骨箱をのせて置きましてね」と、打ち明けるかと思うと、「私の祖父は岩手県人だった」と身の上を語り、岡田さん自身の郷土研究、松前追分の話、シベリアのことなど、次から次へとおもしろい話ばかり語ってくれた。（同前）

およそ二十歳年下しかも初対面の〝若造〟にこうした話はあまりしないものだ。岡田は無口ではないが饒舌家でもない。自分で作った私立図書館が行政に移管されるのを防ぐために岡田は市議会議員に立候補して当選したが演説は下手で誰も落選すると思っていたというがはったりのない木訥さが却って票を呼んだと言われている。人とあまり妥協しない性格だったから相手に自分の心情を伝えようとす

る意志もあまり持たないから、このように初めて会った人間に心を許して話すのは吉田を信用してのことだった。もっとも日記に関していえばこの一回目の訪函ではさしたる成果はなかったが、この信頼関係によって日記は新たな胎動を始めることになる。それは二度目の訪函からである。

2 二度目の訪函

吉田が二度目の訪函を果たすのは一九二九（昭和四）年の暮れである。最初の訪函から二年が経過していた。一度目は北海道の啄木の足跡を辿るのが目的だったが今回は啄木日記を読むという明確な課題を抱えての訪函である。それにしても二度とも年の暮れ、酷寒の北の大地を選んだのは偶然だったのか。ただ吉田の書いたものを読むと寒さで音を上げていない。やはり若かったせいであろう。

それよりも今回は岡田函館図書館長から日記閲読の許可が出ての訪函である。ただし、今回は金田一京助から正確な啄木年表を作るため日記の閲覧をお願いしたいという推薦状というか許可願証を兼ねた文書を預かっていたから岡田の見回りを気にせず堂々と日記を見ることができる。夢にまで見た啄木の日記、暑い寒いなんかどうでもよかった。

この頃石川正雄はパリに留学しており函館には京子と長女の晴子、長男の玲児がわびしく留守をしていた。久々に顔をあわせた京子は「この夏、腸カタルか何か患って、自分でも助からないほどの大病をしたことや、やっぱり二人の子供をかかえて暮らしていると心許ないから、早く石川に帰国するように手紙をやって下さいとか、そして一日も早く東京に出て、もっと生き甲斐のある生活をしたいというようなことを、まるで堰を切ったように語ってくれた。」（「啄木と二人の娘」『啄木発見』前出）

私は正雄が留学したと聞いたとき、てっきり妻子を同行してのことだと思っていた。病弱の京子、最も人手のかかるいたいけな幼子二人。石川正雄という人間を語るとき、この話を知るとずいぶん身勝手な男だと思わざるをえなかった。おまけにこの留学ではほとんど成果はなく帰国している。血のつながった正雄ではないが啄木の家族をないがしろにした人間性だけはしっかり受け継いでいるな、と思ったものである。

さて吉田にもどろう。わびしい日々を送っている京子の言葉に引っかかりを感じながらも、心は既に啄木日記に逸っていた。

私は翌日から図書館に通い出した。私には年の暮れも正月も眼中になかった。朝早くから夜は毎晩十一時近くまで、たった一人、岡田さんの司書室に籠城して、克明を極めた啄木の日記と取り組んだ。夜遅く人通りの絶えた道を帰りながら、興奮のため熱くなった頭を冷してくれる吹雪は快いほどであった。(同前)

啄木の日記をじかに見ることが出来るという夢のような現実に吉田の胸には熱いものが流れたことであろう。しかし、不思議なことにどのように日記を手にしたのか、メモはどう取ったのかという具体的な事には全く触れていないのだ。この記述の後は同じ時期に一緒に火山の記録をとっていた人物がいたとか、京子がふたりのこどもを背負って図書館にやってきて「今日はどんな事が書いてあったのかね」といったエピソードや吉田が京子に啄木の話を聞くと夜食を用意してまっていますから是非家に寄ってくださいほとんど記憶がないと言うので驚いたというような日記とは関係のない話ばかりが続く。そして話はいつの間にか飛んで正雄が留学から帰り東京で一週間ほど自分の家にいた、という話になって日記の事には全くふれていないのだ。

実はこの二度目の図書館通いについてはもう一つの原稿がある。こちらの方が少し詳しいがそれでも表面的なことばかりでどのようなメモの取り方だったのかについては触れていない。それは以下の通りである。

啄木文庫に保存されてある十二冊の日記の研究をし始めたのは、第二回目の渡道の時から前後三回、日数を通算したら約二ヶ月ほど、一ページに三十分もかかるような綿密さで、私はみっちり日記と取り組んだ。ある時は飯を食うことを忘れ、ある時は手足の凍えるのも忘れ、あるページには笑い、あるページには涙のにじみ湧くのを覚えながら、幾度も幾度も繰り返して読んだ。たしか三度目の函館行の時かと覚えているが、ちょうど年の暮から正月にかけて図書館へ詰めきりに詰めた。図書館も暮と松の内は休館するので、岡田氏は、大晦日と元日くらいは休んだらよかろうと忠告してくれたが、私にとっては、大晦日も正月も眼中になかった。岡田氏は「いくらなんでも吉田君一人のため、休館中のスチームを温めるわけにもいかない」というので、スチームなど断って、厳寒の中を全館人気のない司書室で、朝から夜遅くまでただ一人啄木の日記にしがみついた。元日の晩だったか、岡田氏が酒の匂いをさせながら見舞いに来て、「日本中広くても、大晦日から元日にかけて図書館通いをしているのは君一人だろうな」とひやかされた。(「焼却を疑はれた啄木の日記」『改造』一九三三・昭和八年　二月号、後『啄木片影』洋々社に「啄木の日記」と題して収録)

具体的な表現は「一ページに三十分もかかる綿密さ」と「日数を通算したら約二ヶ月」のくだりくらいである。単に読み流すのであれば五分もかかかないだろうし、要約（メモ）でも十分で済むだろうから「三十分」というのは半端な時間ではない。

いささか細かな作業になって恐縮だが、苦手な数字をいじってみた。筑摩版『全集』では五、六巻が日記に当てられている。五巻は日記の部分が三七三ページ、六巻は半分が日記で残りは小説や評論になっており、日記の部分は二四二ページ二巻の日記相当分の合計は六一五ページだ。この全集の一ページは五四六文字が収まっているから日記分合計は四百字原稿用紙に換算するとおよそ八百四十枚になる。これを吉田は二ヶ月（六十日として）かけて「取り組んだ」わけで四百字原稿用紙で言うと一日分十四枚ということになる。人によって差はあるが吉田のようにペンで生きる人間であれば一日二十枚は苦でもない。ただ右から左へと単純な書写でも場合によっては書き下ろしより時間がかかることもあるから、この数字はあくまでも目安である。結論から言うと一人でも全文の筆写はかなりの労力と忍耐が必要だが不可能ではないということだけははっきりした。

いずれにしても「みっちり取り組んだ」というその中身が曖昧のままだ。書写を岡田が認めたとも考えにくい。また、岡田は表向きは「閲覧」ということにして阿吽《あうん》の呼吸で見て見ぬ振りをして黙認した可能性も捨てきれない。というのもこの時期、岡田が一部の人間にこっそり日記を閲覧させるようになっていたからである。とりわけ真摯に啄木に取り組んでいる吉田の姿勢に金田一京助の推薦状がなくとも、岡田が特別な配慮をしたことは充分に考えられる。

ただ、少し気になったのは岡田が元日の晩に酒臭い息を吐きながら吉田を「見舞い」に来たと書いていることである。「見舞い」という一種の冷やかしは日記閲覧という特別な配慮の割にそぐわないという気がするからである。というのは岡田の家は図書館のすぐ隣にあって北海道開拓長官の寄贈になる建物で一時は東京の精養軒が買い上げて函館ホテルとしたこともある由緒ある建築物である。これがそのまま図書館館長公舎になったものだ。いかに吉田が日記に熱を上げたとしても一言声をかけて由緒ある館長宅に招き屠蘇の一杯を献じてもよかったのではないかと思うのだが、何か別の理由《わけ》があったのかもしれない。吉田孤羊が強調して言うほど岡田は吉田を信用していなかった可能性がある。

いずれにしても吉田がメモなのか書写なのかについては意図的に曖昧にしているように思われて仕方がない。それが岡田への配慮なのか、吉田の深謀遠慮からなのか。もう少し時間の過ぎるのを待つとしよう。とにかくはっきりしている事実は啄木の日記すべてに初めて〝公式〟に目を通した人物、それは節子亡き後は土岐哀果でもなく金田一京助でもなく宮崎郁雨でもなく（岡田健蔵を除いて）吉田孤羊だったということである。

六　日記の漏洩（一）

一九三一（昭和六）年七月二十八日付「東京日日新聞」の五面（学芸欄）を開いた読者は思わず目を見張った。そこには驚くべき見出しが躍っていたからである。幻とされてきた啄木の日記が一部とはいえ遂に現われたのだから啄木愛好家のみならず多くの人々の耳目を集めた。

最近発見された石川啄木の遺稿（一）

という二段の見出しでそのリードには

石川啄木についてはその断簡零墨と雖も今日では蒐集されてゐるが、半世を流浪に近い生活を送つた啄木としては未だ世に知られない遺稿もあることであろう。こゝに掲載する分は、最近函館において発見された未発表のものである。

とあり、啄木の日記が初めて世に流れ出た大スクープとなった。記事本文は啄木の「明治四十年五月五日」「同五月十一日」付の二日分が掲載されている。先ず五月五日の日記であるが、この日は啄木が

石《いし》をもて追《お》はるるごとく
ふるさとを出《い》でしかなしみ
消《き》ゆる時《とき》なし

と詠んだように故郷渋民村を出て啄木が両親、妻子と一家離散の果てに単身函館に上陸した日の日記である。これから函館、札幌、小樽、釧路に一年近い漂浪の始まる第一歩という啄木にとって〝記念〟すべき日であり、また、リードに「こゝに掲載する分」とあるようにこれ以外の複数の日記の保有を匂わせているから、この日を選んだのは単なる偶然とは思えず、かつ恣意的なものではなくセンセーショナルな話題性を重視したかなり作為的な選択とみていいと思う。つまり啄木のことについてある程度の確かな知識を持った人物が介在していると考えて間違いないだろう。なお、日記は五月五日の後は記入がなく再開は十一日である。

以下、新聞記事通り引用するが、漢字全てに振ってあるルビは省略し、『全集』と異なる表記も、改行も新聞記事のままにしてある。なおこの記事を書いた記者の署名はない。

津軽の海（一段見出し）

これは明治四十年五月五日連絡船陸奥丸の船客として記したもの

五時前目をさましぬ。船はすでに青森をあとにして湾口に進みつつあり。風寒く雨さへ時々降り来れり。海峡に進み入れば波立ち騒ぎて船客多く酔ひつ。光子もいたく青ざめて幾度となく嘔吐を催しぬ。初めて遠き旅に出でしなれば、その心、母をや慕ふらむと、予はいといとしきを覚えつ。清心丹を飲ませなどす。予は少しも常に変るところなかりき。舷頭に佇立して海を見る。偉いなるかな海！世界開発の初めより、絶間なき万畳の波浪をあげる海原よ、抑々奈何の思ひをか天に向つて訴へむとすらむ。檣をかすむる白鷗の悲鳴は絹を裂く如し。身をめぐるは、荘厳極まりなき白浪の咆吼也、眼界を埋むるは、唯水、唯波。我が頭はおのづから低れたり。山は動かざれども、海は常に動けり。動かざるは眠の如く、死の如し。しかも海は動けり、常に動けり。これ不断の覚醒なり。不朽の自由なり。海をみよ、一切の人間よ、皆来つて此海を見よ。我は世界に家なき浪々の逸民なり。今来つて

此海を見たり。海の心はこれ、宇宙の寿命を貫く永劫の大威力なり。噫、誰れか、海を見て、人間の小なるを切実に感ぜざるものあらむや。我が魂の真の恋人は、唯海のみ、と、我は心に叫びつ。

新しき経験の日（一段見出し）

明治四十年五月十一日啄木が函館青柳町の苜蓿舎同人たる傍ら商業会議所に勤務する日の所感

天が曇つて居る。時々雨が落ちた。今日から函館商業会議所に出ることになつた。昨日沢田氏からの話で、当分のうちといふ約束。午前八時、松岡君につれられて町会所内の会議所事務所へ行つた。自分にとつての新しい経験が、これから初まる所だと思ふと、面白い様な気もする。商業会議所なんて云ふと、一体自分には別世界の感があるが、這入つて見ると、矢張横目縦鼻の人間が五人許り居た。見るからに無能らしい面構の吉田といふ洋服男へ行つて挨拶する。アトで聞いたのだが、これは盛岡人なさうだ。どうも同国の人間にはこんな顔をしたのが多いではないだらうか、と思つて、一人で可笑くなつた。割りつけられた役目は、税務署へ行つて、同所議員の選挙名簿を作るために、区内商業者の住所氏名職業及び納税額を台帳から写しとつて来るのだ。吉田無能君につれられて、一人の四十許りな髭面と共に税務署に行く、この男はアトで解つたが何か面白さうな男で、町会所を預つて、宿直室内に一家住んで居る。税務署の事務室は天井の高い、図分広い立派な室だ。ハイカラな人間が何十人となく何かコツ〳〵仕事をして居る。十五六になる顔のよい給仕が一人居て、急がしさうに卓子と卓子の間を往来して居る。向ふの隅で「給仕ッ」と呼ぶと「ハイ」と答へてそつちへ行く。此方の隅で「給仕ッ」と呼ぶと、矢張「ハイ」と答へ此方へ来る。この「給仕ッ」といふ声が面白い。無い威厳を態と有る様に見せる声だ。殺風景な脳の底から、八字髯の下を通つて、目下の者の耳にぴりりと響をおくる声だ。所謂明治の官人の声だ。この声を絶間なくきゝ乍ら予らも亦殺風景な仕事をなすべく筆をとりあげた。思ひ切つて真面目に敏速に筆を動かす。初めてこんな役所めいた所へ這入つたのだといふ感が、異様に予の心をくすぐる。昼飯くはずに二時までやつて三百枚許り書いた。きり上げてかへる。会議所には無能君一人残つて居た。井元黒髯君どうしたものか、非常に好意をしめしてくれて、三時頃に午餐の御馳走に預つてかへつた。雨が落ちて来た。随分大粒の雨である。急がずにテク〳〵来ると、松岡君が途中迄傘もつて迎へに来てくれた。ありがたいものである。和賀君と将棋をやつて大勝利。妹からと渋民の岩本氏からの手紙が来た。岩本氏の手紙は予をして故山を思はしむる事いと深くあつた。母は米長氏の所へ移り、妻子は盛岡へ行つたといふ。一人どこかへ行つて泣きたい程、渋民が恋しかつた。夜、吉野君岩崎君が来た。四人で歌会をやらうといふことになつて、字を結んで十題をえる。

×

汗おぼゆ津軽の瀬戸の速潮を山に放たば青嵐せむ

×

朝ゆけば砂山かげの緑叢の中に君ゐぬ白き衣して

×

夕波は寄せぬ人なき砂浜の海草にしも心埋もる日

×

面かげは青の海より紅の帆あげて来なり心の磯に

×

海遠みる真白き窓の花蔦の中なる君の病むといふ日よ

×

早川の水瀬の船の青の簾を斑に染めぬ深山の花は

×

何処よりか流れ寄せにし椰子の実の一つと思ひ磯ゆく夕

×

燈籠に灯入れて夜の鳥待つと青梅おつる音かぞへ居ぬ

×

いつはりて君を恋しといひけるといつはりて見ぬ人の泣く日に

日記の引用は結構慎重に遺漏のないように期した観があるが十一日のこの後の一部が削られているのは不可解である。それは末尾の「十題を作る」（＊正しくは「十題をえる」）のあと改行で「すでに二年も休んで居たので、仲々出ぬ。漸々皆揃つて、後撰して、披講して、眠つたのが一時頃。二三首」とあり、この部分は啄木が父一禎の住職罷免、雑誌『小天地』の失敗等不遇続きで創作意欲を失っていて、函館にきてから歌をつくり出す契機になった重要な場面であり、こういう辺りは啄木をあまり知らない人間か、あるいはあまり正確過ぎると筆写した人間が特定されることをおそれて意図的に削除したのかも知れない。

なお、歌について云えば原歌にはすべてに句読点がつけられているが記事ではすべて除かれていることと、一句目「汗おぼゆ」の後に「。（句読点）」があり、五句目の歌「海遠みる」は正しくは「海をみる」であり、六句目の「船」は「舟」である。しかし、この程度の誤記は許容範囲というべきであろう。

また記事では会議所の職員が給仕を呼ぶ際「給仕ッ」と表記しているが原文では「給ー仕ィ」である。「耳にぴりりと響」くというのはやはり後者の表記が適切だ。とすると書写自体が厳格性を欠いているか、故意に誤写した事になる。

七　日記の漏洩（二）

さて翌日の記事は少し飛んで八月二十七日付、九月の十四日付そして十二月三十一日付の三本の日記を掲載している。最初の記事ではなぜか記載のなかった「禁転載」と打たれている。これは発表されるはずのない日記を「東京日日新聞」がスクープしたことに対する訴訟や非難に備えての予防策だと考えられる。つまり悪意や他意はありません、悪しからずという体裁を繕ったのであろう。この記事はやはり五面（学芸欄）三段を使っている。

先ず八月二十七日からであるが函館はこの二日前、午後十時半東川町の一角から出火、折からの強風に煽られて街の大半を焼き尽くす大火となった。以下（・註）も原文のまま（ルビは省略）（＊）は筆者

未発表の啄木遺稿（二）　札幌日記　（禁転載）

（＊内容は函館大火—見出しなし）

八月二十七日

市中は惨状を極めり、町々になほ所々火の残れるを見、黄煙全市の天を掩ふて天日を仰ぐ能はず。人の死骸あり、犬の死骸あり、猫の死骸あり、皆黒くして南瓜の焼けたると相伍せり、焼失戸数一万五千に上る、（四十九ヶ町の内三十三ヶ町、戸数一万二千三百九十戸）狂へる雲、狂へる風、狂へる人、狂へる巡査・・・狂へる雲の上には、狂へる神が狂へる下界の物音に浮き立ちて狂へる舞踏をやなしにけむ。大火の夜の光景は余りに我が頭に明かして、予は遂に何の語を以て之を記すべきかを知らず、火は大洪水の如く降れりき。全市は火なりき、否狂へる一の物音なりき。予の見たるは幾万人の家をやく残忍の火にあらずして、悲壮極まる××の×を翻し長さ一里の火の壁の上より函館を掩へる真黒の手なりき。予は凡てを忘れてかの偉大なる火の前に叩頭せんとしたり、一家の危安毫も予が心にあらざりき、かくて途上弱き人々を助け手を引きて安全の地に移しなどして午前三時に家にかへれりき。家は女共のみなれば隣家皆避難の準備を了したるを見て狼狽する事限りなし。予は即ち盆踊りを踊れり、渋民の盆踊りををどれり。かくて皆終れる時予は即ち公園の後ろなる松林に避難する事に決し、殆ど残すところなく家具を運べりき。然れどもこれ徒労なりき。暁方仄かに来る時、予が家なる青柳町の上半部は安全なりき。大火は函館にとりて根本的の××なりき、函館は千百の過去の罪業を共に焼尽して今や新しき建設を要する新時代となりぬ（註・以上は函館大火を見て）

この記事は少し誇張して言えば原文をかなり修正、削除していて「遺稿」とはほど遠いものになっている。先ず、中に××の伏せ字が二箇所あるが最初のそれは「革命の旗」で後者は「革命」である。この時代から見ればこの言葉は禁句だったからやむを得ないとしても「幾万円を投じたる大厦高楼の見る間に倒るるを見て予は寸厘も愛惜の情を起すなくして心の声のあらむ限りに快哉を絶呼したりき」という文言まで〝過激〟とみて削除する必要があるのだろうか。また「函館日日新聞社にやり置きし予の最初の小説『面影』と紅苜蓿第八冊原稿全部とは烏有に帰したり」以下の文章を削除する理由はなんだったのか。啄木の最初の小説が焼失したというのは〝大事件〟ではないのだろうか。どうもこの記事を書いた記者は会社の自己規制という枠もさることながら、啄木という人間を知っているようで肝心なところは解っていないのかも知れないという気がしてならない。或いは逆に漏洩者が特定出来ないように意図的に作為を施したのかも知れない。

次の九月の日記は函館大火で職を失った啄木が苜蓿社仲

間の支援をうけて札幌へ出る時のものである。

九月十四日

午前四時小樽着下車して姉が家に入り、十一時半再び車中の人となりて北進せり。銭函にいたる間の海岸いと興多し。銭函をすぎてより汽車漸く石狩の原野に入り一望立木を交ぜて風色新たなり。時々稲田の穂波を見て興がりぬ。午後一時数分札幌停車場に着。向井松岡二君に迎へられて向井君の宿へ（北七条西四の四田中方）にいたる。小林基君来り初対面の挨拶す。夕刻より酒初め豚汁をつつく。快談夜にいり十一時松岡君と一中学生との室へ合宿す予は大いに虚偽を罵れり。赤裸々を説けり耳いたかりし筈の人の愚かさよ。予は時々針の如き言を以てその鉄面皮を刺せり。今札幌に貸家殆ど一軒もなく下宿屋も満員なりといふ（註・以上は函館を立つて札幌へ行つた日）

札幌は詩人の住むべき地なり

（＊内容は札幌の印象、記事は原文の一部のみ）

札幌は大なる田舎なり。木立の都なり。しめやかなる恋の多くありさうなる都なり。路幅広く人少なく木は茂りて蔭をなし。ひとは皆ゆるやかに歩めり。アカシヤの街樾を騒がせポプラの葉を裏返して吹く風の冷たさ、朝顔洗ふ水は身に沁みて寒く口にふくめば甘味なし。札幌は秋意漸く深きなり。函館の如く市中を見おろす所なければ、市の広さなどわからず、程遠からぬ手稲山脈も木立にかくれて見えざれば、空を仰ぐに頭を圧する許り天広し。市の中央を流るゝ小川を創成川といふうれしき名なり。札幌は詩人の住むべき地なり。なつかしき地なり。夜は小国君と共に北門新報社長を訪ふ。（「註・以上は札幌滞在中の日誌」）（＊日付は九月十五日）

歳暮の感

（＊原文には「大晦日」という見出しがあるが記事では付されていない。）

来らずてもよかるべき大晦日は遂に来れり。多事を極めた丁未の年はこゝに尽きむとす。然れども惨憺たる心のうちにつきむとす。こゝ北海の浜霧深く風寒し。何がゆゑにこゝまでさすらひ来し。多事なりし一歳は今を以て終る。この一歳にかち得たる処何かある。噫、歳暮の感、千古同じ。朝沢田君に手紙を送る。要領を得ず。外出して俳優堀江を訪ふ逢はず。帰途大硯君に会す。

「大晦日は寒い喃」

「形勢刻々に非なりだ」

行く人行く人皆大晦の表情あり。笹川国妻を使す。要領を得ず。若し出来たら午後十時までに人をやらむとす。予は英語の復習を初めたり。掛勝手に来り、勝手に後刻を約して勝手に去る。夜となれり。遂に大晦の夜となれり。妻はたゞ一筋に残れる帯を曲げて一円五十銭を得来れり。母と予の衣二三点を以て三円を借る。之を少しづゝ頒ちて掛取を帰すなり。さながら犬の子を集めてパンをやるに似たり。かくて十一時過ぎて漸く債鬼の足を絶つ。遠く夜鷹そばの売声をきく。多事を極めたる明治四十年は「そばエそば」の売声と共につきて明治四十一年は刻一刻迫り来れり。(完)

啄木が自ら多事多難な一年と回顧しているが渋民を出て函館にわたり大火に遭って札幌そして小樽にやってきて新聞社に入り野口雨情と机を並べようやく落ち着く事が出来ると思ったら事務長と大喧嘩、給料も貰えなかった日の啄木の日記である。大好きな蕎麦も食べられず大晦日を過ごさなければならなかった悲哀が満ちあふれる名文である。しかし、この大晦日はやがて啄木を襲うほんの序幕でしかなかった。

ところで、啄木の歌の中で最も親しまれているといわれるのは

何《なん》となく
今年《ことし》はよい事《こと》あるごとし。
元日《ぐわんじつ》の朝《あさ》、晴《は》れて風無《かぜな》し。

という歌であろう。明日への希望を伝える歌として人々の心に浸透した名歌である。しかし、この歌は啄木が亡くなる四ヶ月ほど前、即ち一九一一(明治四十四)年、年の瀬が押し迫った十二月二十九日、母カツが寝たきりの症状、妻も肺結核で発熱、啄木自身が高熱続きで薬どころか米櫃はカラ、明日の食事にも事欠く状態で雑誌『学生』の編集長西村真次宛てに原稿料の前借り十五円を依頼する手紙を書いた。「私で出来るものは何でも書きます。学生に詠ませるやうな短編でも、感想のやうなものでも、歌の評釈のやうなものでも、或はまた歌でも、何でも御命令通りに書きます。また名前を出さなくて済むやうな種類のものでもよう御座います」面子も誇りも捨てての書簡である。そして大晦日に間に合わせてくれるよう懇願している。そして大晦日を迎えるが返事は来なかった。しかし元日になって電信為替五円が西村から届いた。その嬉しさと喜びを現したのがこの句だった。この句には啄木が味わった年末の、いや人生の悲哀が込められているのだ。

八　漏洩の〝犯人〟

それにつけても新聞掲載記事がわずか六本とは言え、それまでただの一ページも公開されなかった啄木の日記が公にされたということの意義は計り知れないものがあった。それは単に一新聞社のスクープという生やさしいものでなく日本の文芸界を揺るがす程の大事件ともいうべき出来ごとだったからである。「千里の堤防も蟻の一穴から崩れる」というが、このスクープは秘蔵され封印され続けるこの日記に正に開けられた「新聞の一穴」だった。

もう一つ見逃せないのはこの記事の出所である。「東京日日新聞」学芸部のスクープであることは確かであるが、例え記者が函館図書館に乗り込んでも岡田健蔵という堤防を越えることは至難の業であり、況んや日記にたどり着くことは不可能である。なにしろ周到で時間をかけた緻密な取材がなければ表に出なかった記事である。とても時間に追われる記者が書いたものとはおもわれない。だからむしろ外部からの持ち込み原稿という線の方が可能性は高い。とすればこの段階で日記に近づくことの出来た人物を疑うのが自然な選択であろう。

するとこの段階で日記に近づけた人物はかなり絞られてくる。最も疑われて然るべき人物、それは岡田健蔵である。しかし、疑われる条件や資格が満たされるだけであって、氏の真情、信念、性格からして全く考えられないことだ。現に岡田はこのニュースを知るやラジオ放送で「漏洩は私の断じて容認することにあらず、真相を追求する」と宣明したため、嫌疑はかからなかった。また金田一京助、土岐哀果、宮崎郁雨も除外して然るべき人物であり、日記の存在を知っている丸谷喜市は函館図書館には一歩も近づいていないから外していい。

となると、もう後には一人しか残っていない。即ち吉田孤羊その人である。吉田こそこの段階で日記に近づき日記に目を通し、そのメモを作成した唯一人の人間なのだ。それだけではない。この日記が抱えている背景や諸問題の情報を最もよく知っているのが吉田であり、もっと言えばこれを外部に公開する知識に長けているのも吉田ならではなのだ。彼は敏腕の新聞記者上がりであり、新聞界に顔やハナが利く。

それまでに吉田が得た認識では日記の公開や公刊は現実的ではないこと、言い換えれば見通しが全く立たないということであった。丸谷喜市が函館図書館に手紙を二度にわたって出し、日記を石川家に返還し速やかにこれを焼却すべきだと強硬な申し入れをしたこと。改造社までが日記の出版をしないという「覚書」を石川家と交わした〝身内〟からの予想も出来ない翻意に衝撃を受けた。

つまる所、このままでは啄木日記は闇から闇へ葬り去られる可能性がある。吉田にとってはこの可能性は啄木作品の消滅の危機に思えたのであろう。そこで悩みに悩み、考えに考えた末に出した結論が、自分が作成した日記メモの一部を世論に訴えるために新聞に発表するという方法だった。ただ、自分の正体を明かすと岡田健蔵に対する信義に反するし、また今後友好的な交遊関係を保たねばならない金田一、土岐、宮崎、石川家などの反感を買う虞《おそれ》もあった。そこで吉田は自分が〝犯人〟とされないように工夫をしてこの行為に及んだものと思われるのである。その工夫の一つは余計な解説をつけずに、いかにも啄木の事情をあまり知らない風を装った一見不器用な紙面にした。誤字、別字や文章の省略と削除、句読点や改行の無視（正確にすると岡田に照合された場合、吉田の仕業と判明する可能性が高くなる）などがそれである。

またこの記事の当時の反応を、啄木関連の資料・文献を最も正確に整理・監修していると言われる『石川啄木文献書誌集大成』佐藤勝編　武蔵野書房　一九九九年）で調べてみたが一つも探し出すことは出来なかった。またこれと劣らないくらい啄木関連の資料やとりわけ新聞資料を丹念に集めている「市立函館図書館蔵　啄木文庫資料目録」（坂本龍三編　非売品　一九六三・昭和三十八年）に拠っても、このスクープに関する感想や記事、論文は見つからなかった。ということはこの記事はあまり反応がなかったということであろうか。最も歴史にはその時点で起こった事象が常に相応の判断や評価の認識が持たれる場合のないことがままあるから、この時もそうであったのかも知れない。それゆえ今にしてみると、この記事が閉ざされた日記の扉をこじ開ける転換点になったということに改めて気付かされるのである。

それに加えてもう一つの動機が吉田にはあった。それは石川正雄と共同で啄木の思想と作品研究を目的とした『呼子と口笛』という機関誌を出していたが（創刊は一九三〇・昭和五年）、この翌年編集の手伝いをしていた京子が急死したため、これを口実に廃刊にした。それが第二巻九号で九月一日付の発行である。ということはこの編集の締め切り作業はおよそ二ヶ月前ということになる。啄木は節子に手伝ってもらって盛岡で文芸誌『小天地』を一ヶ月というスピードで刊行したが、これは異例で大抵は一冊の編集に二ヶ月は必要だ。とすると正雄と吉田は少なくとも最終号の編集を七月上旬に終えている筈である。あまり評判も良くなく発売部数も伸びなく経済的に暗雲が立ちこめていたので二人は内心ホッとしていた。

その心の間隙をぬって吉田の頭に浮かんだのが日記のことだった。今のままではこの日記は永遠に葬られる。焼却までゆかない内になんとかこの問題を世に問うことはできないものか。世論に訴えれば少しは風向きが変わるかも知れない。そう考えて練った秘策が無署名で新聞に日記の存在をリークすることであった。正雄に相談すると反対されるのが分かっていたから誰にも諮らず独断で知人のいる「東京日日新聞」学芸部に連絡を取った。その結果が六本の日記漏洩になった、と断定して間違いあるまい。

九　孤羊の蠢動

この第一次の漏洩が思ったほどの反応を巻き起こさなかったので、少し間を置いて、次に吉田のとった戦術はなかなかの奇策と言ってよかった。とにかく吉田には日記を守るという基本姿勢があって、このこと自体は正義とまでは言わなくとも犯罪ではないから吉田は怯《ひる》まなかった。例えそれが擬装や仮装でも、あるいは虚言や虚飾であっても日記を守るためにはやれることは躊躇せずやり通すつもりだった。

吉田が取った第二弾の〝奇手〟は次の原稿だった。最初の漏洩からおよそ二年後のことである。一九三三（昭和八）年『改造』二、三月号に吉田は「啄木の日記」を書いた。その一節につぎのような表現がある。

函館図書館に秘蔵されている十二冊の日記は、焼いてくれという啄木の遺言と、それを堅く守る一部の人びとの強い意志によって、少なくとも私の一生のうちには、啄木の日記なるものが発表されずに終わるであろうと深く信じていた矢先、東京日日新聞の学芸欄に「最近発表された石川啄木の遺稿」（昭和六年七月二十八・九付）と題し、次のような解説つきで、明治四十年の日記の一部分が発表されたので驚いてしまった。啄木の日記が同一のもの二冊ないかぎり、ただ一箇所にしか保管されてないはずのものが、しかも丸谷氏の忠告によって、遅かれ早かれ灰となるべき運命の下に置かれた日誌が突然発表されたのであるから、故人の遺志であり、かつ遺友の意志を尊重し、「焼かれるもの」と一図に思い込んでいた私にとっては、まさに足もとに炸裂した手榴弾のような驚きであった。（「不可解な消極的発表」『改造』一九三三・昭和八年二月号。後に『啄木片影』に収録）

この記述を読むと誰もが「足もとに炸裂した手榴弾」ほどの衝撃を受けた吉田孤羊に同情するだろう。涙ぐましいほどの努力と熱意で啄木に情熱を捧げてきた吉田の感動的な姿は日頃の彼の啄木論で読者に伝わっている。であるから、吉田の語る次の言葉に素直に耳を傾けることができたのだ。

この解説（＊昭和六年七月二十八日「東京日日新聞」のリードのこと。吉田は「函館において発見されたもの」としているが新聞原稿は「函館において発見された未発表のものである」とある。）のなかの「半生の流浪に近い生活を送った啄木としては、未だ世に知られない遺稿もあることであろう」の一語は、私をしていわしむれば、あまりに白々しい。「あることであろう」どころではない。立派に函館市函館公園内の図書館の啄木文庫に、厳然として秘蔵されているのである。しかしこのことも、おそらくは焼却説を固持する一部の遺友の人びとに対する発表者の気がね、遠慮の結果とみて、好意に解釈するのが紳士的であろうと思ってそのまま沈黙を守ってしまったのである。（同前）

ここに至って読者は東京日日新聞の記事が吉田とは全く逆の立場にたっているという認識をすることになる。そしてこの約一年半後、「東京日日新聞」に『初めて発見した石川啄木二十二歳の元日の日記 ―渋民村での静かな一日を―』と三段抜きの見出しで、明治四十年一月一日の日記の第一ページの写真と、「新婚当時の啄木夫妻」説明付きの写真が載っている。（写真は一年前の婚約時代のもの）、ほとんど紙面の三分の一を使った大々的な記事が出た。そしてこの記事のリードは通常より長目に次のように書かれていた。

偶然の機会からこの啄木の日記を発見した。発見したといふことは少し不穏当であるが、渋民村の某氏が秘蔵してゐるのを見せてもらつた。啄木二十二歳の時の元旦の日記である。啄木全集にも載つてゐない全然未発表のもので、恐らくはこの日記を書いた明治四十年元旦から二十八年目の今日まで、人の眼に触れることなく匣底深く秘蔵されてゐたものであらう。啄木はこの年の五月まで渋民村に代用教員をしてゐたもので、五月五日には北海道の土を踏んでゐる。その日から北海道での漂泊の生活がはじまつたのだ。穏やかに僻村での新年を迎えた啄木二十二歳の姿がはつきり見える。後年の彼の思想の変化と合せ考へ見る時興味を一層覚えるのは一人私だけではないであらう。(昭和八年新春札幌にて金子義男誌す)
(＊日記本文は割愛)

この記事の特徴は三つほどある。第一は二年前の七月の最初のスクープでは誰が書いたものか明確にしていなかったがこの記事は「金子義男」という署名入りであること、第二はこの記事のソースが「渋民村の某氏が秘蔵してゐる」ものであったということ、そして第三は渡道は五月五日と特定していることである。これは啄木の友人に宛てた手紙でもこの日と書いてあるものはなく、日記を読んだものでなければ知りようがないのだ。

さて、このリードに対する吉田の反応というか感想を紹介しておこう。次のように詳細かつかなり感情的なものになっている。

この解説は(＊リードのこと)、第一に冒頭からして少々眉唾の感をあたえずにはおかない。渋民村の某氏とあるけれど、岩手県には岩手郡と東磐井郡とに同名の渋民村が二つもある。啄木と縁もゆかりもない東磐井郡の渋民村ならいざ知らず、啄木が育った岩手郡渋民村には、二、三の書信と、小学校に一通の履歴書があるだけで、そのほかは何一つ残っていないはずだ。日記など出てくれば、見なくとも偽物と断定して誤りはあるまい。ことに渋民村には、啄木に関したもので、何か発見した場合、私にすぐ知らせてくれる人は、二人も三人もある。それなのに、その村の某氏が日記を所属していたのなら、どうしてその人達が知らせずにいるものか。ことにおもしろいことは、この元日の日記は北海道と全く関係がないのに、私が傍点をうったように(＊「五月五日」から「漂泊の生活がはじまったのだ。」迄が傍点)むりに北海道と結びつけていることである／この元日の日記が発表されてから、はたして啄木全集の読者から質問の手紙が、頻々として賀状といっしょに私の家に飛びこんできた。「東京日日新聞によると、啄木の日記が渋民村にあるそうだ。それを知っていて君は知らぬ顔をしていたのか」とか、「金子義男という人はどういう人か」とか、「君は何故沈黙を守っているのか、何か後暗いことでもあるのか」等々。昭和六年七月の第一回発表の時より、もっと手厳しい質問の手紙がごそごそ配達されて来た。私の正月は、はなはだ朗らかでなかった。身にふりかかる火の子は払わなければならない。／幸いにして私には適当な纏がある。それは札幌の金子某氏ではなく、某所の某氏が、啄木の日記のある部分を示してくれていることである。（「不可解な消極的発表」同前）

この一文で注目されるのは「金子義男」なる人物と最後のくだりに吉田が述べている「某所の某氏」なる人物はいったい何者かということである。この件について石川正雄がコメントしているので序でに紹介しておこう。（「喰はれた遺言」『人物評論』一九三三・昭和八年）

先ず金子某氏については皮肉たっぷりに次のように〝忠告〟している。

吉田君が眼の色を変へんばかりに逢ひたがつてゐる金子なる人間は、実に函館ならで札幌に現存してゐる。吉田君がほこる半生を費した研究のためにお知らせするならば、札幌市、東京日日新聞通信支局長が、綿密な鉄条網ならぬ金子義男その人である。半生の研究のため是非会見したがい、とお進めする。（傍点正雄）

そしてさらに正雄は吉田がこの金子義男という人物をわざわざ登場させた背景についても詳しく丁寧に解説している。

この金子の下に石井といふ記者が居り、昨年まで（夏過ぎ頃と思ふ）函館在勤だつた筈である。この石井記者は吉田君に優るとも劣らぬ啄木愛好家なのだ。これまで言つたら吉田君とて身に覚えのある事、想像がつくであらう。啄木愛好家なるが故に岡田氏に閲読を求めたであらう事は、吉田君の場合と同じだ。愛好すればこそ、厳重な岡田氏の眼を掠めて一二節写しとつたであらう事も単に職業意識とのみ言へないものがあつたであらうと想像する。然し特に流転はげしい東日通信記者の地位、そして特種、更に悪どいジャーナリズムを伝統とする東日である、これらの誘惑が発表の動機であり、それにしても岡田氏厳秘の理由を知悉する彼としては、真相並に自己の名の発表を良心にとがめ、岡田氏への思惑をも考へて、眉唾煙幕の解説をつくり当面の責任者として支局長自らが署名矢面に立つた。と解釈するのは、あまりにうがち過ぎた解釈であらうか（傍点正雄）

ここまで具体的に指摘されると否定のしようがあるまい。一方、孤羊が述べている「某所の某氏」については私は一瞬、函館図書館の岡田健蔵かなと思ったが、そうではなく同原稿のなかで次のように説明している。

その某氏というのは、昭和六年の盛夏、私の郷里盛岡からそれほど遠くない柴波郡志和村の故家に、啄木と同じ病に斃れた親友小田中正郎のことである。彼は新聞記者として盛岡から函館に渡り彼地の「函館新聞」の少壮記者として敏腕を揮った男である。私よりたしか一歳若く、そして私に劣らぬ程熱心な啄木ファンだった。彼が函館で数年間の新聞記者生活中、同地に労働農民党の支部が結成されたころを契機として、左翼理論に急転向し、間もなく胸を患って柏野病院に入院し、ついに故家にして足かけ四年、十畳の部屋に山ほど左翼の本を積み重ねて死んでしまった男である。村では彼の赤い思想と病気をこわがって、彼の家を通るのに顔をそむけて走り去るというありさまであった。／この小田中が故郷に帰ってからの友人というのは、左翼の本と私以外にはなかったはずである。死に近く彼は私に一書を寄せて、生前君の友情にむくいるにはこのほかにない、といって、一つの小包を送ってよこした。中には、京子さんから借りて写したものや、啄木文庫のものなどいろいろに入っていた。小田中の名を掲げたら、啄木文庫の管理者は、必らず思いあたられるものがあるであろうと思う。これ以上デリケートなことを書くことは次の機会にゆずりたい。

しかし、これだけではこの小田中がどうして吉田にふりかかる火の粉の「纏《まとい》」になるというのかはっきりしない。この文脈で、小田中が「纏」になってくれるというのならば元日の日記を小田中が書き写したものを吉田が持っているということでなければ意味が通らない。すると「啄木文庫のものなどいろいろに入っていた」の「など」が鍵になるのかも知れない。そして「啄木文庫の管理者」というのは外でもなく岡田健蔵である。とすれば小田中は啄木文庫に入り、こっそりか黙認されてか日記を書写したことを意味している。これを公にすれば火の粉がもろに吉田に当たるから「これ以上デリケートなこと」は書きたくないという結語につながるわけである。しかし、この話自体が事実かどうかもこの段階では断言できない。こういう表現はあまり使いたくないが死人に証言は求められない。小田中正郎という人物が本当に実在したのは事実であるが、それにしても京子や啄木文庫との関わりは不明である。吉田には多くの著作があるがこの場合も含めて都合の悪いことは筆を塞いでしまったり、曖昧な表現で読者の目をそらすことがままあるから彼の言ったことをそのまま受け止めるのは危険だ。啄木の日記に対する執念と真意について吉田の主張は次の言葉に集約されていると見て間違いあるまい。

啄木没後、二十八年目に渋民村から日記が現れたなどといえば、ニュースバリューもあり伝説としてもおもしろいが、事実は百パーセントの虚構なのだ。もしこの調子で、啄木の日記がなしくずしにちびりちびり発表され、そのために伝説めいた解説が付け加えられていったなら、事実を知っている者ならいざ知らず、啄木を研究したくも資料の僅少なのに手を焼いている幾千万の啄木愛好者をして、いやが上にも宙に迷わせてしまうことになるであろう。私は事実を知っているだけに多少の責任を感じないわけにはいかない。ことにいわんや、これらの同じ志をもつ啄木愛好者達から、あられもない疑いと質問を浴びせられるにおいてはなおさらのことである。(同前)

この文意のキィワードは「百パーセントの虚構」「ちびりちびり発表」「私は事実を知っている」である。翻訳すればこういうことだろう。「啄木に関する伝説は虚構ばかりだが、私は事実を知っている。資料の断片で啄木の全容は解明できるはずがないのだから一日も早く隠された資料を公にすべきだ。その最たる資料は啄木の日記である。」

もう一つ分からないのは吉田は根っからの日記公開論者である。ただし、全部がダメなら都合の悪いところを削除してもいいという部分修正論者である。その彼がスクープされた日記に賛意を表さずこれを〝罵倒〟するのはこれが全て「虚構」だからと言う。日記の全容を把握している吉田だから当然と言えば当然であるが、日記の早期公開を望むのであれば、むしろ「ちびりちびり」と漏洩させて公開の世論を盛り上げてゆく方法も考えられてよかったのではないかと思うが、それでは吉田は満足しなかった。一挙公開が吉田の主張だった。その理由は簡単である。自分の手で決着してみせる、という強い願望と信念からである。

十　石川正雄の反旗

ところが思わぬところから火の手が上がった。吉田が日記のスクープをけなす原稿を『改造』に掲載した直後にこれに対する反論と対決を示す論文が発表されたのである。それがこれまで啄木の研究を共にしてきた石川正雄だったから吉田は腰を抜かす程驚いた。しかもこの二人はつい最近まで啄木の思想や文芸をより深く研究し、一方でこれを広く国民に普及させようと手弁当で『呼子と口笛』という雑誌を刊行してきた同志・仲間だったのである。

石川正雄の反論は先に挙げたが「喰はれた遺言―啄木の日記について」（『人物評論』一九三三・昭和八年四月号）で、吉田の『改造』二、三月号に書いた「啄木日記」に対するものである。吉田が東京日日新聞の一連のスクープはとんでもないでっち上げだとしたことに正雄が噛みついたのである。十ページにもわたる長文のため引用は無理だが骨子は

（一）東京日日新聞がスクープした啄木の日記は本来門外不出の筈であるのに公表されたのは非常に遺憾であること

（二）しかもいずれの記事の解説は要領を得ないでたらめなもので、その出所を明らかにしないままという無責任なもので到底容認できない。

（三）吉田孤羊は自分で東京日日新聞に日記を意図的に漏洩しておきながら『改造』で日記が「百パーセントの虚構」であると否定して、この漏洩が自分と疑われているのは心外と言って読者を煙に巻いている。

（四）日記公開が不可能になっていることを知りながら吉田は計画的に公開の世論を形成しようとして一人二役の演出をしており、それは啄木の遺言に逆らう不埒な策動だ。

というものである。吉田の取った態度に激高したせいか、かなり感情むき出しの文章なのでやや辟易させられるが、この文章を読んでみて最初のうちは正雄の主張自体の信憑性を疑いたくなったが、中身はかなり具体的で説得力がある。その幾つかを紹介してみよう。

吉田が岡田健蔵の許可をとって秘蔵の日記を読んだということははっきりしているが、吉田は書き写したとは一言も言っておらず、岡田の「立会の下」で「みっちり取り組ん」

で「メモを作成した」としか言っていないので、私も当初はメモ程度の閲覧で、多少は部分的な書写はやったのかも知れないくらいにしか推測できなかった。

ところが正雄は「吉田君が啄木文庫厳秘の日記を、秘かに写しとつて所蔵する事実を私が沈黙してゐたのは、それによる吉田君の正しい研究を期待したが故である。だが、今日に至るも未だに予期の成果の片鱗をさへ示すことなく、突如今度の挙をおかした事については、市井で噂の如く、啄木を喰い物にしてゐるといふ事も、単にデマとしてのみ考へるわけにはいかないのではないかと思ふ。」（傍点正雄）と吉田が函館図書館で日記の筆写をしたことを断定している。この事自体が重大な〝新事実〟ともいうべき問題である。何を根拠に正雄がこのことを知っているのか明確でないが、まぎれもない当事者がこう発言したということだけでも重要な日記漏洩の手がかりになる。

さらに東京日日新聞に日記を漏洩した時の吉田の様子について正雄は次のように〝証言〟している。かなり具体的で事実に迫っていると言っていい。逆に言えば吉田の偽善ぶりが如実に露呈されている。

第一回発表当時吉田君の態度は激怒ともいふべき程で、直ちに日記管理者岡田健蔵氏に抗議を申し込んだ旨を私に伝えた。その上改造社が右公表が差支へないものなら全集に入れると同社の高平氏（啄木全集版権問題における改造社の功労者？）がもらしてゐるから、君から警告を与へた方がいゝ、といふので、お人好しで馬鹿正直で、当時未だ吉田君と交渉のあつた私は早速厳重にその旨書き送つた。超えて一週間ほどして、吉田君が高平氏に逢つた時、氏がいふには、先日石川君から妙な、不愉快な手紙を貰つたと不服気だつたといふ事を、伝へてくれた。しかもこの手紙の本尊が、自分である事など、どこ吹く風かといふ態度だつたので、この吉田君の不可解な行動が、私には些か不愉快だつた。（同前）

そして正雄はさらに驚くべき〝事実〟を暴露する。ただ、この話もいわゆるウラが取れない証言なので心許ないが、逆に完全に無視することも出来ない性格の話であり、この件に於ける検証の一材料としては有効と思えるので敢えてここに供しておこう。

最近、私の知つた事実に依れば、吉田君は数年前から、啄木ファンの有る女性に向つて、「啄木の日記は将来必ず僕の手で発表してみせますよ」と公言してゐた事を、その女性の口から知るに及んで、私の疑問が単なる疑問で

なかつた事を知り、吉田君の啄木研究なるもの、真意を明瞭に知る事が出来た。（同前）

この話は正雄がその女性から最近になって直接聞いたと言っているから、この言葉を信ずれば吉田は日記公開の〝確信犯〟ということになる。吉田の私事については関心がないが穏やかな容貌、柔和で人当たりのいい性格からすれば女性にもてないわけはなく、まして日本一啄木に精通した男と言われれば女性の啄木ファンから大もてになることは当たり前で、そうした異性の〝友人〟の一人や二人いてもおかしくあるまい。正雄はこの女性と断ってはいないが、ある一人の女性との関係を次のように紹介している。それは吉田が筆写したという日記の筆跡が「吉田君が特に推奨する熱心な啄木研究家伊藤百合」と全く同じだったとして、以下結構生臭い話を続けている。

彼女は女高師在学時代から、啄木を通じて吉田君に接近し、啄木の一部分たる詩歌の文学的研究をなし、吉田君にいはしむればその後継者である程造詣深い由である。当時北海道の奥深い空知の女学校に教鞭をとつてゐたが、吉田君渡道の都度互に会見を楽しんでゐた程の仲で、吉田君の召集《ママ》には一夜の旅も嫌はず函館まで参り、或は宿を共にし、或は侍者の如く傍を離れず、秘かに日記を写しとつたものである。彼女は吉田君の目的も完成したので失業苦も恐れず教鞭を抛ち、昨年八月末秘かに吉田君を頼つて上京、巣鴨に下宿して毎土曜は必ずといつていい程深更まで、せまい下宿で吉田君と共に相変らず研究？を続けてゐるらしい。私は両人合作の研究成果を心待ちに待つて居り、一度会見を希望してゐるが、何故か吉田君は家族にも厳秘にして居るので、未だその機会に接しない。今度の日記公表に際して、事前《ママ》吉田君から直接聞かされて相談をうけたのは、この伊藤百合女史だつたらうと想像される。（同前）

伊藤百合なる女性が日記書き写しの実行者だったということが本当なら、ここで問題にすべきは二人の男女関係はどうでもいい。堂々と書写を許可した岡田健蔵の姿勢の方こそ問題にすべきであろう。どうやらこの段階で岡田は既に日記公開の方法を模索し始めていたのではないかと思われるのである。ただ、岡田は吉田が表に出さないという口約束では危ないと感じて念の為に吉田に「誓約書」を書かせていたはずである。岡田には浅草から啄木の遺骨を函館に持ってくる時に後に紛争の種にならないように「遺骨引渡証」を等光寺住職に書かせた男である。

ましてや日本文芸界の〝巨匠〟の日記の命運がかかっている。吉田如きに好き勝手にさせてはならないと警戒して一筆書かせなければ日記閲覧を認めなかったろう。なにしろこの段階でも石川家にすら見せていない日記だ。慎重の上にも慎重に処する必要がある。

その「誓約書」はおそらく書写にはふれず極く簡潔に「文庫デ閲覧シタ一切之メモ類ハ文庫管理人ノ許可無ク公開、口外スルコトヲ禁ズルコトトスル」というものではなかったか。文言に「書写」という言葉を使わなかったのは岡田が管理責任を問われた際の逃げ口の為だったと考えられる。また〝都合〟よく吉田が筆写してくれれば万が一、この日記が実際に焼却された場合の保険にもなる。山本周五郎の名作「樅ノ木は残った」ではないが「啄木の日記は残った」ことになるからである。

吉田は吉田で強引に筆写する腹ではいたがこの言葉を避けて名目上は「メモを取る」ということにした。そして岡田には時間と労力がたりないので助手を使っていいかと頼んだ。そして伊藤百合を岡田に引き合わせてソフトな印象を与える戦略に出た可能性も捨てきれない。まさか岡田が伊藤百合の色香によろけたとは思わないが、そうでも考えなければ吉田以外の第三者が一ヶ月以上図書館の啄木文庫に堂々と出入り出来るわけがないからだ。

さて問題がもう一つ残っている。それは一月一日の「金子義男」の署名入りの記事の件だ。それまで無署名だった記事が何故突然署名入りになったのか。その答えは簡単だ。署名がないのとあるのとでは読者に与える印象はまるで異なるからである。つまり署名があった方が信用度は格段と高くなる。おそらく吉田は周辺から「あの記事は一体何者が書いたのかね、ホンモノかどうか怪しいもんだ」という声を多く耳にしたのでそれに応えたのである。

十一　丸谷喜市をめぐる誤解

丸谷喜市が啄木から直接に日記焼却を依頼され、その立場を一貫して守ってきたことは既に何度も述べて来たが、その丸谷が日記を保存する姿勢に転じたとする説が未だにくすぶり続けている。例えば啄木研究で知られる阿部たつをが残した一文もそれである。

昭和十一年十一月、改造社が啄木全集を出すに当り、この日記を収めたいと、金田一京助・土岐善麿・丸谷喜市さんたちを動かして、丸谷さんから「右の日記は本来出版すべきものでないことは明らかであるが、出版に対する要望が厚く且つ強く行はれつつある現勢の下に於て、いつまでも之を拒否し得るといふ自信は我々にもない」したがって「此際むしろ関係者の健在なうちに我々自身の手に依って世に出すの勝れるに若かざること」と思うので、日記をすべて金田一・土岐・丸谷の三人に割愛してほしい、との申出がありました。（「啄木の日記の公刊事情」『啄木と郁雨の周辺』無風帯社　一九七〇年）

この中の丸谷の書簡の現物は確認出来ないが、この書簡を受けた岡田健蔵が各所で公開している文章に載っているものである。この申出は岡田にあっさり断られる。岡田にとって一度は「焼くべきだ」と言っていた人間が今度はいとも簡単に「保存すべきだ」と翻意する、そういう態度が許せなかった。おそらくこの一件で岡田は何が何でもこの日記は自分が「死守」しなければならないと改めて決意を新たにする。

さらに丸谷の〝転向〟を強力に裏付けるのが岩城之徳の『全集　五巻』「解題」である。啄木に関する実証研究では岩城の右にも左にも出る者がいないということは斯界の〝常識〟になっている。

啄木の日記が函館図書館に所蔵されているのを知るのは、最初一部の関係者のみであったが、この事実が世に伝わり、研究が進むにつれて、啄木全集が刊行されを望む声が次第に高まり、宮崎郁雨や岡田健蔵に出版同意を慫慂《しようよう》した。その最も熱心なのは『石川啄木全集』全五巻を出した改造社で、丸谷喜市氏はこの改造社の意向を受けて、昭和十一年十一月三日再び書簡を、土岐善麿・

金田一京助・丸谷喜市の三人の編集で、日記を改造社より出版することを要請した。同氏はこの書簡で「啄木全集の版権を持つて居る改造社から熱心に日記出版の件を希望し、其旨金田一、土岐両氏並に小生に申出あり、六月及び今回と二度の三人の協議の結果」、出版に同意することになったことを説明、「右の日記は本来出版すべきものでないこと明らかであるが、出版に対する要望が広く且つ強く行はれつゝある現勢の下に於て、いつまでも之を拒否し得るといふ自信は我々にもないこと」、したがって「此際寧ろ関係者の健在なうちに我々自身の手に依つて世に出すの勝れるに若かざること」、そのため函館図書館に保管中の日記をすべて土岐・金田一・丸谷三氏に割愛して欲しいと希望した。

阿部たつをや岩城のこうした論調は啄木研究家の間でも主流になっており、丸谷喜市の評価はしたがってあまり芳しくはない。確かに啄木文庫を固陋に守り抜こうとする岡田健蔵にとって「焼け」といったかと思うと「出版しよう」という丸谷喜市は信用できない不届きな人間に写っただろう。

それにしても、丸谷という人物はそう簡単に不摂生な男と断じきっていいのだろうか。啄木との交友の時間は短かかったが、どん底の生活を送っていた啄木一家の支えになり、啄木の厚い信頼を受けた男である。身軽な人間であればその思い出をいくらでも人前で誇れたであろう。啄木亡き後の重く長い沈黙には丸谷なりの啄木観があったはずだし、突然の〝転向〟は丸谷なりに熟慮の末の決断だったように思えてならないのだ。

こう思案し、どう整理していいものかと様々な文献を渉猟していて、ようやくある一冊の書物にぶつかった。それはこれまでの丸谷〝転向〟説を真っ向から否定し、新たな視点から丸谷を評するものだった。それは土岐善麿の研究で知られる冷水茂太の著作である。氏には『啄木遺骨の行方』『哀果と啄木』『評伝土岐善麿』などユニークな視点から哀果や啄木を論じた著述がある。あとでちょっと触れるが氏のこれらの著作の論点には気になるところがあったので、あまり期待しないで『啄木私稿』（清水弘文堂　一九七八年）を繙いていった。「啄木日記公開挿話」という章の中につぎのような記述があって驚いた。従来の視点と全く異なる見解を打ち出していたからである。前に引用した阿部たつをの文章を引き取った後の冷水茂太の主張である。

丸谷、金田一、土岐三者会談については、事実とはまるきり反対に、三人が出版社の改造社から頼まれて、啄木の日記を同社から出させるよう函館図書館に圧力をかけたという意外な説をなしているのである。この阿部説をそのまま黙認しておくと、三人の啄木の信頼する友人たちは、一出版社の儲けのために啄木の日記を公開せしめようとした不信の謀略者となってしまう。こうした見解は三人の名誉のためにも解いておかねばならないと思う。

以下、冷水茂太の反論をかいつまんで紹介すると、一九三六（昭和十一）年六月七日、神戸から丸谷は金田一に電報を送って「八ヒアサソノチニック　ヤマモトシニアフマエニ　キカオヨビトキシトコンダンシタシ　ゴハイリヨコフ　ホテルマンペイマルヤ」ヤマモトとは改造社社長山本実彦のこと、金田一と土岐に会うというのだから啄木に関する話に決まっている。八日朝日新聞論説室にいた土岐善麿にはハガキが届いていた。それには「数日前改造社山本氏より啄木全集に関し来状、貴下及金田一氏と協議するやう依頼有之候」とあった。

善麿と金田一がホテル万平に丸谷を訪ねる。この三者会談では改造社の申し入れを一蹴し拒絶の回答をすることにして解散したことになっている。しかし、冷水はこの三者会談は初めの一回しか取り上げていない。実際は二度行われているのにである。この三者会談は日記を全集に絶対に入れさせないという意志確認の場となった、というのが冷水茂太の持論で、阿部や岩城の説とは対照的な結論になっている。ただ、冷水の他の様々な主張には、往々にして独善的な判断に偏ることがあり、よく言えば個性的であるが悪く言えば短絡的な側面がある。

例えば啄木の墓をめぐる問題では「等光寺埋葬を否定するのは函館人の常識のようだ」と函館の人びとを十把一絡げに扱ったり「啄木が死んだ時、遺品の日記をあずかった丸谷喜市は」（同前）と記しているが、丸谷が日記を直接見たことも手許に預かったことは一度もないし、さらに啄木の一周忌について「第一回追悼会の催しを知った函館でも、宮崎郁雨や岡田健蔵が中心になって、東京に対抗するように一周忌追悼会を催し」（『啄木遺骨の行方』永田書房　一九六八年　傍点筆者）という函館啄木会の人びとを嘲るような理解に苦しむ表現が少なくない。しかし、こと三者会談に関する限りは一つの見解としてここにとどめておきたい。

思うに一回目の三者会談では話が急なこともあり、取り敢えず改造社に拒絶の回答をだしておくことで解散したが、事態は思ったより深刻に逼迫していていずれ日記の公開の流れは避けられない、そうした場合はどう対処するのか、拒否ばかりしていては問題を先送りするだけで解決にはならない、という認識で三人は一致していた。そこで再度三人が東京に集まり協議して出した結論が三人が健在なうちに日記を外部からの干渉や盗写、あるいは無断出版から守る手立てを講じておくことだった。このため先ず函館図書館の啄木文庫から日記をいったん三人名義で借り出すと同時にこれを石川家に返還すべきだという主張をすることにしたのである。

啄木全集の版権を持つている改造社は熱心に日記出版の件を先ず金田一に持ちかけたが断られ、土岐は既に出版禁止の合意書を改造社に飲ませているので、改造社はまだ会ったことのない丸谷喜市と会って金田一と土岐を説得する労をとって貰うことにした。六月及び今回と二度、三人が協議の結果出した結論を丸谷が代表して岡田館長に書簡を送ることにした。そこで岡田館長に示した内容は以下の通り。（丸谷が岡田に送った書簡の一部。引用はここでは「公開されぬ啄木の日記」『報知新聞』一九三九・昭和十四年四月十五日付から）

一この日記は本来出版すべきものでないことは明らかであるが出版に対する要望が広くかつ強く行はれつゝある現勢の下においていつまでもこれを拒否し得るといふ自信は我々にはもてないこと

一吉田孤羊君は日記の一部を書写してゐること、土岐、岡田両氏及び小生とも百歳の寿命を保ち得ないとすればその後において何時如何なる形式において出版を見ること、なるやも計られぬ等の諸点を考察してこの際むしろ関係者の健在中に我々自身の手で世に出すことの勝れるに若かかざること但しこの出版は左の条件の下に行ふこと

A土岐、金田一、丸谷の三人にて綿密に原文を閲覧し差支へありと思はれる部分を削除する

B右の必要上函館図書館保管の日記は全部これを土岐、金田一、丸谷の三人に割愛されたきこと、日記は使用後故人及び関係者一同の最も満足すべしと思はれる方法によつて処置すること、その処置は前記三名に一任されたきこと

これに対する岡田の回答は明快だった。曰く「同一人から二様の希望に接したのである。現在の私はそのいずれの希望にも応じ難い」言葉を換えて言えば〝笑止千万、話にならない！〟ということになる。（岡田の日記公開に関する詳細は後述）

こう見てくると確かに丸谷は自説を変えて〝転向〟ないし〝変節〟して啄木を裏切ったという結果になる。しかし、これを以て丸谷の真情を否とすることが出来るだろうか。

〝晩年〟の啄木の傍らに付き添い社会主義思想をめぐって口角泡を飛ばす論争をしたり、家からのあまり豊かでない仕送りの中から病床の啄木へ二円三円と布団に忍ばせて帰っていく丸谷を啄木はどれだけ頼もしく思ったことか。絶筆の代筆を頼むに足る男、それが丸谷だった。徴兵検査を数日後に控えて、直ぐにでも函館に帰らなければならなかった丸谷はぎりぎりまで啄木の葬儀を黙々と手伝った。丸谷とはそういう人物だった。啄木の為なら火の中へでも飛び込むような人間—そういう人物が一出版社の要請で自分の意見をころころ変えることができるだろうか。変えるとしてもよほどの深い理由があってのことと考えるのが丸谷のような人物に対する理解の道というものではないか。丸谷はこのまま無為を通せば啄木の評価を歪める事態が発生するかも知れない。現に改造社は日記を今後出版しないという約束を破棄しようとしている。こういう手合いが次々と現れて版権をまもるどころか啄木の文芸すら保存は困難な状態に陥るかも知れない。丸谷が一回目の三者会談と二回目で考えを変えたのは日記の焼却という個別の問題ではなく啄木の文学を守るという大局観からではなかったろうか。それゆえ丸谷への現在の不当な評価は早急に改められる必要があるように思う。それは転向でも変節でもなく一筋に啄木を守ろうとした故の苦渋の選択であったからである。

十二　マスコミの煽動

土岐、金田一の意向を受けて丸谷が函館の岡田健蔵宛に送った書簡に対して岡田は返事を出さなかった。「焼け」と言っていた人間が「出版するから日記を返せ」と掌をコロリと変えたその〝無節操〟に激怒したからである。しかし、周辺の状況は少しずつ変わっているのをさすがの岡田も見逃さなかった。吉田孤羊がどうやら日記を写し取ったという噂が流れ始めていたし、石川正雄が吉田にみせて京子や後嗣の自分に見せないのはけしからんと息巻いているという話も岡田の耳に届いていた。そして土岐、金田一、丸谷が結束して公然と日記の公開を求めて来た。

一時は感情的になっていた岡田だったが、少し冷静になってみると、一連のこの動向を無視するのは日記の為に良くないと考えだした。そこで郁雨に相談すると「日記は既に私的なものではなく公的な存在になっているから個人的に対応するのはどうかと思うから君の考えや決意といったものを中央の新聞や雑誌に発表したらどうだろう」と知恵を出した。

　そこで思いついたのが新聞や雑誌ではなく公共放送という新たなメディアだった。実は岡田は以前に放送を体験していた。それは一九三二（昭和七）年四月十三日、函館放送局の地方放送だったが、その時の快い緊張感が忘れられなかった。この時は「啄木の骨と日誌を語る」という題目で十五分ほどのものだった。しかし、これは道南しか伝わらなかったので、この原稿に手を加えて全国放送にしようと考えたのである。函館放送局のディレクターに話すと直ちに東京の許可をとろうと約束してくれた。

　この話がどこから漏れたのかはっきりしないが先ず「東京日日新聞」が飛びついた。これを木村毅に「啄木の未刊日記」と三段抜きで論評させた。当時、木村毅（一八九四―一九七九年）は作家、評論家として活躍し、日本のエンサイクロペディストと言われるほど文化、思想、歴史や翻訳など広範囲の分野で活躍し、その著書があまり多いので全集を出す出版社が現れなかったという伝説の人物だった。日記問題が沈静化しつつあった中でのマスコミが飛びついた最初のニュースとなった。記事は一九三九（昭和十四）年四月二日付で他社を圧倒的に引き離している。少し長いが重要な問題を提起しているからそのまま引用しよう。


依然として盛んなる啄木の日記人気で、四月の十二《ママ》日には函館の図書館館長岡田健蔵氏が「啄木の日記を公刊せざる理由について」の放送を、全国に向つてするといふ。／この日記は十二冊あるのだが、今まで啄木といへば零砕なる一断片の発見といへども、これがどうしてか未刊のまゝに秘められてゐたか。／その理由としてわれ〳〵が今までに伝聞してゐることは、啄木は死ぬ前一友人（現神戸商大教授丸谷喜市博士）に託して／「この日記は焼棄して貰ひたい」／と遺言したのださうである。しかしその博士はこれを惜しんで、函館の図書館に寄託して来たのだ。／そこで常識的に考へると、／第一、本人が焼却を希望したものなるが故に。／第二、関係者に当り障りがある故に。／この二つの理由に帰着するであらう。／併し、啄木が逝いて三十年近くになるので、第二の理由は大分薄らいで来ただらうし、いよいよ支障のある点は削除してもよからう。／第一の理由は、遺言が実行せられなかつたとすれば、しかもそれが図書館に保管されてゐるのだとすれば、一般には公開せられずとも、特別閲覧か何かで、どうせ人の目に触れる。そのくらゐなら公刊すべきではないかといふやうな要求が段々出て来た。／現に、私が函館図書館を訪ねたのは、大正十四年の夏だつたと思ふがその時は日を限つてこの日記は一般の展観に供してあつた。／その後次第にやかましくなつたやうだが、しかし時々漏洩して、その一部は七、八年前本紙にも載つたことがあるし、また啄木の熱心な研究家吉田孤羊氏などは、閲覧の便宜を得て、この日記を研究に資してゐる。／そこで「啄木の日記公刊すべし」の機運がいよ〳〵盛んになつて、金田一博士や土岐善麿氏は、この公刊に異議なく、また頑強に反対してゐた丸谷教授も折れる所まで話が運んだが、図書館長の岡田氏が飽くまでその公刊を肯んじないといふことであつた。そして今度の戦争勃発と共に暫く問題が消えてゐた。／実は岡田館長の公刊反対理由は、吾々も今までに伝聞する所がなく、随つてその頑迷を度し難いと思つてゐたのであつたが、今度それを堂々と天下に向つて公表される態度はまことに立派である。啄木愛好家は聞き逋してはならない講演であると思ふ。／そして岡田館長の理由が、天下万人をして十分に承服させるに足れば、その理由が消滅しない限り、啄木の日記は遂に公刊されないことになる。／万一、それが天下を承服させるに足りないとすれば、論難は随所に起るべく、それが却つて公刊の機運を促進するやうなことにならないとも限らない。公刊は、書肆を嫌ふなら、函館図書館刊行でもい丶ので、実は私などは、公刊待望者の一人である。

この論評では放送日程や丸谷が日記を図書館に寄託したなど幾つかの誤認があるが、放送内容が納得できないものである場合は正面から公刊を要求すべきである、という公刊擁護の趣旨は啄木ファンへの一種の激励になった点で重要な問題提起になっている。

実際、これに触発されてかマスコミは公刊を煽動する記事を相次いで取り上げだした。特に岡田が放送する十四日前後の新聞はそれぞれ三段ないしは四段、なかには一ページ全部をこれに割いて啄木や岡田館長の写真を載せて報道にしのぎを削った。

（一）何故公開されないか
　漂泊の詩人　啄木の日記
　函館図書館長が放送（『報知新聞』
　一九三九・昭和十四年四月九日付）

（二）『啄木』の二十八回忌迫る
　出版社が垂涎の日記発見
　岡田館長が十四日・放送（『夕刊　報知新聞』
　一九三九・昭和十四年四月十日付）

（三）北海漂浪の啄木と
　　秘められたる日記
　　　函館図書館長　岡田健蔵（『東京日日新聞』
　　　一九三九・昭和十四年四月十三日付）

（四）北海漂浪の啄木と秘められたる日記
　　函館図書館長　岡田健蔵（『函館タイムス　上・
　　中・下』一九三九・昭和十四年四月十四―十六
　　日付）

（五）公開されぬ〝啄木の日記〟―理由に就いて岡田函館
　　図書館長の公開状
　　　〝死んだら焼却すべし〟
　　　　遺言を繞り丸谷博士と論争
　　　　岡田氏は公開の方針（『報知新聞』
　　　　一九三九・昭和十四年四月十五日付）

（六）秘められたる
　　啄木の日記
　　　遂に公表不能と決る
　　　　発表不可能の理由公表

　　日記の文学的価値は
　　　詩歌・小説以上
　　　　旧友金田一京助氏談（『短歌新聞』
　　　　一九三九・昭和十四年四月十五日付）

（七）心の秘密と遺言
　　問題の『啄木の日記』に就いて
　　　金田一京助（『報知新聞　上・中・下』
　　　一九三九・昭和十四年四月十八―二十日付）

（八）〝啄木日記〟遺産争ひ
　　　どこ迄続く遺稿受難
　　　　物議を醸した岡田館長の放送

　　　焼き捨てる位なら
　　　保存はせんよ
　　　　岡田館長心境語る（『函館日日新聞』
　　　　一九三九・昭和十四年四月二十一日付）

　ここでは見出しのみを紹介したが、（三）と（四）は同じ見出しになっているが、これは同時期に岡田健蔵が「東京日日新聞」と「函館タイムス」二紙に同時同題で寄稿したもので、内容的には「函館タイムス」がより詳しいものとなっている。各紙とも流れは日記公開を前提にしたとらえ方をしているが、反面岡田館長の意向を忖度した紙面を心がけているものもある。なかでも（八）の「函館日日新聞」は次のように放送後の状況を詳しく伝えている。

問題の啄木の日記について、去る十四日函館放送局より放送した函館図書館長岡田健蔵氏の言説が果然物議をかもし中央はもとより全国の啄木ファンの間に大センセーションを捲起してゐるが就中日記焼却の遺言をうけたといふ現神戸商大教授丸谷博士及び中央論壇の木村毅氏等の論難は最も痛烈なもので、岡田健蔵氏を目して「軽蔑すべく、唾棄すべきだ」と放言せしむるに至り更に金田一博士から果然啄木日記をもらひ受けたのは僕だから渡して欲しいと申し込むにいたり問題は漸く社会的相貌を帯びて来たがこれに対し岡田図書館長は責任上事態黙すべきに非ずとなし決然筆をとつて論難を反駁すると共に真相を明らかにすることゝなり目下原稿を執筆中である。（以下略）

ここに出て来る丸谷の反撃の原稿を見つけることは出来なかったが木村については四月十九日付の「東京日日新聞」に掲載されていた。

「読めないとなると、ます〳〵読みたくなるもの、啄木日記」とは本紙夕刊（十六日付）の近事片々子まで書いてゐる所で今や問題が社会的な相貌まで帯びるに至つた証拠だ。／これは十四日の晩の岡田函館図書館長の放送が啄木の日記を公刊しない理由について、聴者を十分に納得させ得なかつた事に対する不満である。自分達責任者や関係者が亡くなつたら公刊されてもいゝと結論されたものゝやうだ。岡田館長より若い啄木愛好者は、その折の到来を気永に待つほかない。／それよりも奇怪なのは、これに対する神戸商大の丸谷喜市博士の「啄木は日記を焼いてくれといつてゐたから、故人の遺志は尊重されねばならない」といふ言葉である。然らばその責任者たる丸谷博士は啄木没後、なぜその日記を焼棄しなかつたのであるか。焼かなかつたのは惜しいからであらうが、その惜しいのが社会的な意味でなく、二、三、四人の啄木遺友間に、俺たちは世間の知らない機密日記を護持して来て居るのだといふ独占感、乃至優越感のためだとしたら、まさに軽蔑すべく、唾棄すべきだ。これを社会的に有意義に生かしてくれるであらうと思つて、日記の保存を感謝してゐたわれ等は、それが裏切られるとすれば、故人の遺志を蹂躙し去つた当事者に対して、公憤を感ずるばかりだ。／丸谷博士は「宮崎郁雨氏の判断によるべきものだと思ふ」といふが、さうした非社会的な判断には断乎として反対する。啄木の今日の名誉を作つたのはファンの力だ。当時の文壇や、啄木の周囲は、この詩人の生前、ろく〳〵パンも与へてゐないではないか。

ただ函館日日新聞の記者が言うようにこの文章が「痛烈」とも思えないし論旨が正しいとも思わない。しかし、おそらく土岐も金田一もこの木村の特に最後の文章「ろくろくパンも与えていなかったではないか」というくだりでは涙がでるほど悔しい思いをしたに違いない。すこし啄木の生涯を知り得た私ですらこの部分は撤回して欲しいという思いにかられる。どれだけ彼等は啄木に尽くしたことか。

もう一つこの記者が岡田の頑固さについて「岡田館長の今日までの依怙地な（＊日記の）独占が如何なる理由に基づくもの」かという率直な心情の吐露は岡田が二期つとめた市議の評判が「頑固で融通の利かない議員」と相通じ合うような気がして親しみがもてる。また記者は丸谷や木村について感想をもとめると「底意ある心なき論難は笑止の限り、だが幸い中央の某雑誌から啄木日記について原稿の依頼があつたので、この機会にできるだけ真相を明らかにするつもりだ」と答えている。

また（七）は金田一京助に岡田の放送を聞いた後での日記公開をめぐる問題について「報知新聞」が寄稿を依頼して実現したもので丸谷・土岐と三人の内輪話が語られている。勿論、岡田も登場する。

土岐君は、最初は、寄つてたかつて故人を偶像化することを笑つて、日記などまでうるさいことだ、故人の遺志とあらば焼いた方がせい〳〵していゝんぢゃないか、といふ極めてさつぱりした主張なのであつたが、今は、天下の輿望《よぼう》に、仕方がないなあと動かされた形である。丸谷氏は、焼けといはれたから焼かなければならないが、輿望を全然無視も出来ないから、それでは差支えない所だけ公刊して原本を焼くことにするなら賛成してもよいと譲歩されたのである。それで、故人から日記の処分を委嘱されて命令権をもつ者と自認される丸谷氏が、自身筆を取つて、丸谷・土岐・金田一の名で「今度は出版することになつたから、あの日記をこつちへ渡してくれ給へ」といふ手紙を函館へ出されることになつた時、あの岡田君が、はい、といつて返してくれるかなあ?と私や土岐君が危ぶんだが、同郷人である両氏の間柄は、どのやうに親密な関係であらうも知れないから、たゞ丸谷君を信頼して出した訳だつたが、硬骨な岡田さん、頑として動かばこそである。やつぱり少し無理だつたなと痛感されたので、今度は愛蔵する図書館長の心にもなつて、その忍び得る条件に緩和した手紙を私自身が起草したわけだつたが、やはり図書館長の承諾を得ることが出来ずに今日に及ぶのである。／その理由といふものを今日聞けると思つたら、単に、所有者として「その申込みには応じられない」「私の死後ならいざ知らず、生きてるうちは焼却もさせないが公刊もさせない」といふに止まつて、別段理由はないやうである。あるものは単に愛蔵者共通の心理の支配だけである。しかし、それでよからう。その気概があの日記を焼却から救つてゐるのであるから。

ここで見落としてならないのは岡田の放送予定は四月十四日午後六時四十分からであったが、これが突然変更になって六時二十五分になった。それは事前に提出した放送原稿の中に不適当な記述があるとされてその原稿の半分が削除され放送時間も半分の十五分にされたという事実である。（中には陸軍司令部の検閲とするものがあるがそれは間違い）現在我々が目にする原稿は岡田が後に書き直したものであるということだ。新聞によって記事の解釈がまちまちなのは放送原稿が日記についての肝心な部分が書き直されたことによるものだからではないかと思われる。

十三　岡田健蔵の公刊拒否の放送

なお、岡田の書き直した原稿は三本あり、一つは『函館タイムス』（一九三九・昭和十四年四月十四日）今一つは『報知新聞』（一九三九・昭和十四年四月十五日付）に寄稿したもの、さらに一つは岡田が「中央の某雑誌」と言っていた『日本古書通信』（第一一八号　一九三九・昭和十四年五月）である。『報知新聞』のものは紙面の制約があり岡田の原稿は一部分しか掲載されておらず、『日本古書通信』は放送後改めて書き直したものと岡田が言っているように国民が聴いた内容とかなりの違いがある。

しかし一連の日記の問題では最も多く引用されるのはこの原稿である。そして『函館タイムス』の原稿はそのリードに十日即ち放送四日前に放送局から岡田に「放送原稿の重要部分の削除方を求めてきた、即ち此の日記の争□（一字不読）（＊「奪」？）の裏面に活躍した人々に関し赤裸々に真相をさらけ出さうとしたのが削除を求められたもので同氏は大いに不満の意を表して居るが、左は削除しない同氏の原稿である」とあり、本書ではこの記事（原稿）を採ることにした。予め断っておくが「赤裸々に真相をさらけ出さうとした」と思われる記述は見当たらない。ひょっとしてその箇所は岡田自身が改めて手を入れたのかも知れない。全文は三回連載であるが、「上」は啄木が函館にやってきて過ごした寧日と建立した墓について、「中」は札幌、小樽、釧路の漂流と啄木文庫創設の話、そして「下」日記をめぐる経緯。以下、ここでは日記に関する「下」の文章のみを引用する。（なお、本章に引用した「報知新聞」四月十五日付「岡田図書館長の公開状」とは重複するようだが、微妙に文言が変わっているので敢えてここに引用する。）

宮崎郁雨の同窓で啄木晩年の友である神戸商大の丸谷喜市博士が啄木からこの日記の焼却を託されたと言ふ事で私にその焼却を迫られたのでありますが私は個人的立場は別として私の職務と啄木が明治の文壇に重要な存在である点から考へてその焼却に絶対反対し来つたのであります。然るに啄木書簡集の出版者が遙々神戸に丸谷教授を訪問し私が出版の野望あるが如く吹聴してその同意を求めたのであります。その為丸谷教授から痛烈な書面が私に寄せられました。その一節は／啄木の言葉と言ふのは繰返すまでもなく『俺が死ぬと俺の日誌を出版したいなどと言ふ馬鹿な奴が出て来るかも知れない、それは断つてくれ俺が死んだら日誌を全部焼いてくれ』と言ふことと其他日記を京子さんに返す事、京子さんも焼却に忍びないとするならば永久に出版すべからずと銘記する等が挙げられて居りますが余り長文でありますから省略いたします。之は大正十五年九月六日付でありますが更に十九日付で一層痛烈に此趣旨が申送られました然し当時私は此問題に就いて一言も申上げて居りません、然るに昭和十一年十一月三日付で嘗て日記の火中を強調した丸谷氏から、意外にも出版を強要する書簡が来つたのであります。中に／『啄《ママ》木全集の版権を持つて居る改造社から熱心に日記出版の件を希望し其旨金田一、土岐両氏並に小生に申出あり六月及今回と二度の三人の協議の結果左の如く意見の一致を見る事になりました。／一、右の日記は本来出版すべきものでない事は明かであるが出版に対する要望が広く且つ強く行はれつつある現勢の下に於ていつまでも之を拒否し得ると言ふ自信は我々にもない事、吉田孤羊君は日記の一部を筆写して居る事、土岐、岡田両氏及小生も百歳の寿命をもち得ないとすれば其後に於て何時如何なる形式に於て右の出版を見ることとなるやも計られぬ事の諸点を考慮して此際むしろ関係者の健在なうちに我々自身の手に依つて世に出すの勝れるに若かざる事（出版者《ママ》は改造社）但し此出版は左の条件の下に行ふ事

A土岐、金田一、丸谷の三人にて綿密に原文を閲覧し差支ありと思はれる部分を削除する事

B右の必要上函館図書館保管の日誌は全部之を土岐、金田一、丸谷の三人に割愛とされたき事日誌は使用後故人及関係者一同の最も満足すべしと思はれる方法に依つて処置する事、其処置は前記三名に一任されたき事

／と言ふ如く同一の人から二様の希望に接したのでありますが、現在の私はその何れの希望にも応じ難いのであります。／殊に日記の一部を筆写したと言ふ人物は金田一博士が正確な啄木年表を作製する必要上吉田君に紹介状を持たして函館図書館によこしたので年表以外を筆写せざる条件の下に紳士として閲覧を許したのでありますから絶対に盗写するような事はないと思ひます、然し吉田氏が啄木の日記と称して筆写不保証のものを堂々出版するが如きは私の関知した処ではありません。（中略）／殊に四月二日の東京日日新聞に『啄木日記』なる一文に丸谷博士が日記の焼却を惜しんで函館図書館に寄託したとあります寄託書ならばその返還を求めればよいのであつて特に此様な誤りを伝へる必要はないのであります

兎に角私は本年五十七才でありますから之でその存命中に日記が焼却される心配が無くなりました、そしてその公表も遠くない事と思ひますが然しそれは私亡き後の事を御了承を願ひます。（完）

公開か否か、国民が注視した岡田函館図書館長の放送は十五分というあっけないもので、しかも丸谷喜市らの〝変節〟を理由にしての公開否定はこれを聴いた国民や啄木愛好家の深い失望をかった。なかでも木村毅は説明になっていないと憤激し、また当事者の一人である金田一京助は放送を聴いた後にその失望を次のように言い表している。

その理由といふものを今日聞けると思つたら、単に、所有者として『その申込みには応じられない』『私の死後なら知らず、生きてるうちは焼却もさせないが公刊もさせない』といふに止つて、別段理由はないようである。あるものは単に愛蔵者共通の心理の支配だけである。しかし、それで、よからう。その気概があの日記を焼却から救つてゐるのであるから。（「公刊されぬ事情（下）」前出）

温厚な金田一もこの放送には失望を隠せなかったと見えて呆れたり怒ったりの心情を滲ませている。しかし、そこは大人のセリフ、日記を救った男として岡田を逆に労《いたわ》っている。しかし金田一は岡田の主張には根拠がないと明確に見抜いている。そこにあるのは「愛蔵者共通の心理の支配」つまりなんだかんだと言われても日記を持っているのはオレ様だ、文句があるなら勝手に言えばいい、ということだ。

ところで「報知新聞」の岡田館長の「公開状」の記事にない言葉がこの「函館タイムス」に一つ付け加えられている。それは「関係者の健在なうちに我々自身の手に依つて世に出す」云々のあとに「出版者は改造社」が続いていることである。この一語で岡田は身体が熱くなった。これから相談に乗りましょうと言っておきながら丸谷ら三人はもう出版社を特定して具体的に話を進めていることに岡田は激怒した。その丸谷は初め何といっていたか。

啄木を研究するために日誌は貴重なる資料だと言ふ考もありませう。勿論それに相違ない。併しながら幸ひにして啄木は外に多分の創作と評論感想等を残して居る。又書翰も出版されて居る。あれを見て啄木がわからないやうな奴は日誌を見てもわかるものではない。否、却つてわかり悪しくなるだらうと思ふ。発表された啄木以外に日誌に依て得られるものは唯探偵的興味を満足させる以外にはないと思ふ。啄木を探偵的好事者の玩弄に委することは両兄の忍び難しとされる所であらうと思ふ。僕も断じて不承知です。

こうも強硬に断じて岡田をあたかも譴責し威嚇するかのような態度に出ていた丸谷が今度は一変して日記を返還してこれをこともあろうに出版社まで決めておいて出版し、その後に焼却する、というのだから硬骨でなる岡田は怒り心頭に発した。ともかく自分の目の黒いうちは意地でもこの三人のいうことは聞いてたまるか、と憤怒の炎を燃やした、としても不思議はない。浅草等光寺から啄木の遺骨を持ち帰った時も強引だと批判され、図書館建設では不燃性建築をと周囲の反対を押し切って北海道初の鉄筋図書館を建てた時は図書館人の利己主義と批判された。日記についても当事者と話し合って円満に保管してきた。それをこの「三人組」が割ってはいって平穏をぶちこわそうとしている。こうなれば誰がなんと言って来ようと奴らに譲歩するものか、と依怙地になったのも無理からぬことであった。こうなれば岡田は一歩も譲らない。

岡田と共に函館の地にあって何かと協力し合った宮崎郁雨がこんなことを書いている。日記がらみのごたごたが起こった時分の話である。

啄木の日記出版については、実にいろいろの事があつたが、裏の裏にはいつも出版屋が糸を引いてゐる事が分つたので、率直で嘘を憎んだ岡田君が、その様な策動をする出版屋の肚を憎んで、片意地になつたのである。片田舎に居て事情に通ぜぬわれわれから見ると、中央の出版屋やそれをめぐる文人の動きは、複雑怪奇を極めてゐる。岡田君の片意地になつた経路が私には十分同感される。岡田君の指摘したところに随へば、啄木と無二の親友であつて、衷心から本当に啄木の世話をしてくれた金田一博士の著書の中にも、土岐哀果の本の中などにも、わざと間違ったのか、為めにするところがあるのか、どうも単なる思ひ違ひと思はれぬ事があり（以下略）（「岡田君と啄木の日記」『海峡』同前）

現在のように交通が発達しておらず、電話も普及していない時代のことである。東京と地方での生活時間は極端に異なっていた。出版についても同様で中央と地方での格差は大きかった。それに決定的なのは土岐らは本を出す側、岡田は本を守る人だったことである。そうした違いも両者の誤解を招く因《もと》だったと言えよう。

丸谷らと衝突はしたが、岡田は自分の死ぬまでは三人に日記を引き渡さず、また出版も許すつもりはなかったが、死後は日記は必ず誰かによって出版されるという確信を持っていた。希望としては一字一句手を加えない形での完全版を頭に描いていた。郁雨に話すと「君の役割は本の番人、編集者じゃないよ」と諭された。

かくして日記公刊問題は一応の決着を見た。丸谷は神戸へ戻り研究室に籠もった。土岐は新聞記者としてその敏腕を揮った。金田一はアイヌ語研究に没頭して文化勲章を受章した。

十四　空白の狭間《はざま》

岡田の放送後、やがて啄木の日記が人びとの間で話題になることはめっきり減った。あたかも荒れ狂った海原が急に静まり返ったような光景だった。しかし、それよりも我が国では満州事変、太平洋戦争による暗雲が国土を覆い、暗くて厳しい毎日が国民を疲労と失望に駆り立てて文学どころでなくなっていた。本書では触れ得ないが文学そのものが戦争の道具と化してしまっていた。しかし文学と戦争責任の問題は我が国ではまだ未決のままであることを忘れてはなるまい。

そういう状況下でも啄木愛好家たちのなかには日記の存在を忘れなかった数少ない人びとがいた。ここではその話をしたい。というのはこういう厳しい生活のなかで地味に啄木研究を続けた人間のいたことを伝えて置きたかったからである。

文芸評論家の川並秀雄に「啄木未発表の日記と断章」（『時論』一九四七・昭和二十二年四月）という小論がある。その一節。

これまでに発表された啄木の日記と称するものは、いづれも極めて少数の断片的なものばかりである。／昭和十四年七月、大原外光氏によつて「啄木の生活と日記」というものが出版されたが、これは従来発表された断片日記のスクラップブックに過ぎない。／昭和十七年七月、宮本吉次氏が出版した「啄木の日記」は、大原氏の孫引きと啄木の書簡を年代順に並べたものである。

というように実に素っ気なく、両書ともいかにも継ぎ接ぎだらけの作品という雰囲気を漂わせ、正面からまともに評価していない。それは川並が文芸に関するきちんとした見識に依るものなのであろうが私のようにこの世界に疎い人間からすると相当の違和感がある。私にしてみれば断片しか世に現れない啄木の日記を懸命につなぎ合わせて一つの作品に仕立てあげようとする姿勢はあたかも壊れた啄木像の断片を拾い集めて復原させようとする健気な努力の試みに思えるのである。むしろこの二冊には川並とは異なり私は啄木愛好家の愛情の結晶のように見えてしまうのだ。

1 大原外光『啄木の生活と日記』（弘文社）

先ず、大原外光の『啄木の生活と日記』（一九三九・昭和十四年）から見ていきたい。その構成は次の通りだ。

目次
金田一京助序
自序
一、啄木と日記
一、啄木の歌と日記
一、渋民村時代の日記
一、北海道流転の日記
一、東京時代の日記
一、啄木晩年の日記
一、「啄木日記」公刊について

なんと言っても金田一京助が序文を寄せていることに注目したい。折りしも時は啄木日記公開の是否をめぐって論争中で、金田一がどのような対応をしたかその言葉は否が応でも耳目を引く。

十余年前、始めて啄木の本を書いて訪ねられた時は、著者もまた、二十代の若々しい人だつた。対座して何だかその純情にほだされて僭越を恐れながら序文を書いた。それが私に取つて人の為に序文を書いた最初だつた。十余年後、二度目のこの本を持つて見えられた時には、お互いが年を取つて、何かと世間の用事が多くなり、感動も薄くなつて何も書けなかつた。著者は、日曜毎に見えては、別段督促をされるでも無く、私のあわたゞしい日暮らしを目にしては、御用の御妨げになつてはと、玄関で帰られる。どうも、忙しくあつても無くつても、何か書かなくては済まなくなつた。／思ふに、啄木の日記は、保管者、岡田図書館長の過日のラヂオの宣言に徴しても、中々世に出さうには無い。それで、著者などは、凡そ今迄に出た限りの日記の断片を綴り合わせて故人を偲んで居られるのである。その間を自分の文で繋いでかういふものを書いて居られるのを見て、私ばかりでは無く、啄木フアンの或る種の翹望《ぎようぼう》を充たすものではないかと思つた。思つた所を率直に記して送ることにするがこれで序文になつてくれれば幸である。

昭和十四年六月十八日

金田一京助

なんとも正直というか隔靴掻痒というか不思議な「序文」である。大原が熱心な啄木ファンであることは確かで、また日曜毎に玄関で挨拶だけして帰るというのだから几帳面で生一本な性格であることも確かである。また本人の「序」によればこの原稿は金田一の「校閲」を受けたとあるから満更形式的なものばかりとは言い切れない。しかし、日記公開では条件付き賛成派の金田一がこうした本に序文を寄せたというだけで日記公開の大きな後押しになったことは間違いなく、これだけでもこの本が出版されたという役割は十分に果たしたと評価していい。

　しかし、基本的に本書は既発表の日記の断片に大原の解説がつく形になっているのだが、なにしろ落ち穂自体が少ないので筆力を存分に発揮するまでに至っていない。ここでは先ず刊行の意図を明らかにしている序文を紹介することにしよう。

　著者は大正十四年に『啄木の思想と生涯』なる一冊の評伝を書いたが、その当時は啄木に関する一冊の研究文献も無く、僅かに金田一京助先生の啄木年譜に拠ってその思想的生涯を辿るの路より拓かれてゐなかつた。／それに較べれば、今隔世の感がある。啄木をめぐつての夥しい文献の氾濫は正に目を見張るばかりである。この氾濫のなかへ更に一冊の啄木研究書を加へることは徒らに屋上屋を架するの業ではあるが、従来の啄木研究の多くは作品を通じて見たる啄木であり、人間としての啄木を透して啄木の思想、芸術を考察したものは少なかつた。人間としての啄木の真の姿を探求するためには資料をその日記にたづねることが最も如実性を持つ。そうした意味で、著者は此処十数年に亘つて断片的に世に示された啄木の日記を年代順に配列しつつ考察し研究することによつて啄木の実態に触れんと試みた。特に著者はこの日記研究により啄木の歌は生活者としての啄木を透してのみその真実の理解をなし得られるものであることの確信を得た。それだけでもこの小著を世に贈る意義を感ずるものである。／亦、今日啄木日記の公刊の渇望されてゐる時、この研究がその渇望を癒すために幾分役立ち、更に進んで日記公刊の機運を近づけるための一助ともなれば幸ひである。／終りにこの小著が、文学博士、金田一京助先生の懇切なる校閲を亨け、故人畏敬の親友である先生の序文を戴くことの出来たことは此上ない光栄である。

昭和十四年六月二十日

なお、大原がこの著作で使った日記は次の通りだ。当たり前とはいいながら出自をきちんと明確にしているのは啄木の日記に関する最初の本という意識があったからであろう。（引用は大原書の「覚え書」から）

本書一冊に収められた石川啄木の日記は、以下に記すところの文献に発表された啄木の日記断片を蒐集材料としたものであることを、参考の為に記しておく。既に発表された日記は、本書に収めた以外にも有るが、それは適宜取捨選択したことを付加えて置きたい。／『渋民村時代の日記』（明治三十九年三月四日より同二十七日まで）は「啄木全集」に、／『北海道流転の日記』（明治四十年ー四十一年）のうち、明治四十年一月一日の日記は東京日日新聞、昭和八年一月一日号に、同一月三日、同九月九日、同九月十九日の日記は雑誌「改造」（昭和八年三月号）吉田孤羊氏「啄木の日記」に、明治四十一年一月一日の日記は、雑誌「中央公論」（昭和十三年五月号）沢田信太郎氏「啄木散華」に／『東京時代の日記』のうち、明治四十二年一月二十一日、同二月二日、同四月六日の日記は、雑誌「改造」（昭和八年四月号）吉田孤羊氏「啄木の日記」に／『啄木晩年の日記』のうち、明治四十四年二月十日の日記は、雑誌「改造」（同上）吉田孤羊氏「啄木の日記」に、同九月三日の日記は、矢代東村、渡邊順三共編「啄木短歌評釈」のうち「歌集・悲しき玩具・評釈」中に、同年十一月十日の日記は、雑誌「改造」（昭和八年四月号）、吉田孤羊氏「啄木の日記」に、同十一月三日、四日、五日、九日、十日、十二日、同十二月三十一日の日記は何れも前記、「歌集・悲しき玩具・評釈」に、明治四十五年一月一日、同一月五日、同一月二十三日の日記は何れも、雑誌「改造」（昭和八年四月号）、吉田孤羊氏「啄木の日記」に発表せられたものに拠る。

川並秀雄はこの書を単なる「スクラップ」と評したが、大原のように日記に対する熱意とその存在を広く読者に伝えたいという使命感はそれなりに評価されるべきものだと思う。本書において大原は最後の章を「『啄木日記』公刊について」に当てている。この「一章は全然著者独自の意見で、金田一先生の閲底《ママ》と関係ないことを記して置く」（自序）という断り書きがある。勿論、趣旨は日記公開を求めるもので縷々その所見を展開している。以下はその結論とも言うべき部分である。おそらく大原は本文もさることながら、このことを言いたくて本書を作ったのではあるまいか。正面から日記の公開を迫った凛とした主張である。

既に啄木研究会も生れて居り、石川啄木賞も設定された今日である。僕は主なる関係者立会審査の上、その発表すべからざる分を削除して公刊されることを最も適当なる処置であると思ふ。／僕一個の意見を以てするならば、啄木の日記公刊を希望する所以は、啄木と日記とは、これを引離して考へられないものがあるからである。／それは本書一巻を執筆しつつ、しみじみ感じさせられたる実感で、啄木の作品中、殊にその真実を発揮してゐると定評せられる「短歌」において、彼の日記はすべてがこれらの短歌の注釈であると言つても差支えない。／創作を志した彼が、つひに創作を起たずして夭折した以上、その残した短歌こそ啄木の悲しい本領であつたのである。／だが、それは啄木の意企であると、あらざるに拘らず、啄木の歌は民衆の上に永遠に燦としてかゞやくべきを約束されてゐる。／啄木を生活派の詩人として尊重するのは、彼が「人民の中」に常住してその苦しみを苦しみ、その悲しみを泣き、そのよろこびをよろこんだ点にある。／そうした意味において啄木の日記こそが、彼の芸術を了解する唯一つの『鍵』なのである。われわれは啄木の秘密に立入らうとするのではない、彼の作品の母胎を見たいのである。啄木の日記の遺されたものは十三冊で、函館図書館に保存するものは十二冊であり、残る一冊は遺族の石川正雄氏が保管してゐると訊いてゐる。しかも石川氏の保管するものにこそ公開すべからざる部分あるが故に保管されてゐるやうである。」とすれば残る十二冊に存在する「秘密」の量は大分軽減されてゐるのではあるまいか。／われわれは啄木全集の中に収容されてゐる数多くの書簡を見、既に発表された少部分の日記と彼此対照し研究してすら、啄木の歌と評論と手紙と日記との間に、実に隔りの無いほど密接な関係を持つところの「現実生活」の苦しみ、よろこびを感じさせられるのである。／書簡もまた個人の秘密である。大抵の人の手紙はもつと事務的であり、無味乾燥である。しかるに啄木の手紙は、それが直ちに評論であり、詩でもあるものが多い、その意味において、彼の日記はさらに一層、自己検討の評論であり、詩であり、歌であるところの要素が多いやうに思ふ。／要するに啄木においては、特にその日記は彼の芸術である。寧ろ作品に近い。それ故にこそ彼の日記の公刊を一日も早くと待望して止まないものである。

この書が出た時期はちょうど函館図書館長岡田健蔵が日記公開をめぐってNHKから全国放送があるというので新聞が大々的に取り上げて啄木愛好家のみならず多く人びとの耳目を集めていた。本書の発行が七月八日で放送以来ほぼ二ヶ月後であり、当時の出版技術から言っておそらく放送前に出稿されたはずだから放送に関する言及はされていない。もし放送をきいていれば切歯扼腕したことであろう。私の手元にある本書は発売から三年後の版で三刷になっている。初版を何部作ったのか分からないが、少なくとも大原の主張に耳を傾けた多くの読者にめぐり会えたはずである。

2　宮本吉次『啄木の日記』（新興音楽出版社）

本書は一九四二（昭和十七）年五月に一万部発行された。無謀な太平洋戦争に突入し国民の生活は圧迫され言論の自由もなく、暗くじめじめとした時代だった。さすがこの頃になると出版事情も逼迫していたから一万部の印刷はかなり大胆な試みであった。裏返せば啄木人気は衰えていなかった証拠である。この書も川並に言わせれば「大原氏の孫引と啄木の書簡を年代順にならべた」だけのものという素気ない審判を下されている。

書の構成は次のようになっている。いずれも各章には宮本吉次の詳細な解説がついており全体は三百五十ページの〝力作〟と言っていい。

渋民村籠居の日記……………明治三十九年
代用教員時代の日記……………明治四十年

北海道漂泊の日記……………明治四十・四十一年
蓋平館時代の日記……………明治四十二年
弓町・久堅町時代の日記…………明治四十四年
没年の病床日記………………明治四十五年

「はしがき」が一切無くいきなり本文に入っているのでその意図が奈辺にあるのか不明であるが、「あとがき」として「跋」が巻末についている。本書は岡田健蔵の放送後の著述であるから、当然この放送について言及している。

啄木研究家にして誰しも渇望して止まぬものは彼の日記であらう。然もその日記が現在函館図書館の奥深く保存されてゐながら、未だその公刊の運びに至らないことは研究家にとつて返す〲も遺憾の極みである。／公刊されない理由として我々の聞くところは、日記は必ず焼却してくれといふ彼の遺言を尊重しての為らしい。それについて昭和十四年四月十《ママ》日の夕方、その保管責任者たる岡田図書館長の「北海道放浪の啄木と秘められたる日記」と題する放送によつて、日記公刊の時機尚早なることを釈明したのであつた。おそらく、熱心な啄木研究家はこの放送を聞いて少なからず失望した事と思ふ。何故に今なほ同一言辞を弄して頑迷に公刊を拒否してゐるのか、我々はその了解に苦しむものである。

日記の公開を求めるスタンスは大原とかわらないが、岡田函館図書館長の放送を聞いた後の発言であるからそれは、よりはっきりと公刊を求める内容になっている。

焼却してくれと云ふ故人の意志を尊重しての故なれば、今以て焼却せず保管してゐることが抑々大きな矛盾と言はねばならぬ。また一説に聞くが如く、関係者に当たり障りがある故に出されないとすれば、其の部分だけ削除して刊行するとも何等その価値を失するものではない。以上の如くその理由を検討してみる場合、いかにしても責任者なるもの丶態度が不可解に堪へないのである。秘蔵されてるとは言ひながらその一部分は漏洩して新聞に、雑誌に、又は単行本中に発表されて秘密の扉は早くも開かれてしまつたのだ。けれどもそれらは纏めて発表された訳ではなく、時間的にも永い間隔を置き断片的にその都度〲発表されたもの故、全部読んだ人は殆んど少ないこと丶思ふ。啄木の日記と言へばたとへそれが一日の日記たりとも今日貴重な文献と言はねばならぬ。

確かに次々と漏洩されて新聞や雑誌に日記の断片が発表

され続けると、秘匿というか封印という意味は急速に失われよう。しかし、日記の存在は明らかになり、推測や憶測が横行し始めると、日記の全容を知りたいという世論が起こってくるのは当然というか自然な成り行きというものだ。実際宮本吉次は「その内容や想像に難くない」と踏み込んで発言している。

彼が病床から日記を焼いてくれと言つた気持もうなづける。この手紙を書く彼の日記の事だ。おそらく正視するに忍びないやうな事が書いてないとも計り難い。彼が気になる程の日記である。その内容や想像に難くはない。私はいつも思ふ事だが若し啄木書簡集がなければ彼の価値は半減されるだらうと――。彼の非凡な才能はその作品の上に充分出し切つてゐるが、人間としての彼を価値づけるものは其の書簡集である。おそらくあれ程情熱的で、あれ程赤裸々で、あれ程人間味豊かな書簡は他にちよつと類例を見ない。書簡集がなかつたら彼の価値は半減されるといふ事は決して過言ではないのである。と同時に日記が全部公刊されたら彼の価値はおそらく今日に倍加するであらう。茲に掲げられて日記を読むさへ、また我々は新らしい啄木に接触するの感を深うするものだ。書簡集で知り得なかつた謎を発見したやうな気がする。我々は一日も早く秘蔵される日記の公刊を待望して止まない。

思うに大原外光と宮本吉次の二人の著書は日記公開への力強い援護射撃になったといって良いであろう。そして宮本吉次のこの書はおそらく啄木をめぐる刊行物として戦前最後のものであった。逼迫した時局は不要不急の出版を禁止したからである。

また、非難の矢面に立った岡田館長はその後は頑として一言も話さず一文字も発表せず、日記公開の声が高まる中、ひたすら沈黙を続けた。世論は日記公開と共に岡田館長の説明責任を追求する方向に傾いていった。しかし、時局は深刻な泥沼状態に陥り、出版界も新聞社の統廃合、出版社の整理統合などで言論界は身動きがとれない状態となっていた。何時しか啄木の日記は忘れ去られようとしていた。

一九四四(昭和十九)年十二月二十日午後十一時三十七分、岡田健蔵が亡くなった。享年六十二才、死因は肺疾患によるものだった。横須賀海兵団に入隊していた令息日出男はその半年後トラック島で戦病死する。そのことを知らずに逝った岡田健蔵はせめてもの救いだったかも知れない。そして遺された啄木の日記も。

かくして啄木日記に関わる最後の砦となった岡田健蔵は一言の遺言を残さず去っていった。それは日記公開に関する一つの時代の終幕でもあり次の時代への新しい開幕でもあった。

十五　石川正雄の専断

敗戦を迎えた一九四五（昭和二十）年はまた新たな時代のはじまりであった。天皇制軍国主義から米国製民主主義を与えられた日本は憲法を制定し軍隊を保持しない平和国家に生まれ変わった。否、生まれ変わったのではなく生まれ変わろうとした、というのが正しいかも知れない。

文学の世界では作家の戦争責任が問われていた。文学のみならずそれは芸術、思想、政治等あらゆる分野で問われた。しかし実際には戦争責任の問題は空虚な論争に終わり、結局日本はこの戦争から何一つ学ぼうとせずに戦後という時代に突入してしまっていた。

戦後を待っていた人びとは待ちかねたようにそれぞれの新しい人生の出発をし始めた。その一人が石川正雄だった。正雄は岡田健蔵の亡くなった報《しらせ》を受けて真っ先に脳裏をよぎったのは「これで邪魔者がいなくなった」ということだった。岡田はがむしゃらに、と言っていいほど頑強に、執拗に啄木の日記を館外に出すことを拒み続けてきた。マスコミや世論の意向に逆らって日記の公開を拒絶してきた。石川家の後嗣である自分にも決して見せようとしなかったのが岡田であった。

正雄が戦後、何時この日記を見ることができたのかはっきりしないが、宮崎郁雨が函館図書館長になった時分のことであろう。郁雨は戦時中在郷軍人会の要職に就いていたため戦後「公職追放」に引っかかるが、これは一九四七（昭和二十二）年十二月から翌年にかけての追放だったので郁雨が図書館長になっていた期間は館長として業務に従事することが出来たのである。おそらく正雄はいちはやく郁雨に日記について相談をしたはずである。

なぜなら戦前は左派、社会主義を匂わす原稿は検閲が厳しかったから啄木の原稿、書簡、日記は〝国禁〟ものだった。正雄もこのことで日記公刊は無理だと考えていたと書いているが、戦後になってその桎梏から解放されたので早速出版しようと考えたのである。

ただ、私にはちょっと解せないことがあった。確かに左翼的なものはタブーから解き放たれたが、まだ解禁になっていない関門があった。それは猥褻表現である。戦後雨後の竹の子のようにエロ本つまりカストリ雑誌が出版されたが警察の取り締まりにあってその多くは発禁や発行停止になっている。啄木の「ローマ字日記」のなかにある娼婦との性交渉の場面は明らかに猥褻に当たる。一九五〇年代にチャタレー裁判で翻訳者の伊藤整が有罪判決を受けているが、学生時代、原文でそれを読んでみたが、啄木の方がよほど激しい描写である。日本の官憲がローマ字を読めない訳がないから、こちらの方が引っかかっても不思議はない。ところが実際に公刊されても全く問題にならなかった。これが日本語で発表されたらどうであったろうか。桑原武夫は「ローマ字日記」を絶賛して日本文学の最高峰と言っていたことは既に紹介した通りである。

石川正雄が戦前は出来なかった日記の公刊を考えた理由について次のように述べている。

その私が、もし出版できたらと考へたのは、昨年（二十二年）春のことである。といふのはその春、啄木晩年の家庭問題についてあられもないことが新聞紙上で伝へられた。これは明らかに誤解！乃至そうした性質のものであるが、何も知らぬ世間に意外の反響を呼び、いろいろ質問に接し、説明するにもあまりいい気持ちがしなかつた。／私は憤慨するよりむしろ悲しかつた。／この根も葉もないことの発表理由は「啄木はもはや一石川家や彼をめぐる少数の人達の啄木ではない。彼の詩歌を愛し彼の人間を愛する数十万数百万の啄木であるはずです。」だから発表するといふのである。—話は別だが日記公開論者の説も同様である。—言はんとする気持ちは私にもよく判る。だが、だからといつて歪んだ感情から生まれた誤解—これは単なる私の想像ではなく、さうとより思はれない事実の数々を耳にしてゐる。—を軽率に公表することは、果たして啄木の真実を知らせることになるであらうか！／かう思つた時、私は徒ら反駁よりも、これは啄木自身に語らせる外はない。それには日記公刊以外にないのではなからうか。かう思つた時初めて関係者の意向を確かめようと思つた。（「日記公刊まで」『石川啄木日記第一巻』世界評論社　一九四八・昭和二十三年）

言葉尻を把えるつもりはないが次章で述べるように、いわゆる節子夫人の〝不貞説〟とされる日記の部分は十数ページが破かれ破棄されていて読者は読めない。だから正雄の説明は理にかなわない。阿部たつをも同じように受け取っている。（「啄木の日記の公刊事情」『啄木と郁雨の周辺』前出）ただ私の見解と異なるのは阿部の「お金の必要があって」のこと、という解釈である。正雄にはカネの問題がつきまとっていたことは認めるがその根拠となる確かな説明がなければ、一方的に決めつけるのは正しくないように思う。もし事実を知っていて話さないのであれば余計な言葉を使うべきではない。

次いで日記の焼却の経緯については以下のように説明している。

私が知らなかつたのは、啄木が家族にも日記を焼けと言つたこと、それを啄木への愛着から焼かず、且つその人が死ぬ時、啄木の形見として宮崎氏に遺贈したことである。／その頃、私はまだ石川家には関係なく、遺児京子も又稚く、互いにそんなことを耳にし、又聞かせて貰ふ必要のなかつた事は不思議はないとして、その後私共が石川家を立てるやうになつたときも、遂にそんなことを聞かず今日に至つてゐる。／現在私の所蔵する一冊も、それを祖父（堀合忠操、当時京子の親権者）から手渡されたのは、啄木死後十四五年の後で、しかも日記の大半は函館図書館に秘蔵され、焼却など問題にもされてゐなかつた頃だから、祖父が忘れていたのか、或は最初からそれを知らなかつたものなのか、その時私に言つた言葉は『この日記はあまり世間の人に見せたくない思想上のことが書かれてあり、図書館などでは人の眼にふれ易いから、これはお前達が保存するがいゝ』といふ意味のことだけだつた。事実この日記には当時内容にふれるのをはばかれてゐた幸徳事件、所謂大逆事件が書かれてゐて、祖父の心遣ひもよく判り、私もそのつもりで受取つた。私が啄木の日記に関係を持つたのはこの一冊で、その後啄木の心友金田一、丸谷両博士が啄木の生前、自分の死後には焼却してほしいといふ希望を聞かされたといふことを間接に耳にしたが、直接にはやはり聞かされたことはなかつた。だからこの焼却問題については私は何の関係ももつてゐなかつた／も一つ日記の現物が啄木の形見として宮崎氏に遺贈されたといふこと、これも聞きもせず知りもしなかつた。しかし宮崎氏と啄木の関係、又宮崎氏が石川家の親戚として、当時遺族に対しての処置などから推して、自然な成行だと思ふ。／以上は私の知らないことだつたが、いづれにしろ複雑な問題を含んでゐるらしいことはボンヤリ頭にあつた。しかしそれは私共に関連がないものとして、今日まで手許の一冊を除いて他は機会があつても閲読もしなかつた。だがそれにしても不思議に思つてゐたのは、現物の所蔵はともかく、内容はいつたいどこのものなのか！その点どこか割切れないモヤ〳〵したものがあつたが、この問題にふれる機会は今日まで一度もなかつた。（同前）

ここで気になるのは二箇所ある。一つは日記を「機会があつても閲読もしなかつた」という点である。これが何時、誰がその機会を作ったのかを具体的に説明してくれれば経緯はもっと明白になる。「誰」は岡田健蔵でないことははっきりしているが、宮崎郁雨か吉田孤羊のいずれかだろう。郁雨であれば問題はないが吉田孤羊となると話はややこしくなる。生臭い話になるからである。もう一つは正雄が「今日まで一度もなかつた」と言っている言葉だ。それは正雄が望んでも実現しなかったのか、周囲が意図的に隠蔽や秘匿に関わっていたということなのか。正雄のこの箇所の文章を読んでいると日記に関わることを避けているのか、関わりたかったのか、どうもわかりにくい。そして「一方日記の存在が世間に知れ渡ると、出版を慫慂する声が高まり、そこに出版社の策動が加はつて、函館図書館に対しいろいろと折衝があつたらしい。その間の消息は宮崎氏も書かれているが、私にそんな話を持ち込んだものは今日まで一人もない。」これは含みのある表現だが、要するに噂は耳に入ってきたが、自分自身はそれに対して一切対応はしなかったというわけである。正雄が日記問題に関わらなかったのは正しく言えば誰からも相手にされず関わりたくても関われなかったのである。もう一つ正雄が日記に関わりたくなかったのは手元にある『明治四十四年当用日記』それは祖父の堀合忠操から「社会思想上、世間に読まされない」危険なものと言われていたものだ。正雄も少しは社会主義や労働運動に関心があったから、まだ読んでいない（読むことの出来ない）日記に関わったら大変なことになる、と考え、意識的に近づかなかったのである。そして漸く正雄が主体的に日記に関われるようになるのは戦後になってからである。

やがて戦争が終ると、出版慫慂の声は急激に高まり、新聞雑誌などにもいろいろ書き立てられ出したが、関係者は相変らず反応を示さず、私の立場もまた前述の通りであつた。／私は先づ機会を得て、宮崎氏と会見の上自分の考を述べた。その時初めて序文に書かれてゐるいろ〳〵な事実を聞かされたのである。と同時に「記載内容は、仮令公刊を目的とした『作物《ママ》』でないことが確かであつても、若しそれに著作権、出版権と言ふ様なものの付随する場合は、それは当然に啄木の継嗣たる石川家に帰属すべきだ」といふことも明らかにされた。この点今まで私の心の中で、モヤ〳〵してゐたものが、明瞭にはなつたが、反面、かく明らかにされたことによつて、私の立場は極めて重苦しいものになつた。宮崎氏は更に「出版するしないの意志権利は正雄君か玲児君（私の長男）にあるのだから」といふことも、いはれた。かうなると、よかれ悪しかれこの決定は私の責任にある。私は更に金田一博士に、公刊についての了解を求めた。博士も又異議はなかつた。

かくして日記はようやく動き出す。そして正雄が出版を相談したのは郁雨と金田一だけであって、土岐にも丸谷にも話さなかった。ただ、丸谷には手紙を出したが、それは相談ではなく出版の決意を一方的に伝えるものであった。「これまでの経過報告を兼ねて了解を求めた。それに対してつぎのやうな返事を得た。私信の公開はとがめられるが、博士の意を伝へるため敢て引用させて頂く」としてその一部を紹介している。正雄が時として誤解されるのはこの時だけではなく往々にして礼を失する態度のためかもしれない。

日誌の処置に就ては、啄木の口から聞いた限りに於ての、啄木の心、啄木の希望―その如何なるものであるかは繰り返し、繰り返して申したことですから、貴下も世間も御承知のことと思ひます。―を遺族の方々、友人、知人および世間一般に伝えることが私の義務であると思ひます。そして私は過去三十余年に亘つて、甚だ至らぬ勝ち《ママ》ではあるが、略ぼ之を果たして来たと思ひます。／同時にこれ以上のことを言ひまた主張することは私の立場を超へるものと思ひます。／今回の御教示に対しても之以外、乃至これ以上申すべき言葉はありません。

それにしても〝変節漢〟と呼ばれて丸谷は心外だったことだろう。しかし、丸谷の〝変節〟によって結果的に日記はまもられたのであり、繰り返すが丸谷の妥協なくして平和な解決はなかったというのは事実であり現実だったのだ。時として人びとの一時的な判断は目先の約束の遵守を優先するために歴史的な判断を見誤るものである。そう考えると丸谷の判断は最も困難な状況の中で冷静な選択をしたものと考えるべきだと思わざるを得ない。

そして正雄は「この公刊の責任はすべて私が負う」といいきり、次の言葉で結んでいる。

この公刊が地下の啄木を嘆息させ、世間の好事家を随喜させるだけの事ではないだらうかと懸念される宮崎氏、三十余年間、啄木の遺志を伝へることに終始せられた丸谷博士、―それらを裏切る如き私の専断が、多分に非難さるべきであらうことも、又、他から発せられるであらういろいろな非難についても、私は私の立場によつて甘受しようと思ふ。／ともあれ、この公刊によつて生ずる責任の一切が私一人にあることを、ここに明らかにして置きたいと思ふ。／最後に、公刊にあたつては、できるだけ厳密を期したく監修を御願いしたところ、複雑な事情にも拘わらず、私の意を諒せられ、枉げて御承知下すつた金田一・宮崎両市に深く感謝するとともに、この際丸谷博士にも私の意のあるところを諒せられんことを御願ひしたい。

昭和二十三年一月

こうして啄木日記の公刊が決まった。一九四八（昭和二十三）年十月に最初の第二巻が出て、十一月に第一巻、第三巻は翌年三月に刊行された。啄木没後三十六年の歳月が流れていた。

幾つもの曲折はあったが、最終的には石川正雄の専断で出版に至った。その結果はこの日記の焼却や秘匿という事態が回避され、兎にも角にも私たちの目の前に姿を現し、これを享受できることになったのは矢張り石川正雄のやや強引とも思われる決断の賜であり、氏の功罪においてこの決断は生涯のなかで勇を鼓した初めてのそして最大の功績というべきであろう。

十六　日記出版残響

　石川正雄が日記出版について相談したのは金田一京助と宮崎郁雨の二人だけということは既に述べた通りであるが、その二人は正雄に乞われて『石川啄木　日記』（全三巻）にそれぞれ寄稿している。それは一つには二人が啄木が生前に直接交際のあったこと、二つには、これまでの経緯からいってさしもの正雄も二人をさしおいてことを運べなかったこと、そして最も大きい問題は日記にはこの二人が何度も登場させられており、その扱いについて相談せざるを得なかったからである。中には当人が削除を求めて当たり前と思われる記述が含まれており、また事実と逆の表現もあり得ることがあり、日記の真価を問われる事態を避けたかったのだと思う。

　寄稿を求められた二人はあまり気が進まなかったが、これまでの行きがかりから引き受けざるを得なかった。宮崎郁雨の「啄木の日記と私（序に代へて）」は第一巻に、金田一京助の原稿「啄木日記の終わりに」は第三巻にそれぞれ掲載された。日記をめぐる重要な証言なので解説を挟みながら紹介しておきたい。

1　金田一京助の添言

　啄木日記を公刊するという連絡をうけた金田一京助の感慨は次の言葉で始まった。「生前は、お互ひ、同居にも見なかつた日誌、口ぐせに言つてゐた彼のいはゆる「妻にも見せられない日誌」、従つて、死後も、悪いと思つて幾度図書館を過ぎても、否、或る時は、私を函館へ引き留める為に、函館図書館長が啄木文庫から持出して来て、私の前へ積んでも、手を出さなかつた日誌 ―それを私は今見た。―／亡きあと四十年になん〳〵として、後嗣、正雄君から、愈々これを公刊することにしたから、公刊前に、一応、目を通して、差支へのある所、無い所を注意してほしいと頼まれて《ママ》。」「啄木日記の終わりに」―（金田一京助『石川啄木日記　第三巻』世界評論社　一九四九年）

　この文面をみると正雄の金田一に対する依頼は何の前触れもなく突然に行われたことを伺わせる。正雄の性格から言って事前に周到な気配りをして話合いを進めるというタイプではないから驚くようなことではないが、啄木の日記には特別の思いを持っていた金田一だったから、この急な申し入れに多少の不満を持ったことは否めない。

それにしても、かつて金田一が函館に立ち寄った折、図書館長の岡田健蔵が気を利かして啄木の日記を金田一の目の前に差し出したときですら何か罪悪感にでも囚われるように思って一ページも見なかった。その日記がようやく発表され読むことが出来る、という感慨は金田一ならではの積年の思いと啄木との交友の思い出が交錯して複雑であったことであろう。また自分のことがどのように書かれているかも気の小さい繊細な金田一にとっては重大事であった。その感慨の一端を金田一は次のように述べている。

> 日誌を読んで、今さらに感じたことは、泣かまほしくなるほどのなつかしさである。あれも此れも、思ひ出すことばつかりだからだ。それから、故人われを欺かずといふことを今さらに感じたことだ。ただ私へ話すには随分委しく話したくせに、その当時は、あつさりとしか触れてゐないことも可なりにある。例へば、赤心館時代の植木さんの来訪のことなどがその最たるものだ。／又案外だと思ふことは、ずうつと書きつゞけてゐたやうに思つてゐたのに、所々無いことだ。四十一年が最も委しく殆んど完璧であるが、四十二年、家を持つまでは委しくつけてゐて、六月初旬、家を持つてからあとの無いのがいぶかしい。又四十三年が、殊にその秋から冬にかけては、積極的に物・心両面の生活の漸く軌道に乗つて、整理されつゝあつた頂点の時代であるのにその頃の日記の無いことも、意外なことの一つである。（同前）

ところで、宮崎郁雨も同様の依頼を正雄から受けたが、正雄は郁雨には事前に何度か接触して意見を交換していたので、その雰囲気から正雄が日記の出版を考えていることを察知して、郁雨は館長権限を使って啄木文庫から日記を取り出し、事務方の田畑幸三郎に協力を求めて、みずからも筆写をして「副本」を作っていた。金田一から正雄の依頼のあったことを知らされた郁雨は自分が修正や削除すべき箇所を指定したものを金田一に送り「参考にして欲しい」と一筆添えた。これに目を通した金田一は「謹厳な態度、周到な用意、寸分の隙もなく、私は全く共鳴し、賛成し、感嘆した」とその感想を記している。郁雨の配慮に感心すると同時にその周到さに改めて驚いた。その日記を参考にして金田一なりに苦心の上、厳選したつもりの修正案を正雄に送った。

これに対して正雄の返答の中身は

> 出版する以上、出来るだけ原文をそのまゝ出版したい意

向で、『もう焚くの周囲のかたたちと云つても大方は故人となり、生きて居られるかたたちは、推しも推されもしない定評のある大家たちであつて三四十年前のまだ二十代に過ぎなかつた焚くの批評など、たとひ失言があつたとした所で、せいぜい軽く笑つて済まされるだけのことでせうから、差支ないではありませんか』と、主張される。（同前）

というものであった。金田一は正雄が基本的に修正も削除もしないということを知って不満だったが、それでも日記の公表によって被る被害者を最小限に食い止めようと苦心して厳選し、それを正雄に送った。しかし、公平を期して自分が関わっている部分は出来るだけ手を加えないようにつとめた。例えば啄木に誘われて浅草の塔下苑という娼婦の館に遊びに行く、というくだりは出来ることなら削除して欲しかったが我慢した。また啄木が金田一を女々しい男と評した部分も削除して欲しかったが見逃した。郁雨は先を読んでこの箇所には「削るか？」とメモを残してくれていたから、さすがだと金田一は感嘆した。結局、金田一が迷いながらも手を入れたのは二箇所だった。曰く「ローマ字日誌を書いてゐることは、同宿時代から知つてはいたが、こんなことを書いたのかと驚かれることがある。余りひどいし、今一箇所、生きて居る人に道徳的に迷惑になることがあつたので、今度この二箇所を、止むをえず伏せた。」（同前）とあるが、正雄は金田一の意向を無視して修正しなかった。

あらためて全ての日記を通読しての金田一は以下のように記している。

日誌を読んで始めて知つた食い違ひの一つ、それは啄木最後の上京、四月二十八日、私の下宿を訪れて、置いてくれないかと言ふからよろしいと承知をして、私は、もうその日から啄木を私の下宿の同居人にしてゐたのに、啄木日誌を見ると、五月四日の所に、宿を赤心館に、引越す旨書いてある。この日は、二階が空いたので、私の椅子・テーブルを持つて、二階へ引越した日なのである。同室にゐては、話しばかりして、お互ひ、仕事が出来ないからと言ふことで。／啄木は、同室に二人で暮らすことは思ひもよらず、同室に暮らした間は、たゞ私の客となつてゐたので、自分自身、まだ赤心館へ下宿した気持ちになつてゐはしなかつたことを、始めて知つたのである。／私の方は、同室ちつとも厭はなかつたので、啄木もそれを厭はずに、同室に下宿したものと、自分きりで考へてゐた。顔つき合せて同じに暮らしても、腹まで同

じではないものだ。（同前）

また啄木との交友についても金田一はいいことばかりではなく啄木〝晩年〟の関わりについて珍しく率直に述べている。珍しく、といったのは金田一は啄木に都合の悪いところは極力避けて、啄木の評判を落とすような言動は慎んでいたからである。次の一節もこのことを如実に表現した一文である。

日記で見ると、私なども、当時は今一歩といふ所まで踏み込んでゐて、危く無事に通つて来てゐる。啄木との私の交りを心配して、い丶加減に手を切るやうに忠告する人が、当時、ちよい〳〵あつた。私の郷里の家でさへさうだつた。併し私は、決して、堕落はしないからと答へて押し通したが、今日誌を読むとハラ〳〵する。浅草へ行つたり、吉原まで素見してゐる。郷里ばかりでなく、結婚してからの私の家庭も、時々啄木の手紙を持つて節子さんが二円、三円と借り行く（勿論返らなかつた）ものだから、乏しい私の家庭に取つて、石川家は、鬼門だつた。それに、家庭の経済生活の忙しさから、自然足が遠くなる一方だつたから、それが啄木の神経に、やはりピンと来たものらしくつて、四十四年の日記帳の「昨年の主な出来事」欄に「金田一君とも終に絶えた」と書いてゐた。当時も、その後も、私は、そんなことに気がつかずにゐた。

率直に言って金田一が啄木と疎遠になっていたことを「気がつか」なかったと言っているのは悪意のない虚言としか言いようがない。啄木の長男真一が一九一〇（明治四十三）年、十月二十七日、生後二十四日で急死する。この葬儀に喪服の借用を金田一にハガキで要請するが返事も出さず、金田一は葬式にも出ず、香典も送らなかった。また真一と入れ替わるように生まれた『一握の砂』の扉に「函館なる郁雨宮崎大四郎君　同国の友文学博士金田一京助君」と二人の名を掲げさらに「この集を両君に捧ぐ。予はすでに予のすべてを両君の前に示しつくしたるものの如し。従つて両君はここに歌はれたる歌の一一につきて最も多く知るの人なるを信ずればなり。」という真情の籠もった言葉を添えて献呈している。これに対して郁雨は地元の新聞に数十回にわたって「書評」を書いて礼をつくしたが、金田一はハガキ一枚も出さなかった。「気付かなかった」のではなく意図的に無視したのである。金田一が悪人というわけではない。お人好しで温和な金田一は妻静子との軋轢を避けたかったし、自分一人ならいざ知らず家庭を壊してまで啄木との絆を守ることはできなかったのである。
日記への金田一の想いは結びの言葉に端的に示されている。

あんな苛烈な運命のもとに、運命を呪わず、病苦・貧苦を超えて、新しい明日の理想を描いて、最後、眠くなつて寝に就くやうな静かな大往生をして行く永遠の青年の、生々しい記録 —啄木日誌の刊行は、さういふ意味から、永久に尊ばるべきものを、現代文献に一つあたらしく加へ得たと言つてよからうと信じるものである。

2 宮崎郁雨の回想

郁雨の立場は微妙だった。とりわけ妹の光子が吹聴した節子「不貞」の当事者が郁雨自身であり、また当時函館図書館長の職務に就いており、その立場からもこの問題は厄介だった。ただ、郁雨自身は「不貞」説は全くの濡れ衣であったから自分のことより別の人物に対する記述の方が心配であった。そこで彼は図書館の田畑孝三郎にも手伝ってもらい、その全部を複写し副本を作成した。郁雨はこの副本の文章に検討が必要と思われる箇所に（一）「×要削除」（二）「△要配慮」（三）「?·要検討」という三段階の郁雨の見解を付して正雄に渡した。結果的には人名三箇所と「ローマ字日記」のどぎつい描写が削除されたが、筑摩の『全集』では原本を写真に撮ったものを採用したので削除はなくなったとされている。

ここで少し横道に逸れるがこの機会を逃すと書き残すことが出来なくなるかも知れないので敢えてここで触れて置きたいことがある。郁雨と節子夫人への名誉挽回のためである。それは啄木の妹石川光子の節子夫人に対する「不貞」問題に関わるものである。既にこのことの取るに足らない光子の態度への見解は拙著『石川啄木という生き方』で述べているので、ここでは相変わらず依然として節子夫人にたいしてことさらに騒ぎ立てる人びとがおり、その姿勢について一言しておきたいのである。

所謂節子夫人の不倫説については西脇巽が否定論の先頭にたって奮闘する図になっている。委細は『啄木と雨情友情は不滅』（青森文学会　二〇〇五年）に譲るが、最近見過ごせない記事を目にした。

それは「啄木の魅力」とする座談会である。（『国文学解釈と鑑賞』二〇〇四年二月号）に司会（近藤典彦・群馬大学教授）井上ひさし（作家）平岡敏夫（筑波大学名誉教授）による鼎談だ。井上には『なき虫なまいき石川啄木』という戯曲があり多数の舞台で啄木を面白可笑しく描写している。なかでも節子が不倫を働いたと決めつけた演出をし、得意げだ。この脚本は文庫化され現在でもネットショップでも上位にランクされて広く流布され、不倫説に拍車をかけている。また近藤にしても平岡にしても啄木研究家として一応一家言ある人間たちだ。この三人が次のような会話を交わしているのだ。

井上　宮崎郁雨が時には節子さんと姦通したいという気も持ったでしょうし、いやいや、（節子は）自分の妻の姉ですから、そんなことをしたらたいへんな騒ぎになるしと、いつも揺れているひとですね。そしてついに、自分のサイン入りの写真を節子に送ってきた・・・。

平岡　例の「美瑛の野より」というラブレターですね。明治四十四年九月の。

井上　そうですね。それで節子さんは髪を切ったりしていますから、実際肉体交渉は無かったにしろ、意識としては姦通・・・。

近藤　夏目漱石「それから」の代助・三千代の関係みたいなものですか。

井上　そうですね。宮崎郁雨は天才のそばにいる平凡人ですから、つらいところもあったでしょうが、つい天才に引っ張られてしまう・・・。

平岡　郁雨にとっては、やはり「初めに節子ありき」で、節子さんがだめだからというので、啄木の妹の光子さんをまず最初、代替の女性と考え、その光子さんがダメなので、今度は節子さんの妹さん、ふき子さんでとうとう手を打った。『手を打った』というのはおかしいけれど（笑い）しかしそのふき子さんは、あの人もいろんなことを黙って、あの店屋《ママ》さんを郁雨に寄り添って頑張ってしまった。つまり、郁雨は節子さんが実は好きで、多分それは啄木の関係でそうなったかもしれないが、啄木の妻というのがかなり大きい存在としてあって、その代替物にされた人こそ大迷惑なんだけれども、それにじっと耐えて添い遂げてふき子さんが頑張ったということがありますね。

近藤　岩城先生のお話ですが、郁雨とふき夫人が岩城宅に見えたとき、ふきさんは話題が啄木のことになるとソッポを向いて一切会話に加わろうしなかったそうです。

平岡　私のほうからちょっと伺いたいんですが、近藤さんは大学で、学生と一緒にずっと『啄木演習』などをされてますが、「砂山」ですね。函館の砂山が巨大な砂山だったというようなことを、実証なさいましたが、あの「砂山」と、郁雨、節子さんの不倫問題なんかが、何かチラチラしてくるような、ある印象が残っているんですが、どうなんですか。（笑い）（中略）

近藤　吉野白村の奥さんが「節子さんがある時、夜遅くなっても帰って来ないので大騒ぎをしていたら、髪を振り乱してずいぶん遅くなってから帰って来た」というようなことを書いています。実際、私はあのあたりの砂浜を探偵よろしく歩いてみたことがあります。あの砂浜は、今とちがって、もっと大きかったし、人気もなかった。しかも、二人の家の裏にあるわけですから、その辺まで考えると、五分五分ではなくて、（笑い）もう少しあったのではないかというほうに近いです。

最初は、この座談会の出席者の名前と職業を出さずに一回読んでもらって、改めて氏名、職業を紹介することにしようかと考えたものである。これらの人々の品位ときたら呆れてものが言えない。卑しい笑い、小賢しい憶測と鼻持ちならない傲慢な姿勢、彼らに文芸を語る資格はない。

この話の中に郁雨の夫人ふき子夫人が岩城の家に行った時、啄木の話になるとソッポを向いたという話を不倫問題にむすびつけようとしているが、吉田孤羊が函館の郁雨の家を訪れた際にふき子夫人が一言も口を利かないので不審に思っていると郁雨が「この人はこういう性質の人ですから、吉田君悪くとらないで下さい、この人はこんな風に言葉がすくないから、一面僕が救われているのです。」（「啄木の面影を求めて」『啄木発見』前出）ふき子夫人が岩城宅で話さなかったのは意味あってのことではない。もともとが無口、含みのあろうはずがない。それが自然だったからである。近藤のこの言い方からすると岩城ともあろう人間までもがこの三人組と同列に並ぶことになってしまう。

この話はまだ続いているが馬鹿らしいのでこの辺で止めておこう。俗に蟹は己の甲羅に合わせて穴を掘る、というが彼等も蟹とたいして変わらないということと、作家にしても大学教授の品位にしてもこの程度なのか、と嘆息能わざるを得ない。ただ、最近はこのように啄木とその周辺を貶める手合いが発言力を持ち出しているのが気になって、また「石が浮かんで木の葉が沈む」の戦前の時代に逆戻りしてしまうのかという不安がよぎって仕方がない。この程度の例証で郁雨や節子の名誉挽回は無理だと思うが敢えて蟷螂の斧を下したゆえんである。

本題にもどろう。郁雨という人物は座談会の三人組から言わせれば「平凡人」であったが、常に落ち着いて物事に対して冷静沈着に対処した。浮ついて下品なはなしに相づちを打つことはなかった。おそらく郁雨が動転して頭をかきむしったのは留守を預かる函館で京子がジフテリアに罹り生死の境をさまよった時ぐらいであろう。もし万が一京子の身の上に何かが起こったら自分の責任だと徹夜でつきっきりで看病したのが郁雨だったのである。日記問題でも郁雨は感情的にならず冷静に客観的立場を保った。その考え方の一端は次の文章にもよく現れている。

> 啄木の日記に対する従来の私の考へ方は、曾て心友丸谷博士が岡田・宮崎両名に宛てた書簡中に述べられた公刊反対の意見と殆ど差異がなかつた。随つて啄木の名が漸く著聞するに伴れて、数回ならず出版同意の慫慂を受けたけれども、—而もそれが孰れも石川家とは直接の関聯なく企図されてゐた様に見えたので—私は頑固に其等との干繋を回避して来た。然るに出版問題を繞る煩累が其後一層繁くなつて来たので、私はそれに堪へられず、改めてそれを館へ寄贈して了ふことにことに決意した。その際、私は慎重を期して石川家の当主正雄氏の諒諾を得て置いたのである。尤も其時の岡田氏の説明に従へば、日記は勿論原稿・ノート及び啄木が私に宛てた書簡類など当時寄託して置いた一切が、法律的には既に自然に館の所有に移つて了つてゐるといふ事であつたが、それには係はりなく其節岡田・石川両氏に対して私の解明して置いたことは、私の寄贈は啄木の書いた日記の簿冊そのものに限られ、その中の記述乃至内容等に就ては何等関知しないといふ事である。これは、仮令それ等が公表を目的とした作品でないといふ事が確かであつても、若しそれに著作権又は出版権といふ様なものが付随する場合は、それが当然に啄木の継嗣たる石川家に帰属すべきだとする私の見解に基づいてゐた。（「啄木の日記と私（序に代へて）」『石川啄木日記』第一巻　世界評論社）

そして畏友岡田健蔵との関係は「啄木の日記に関連して発表された前館長岡田健蔵氏の所見なり所為なりは畢竟その立場に於ての氏独自のもので、私の考へ方とは或る点に於ては一致したが或る点では対立し若しくは対蹠した。私達は爾汝の友として相互の立場・性格・見解等の相違を夫夫に理解し尊重しては来たが、相互に抑塞もせず妥協もしなかった。」

郁雨の性格を陰とすれば岡田は陽であった。それでいて二人はウマがあった。意見や考え方が合わなくても、むしろ二人には好都合だった。計画の甘さや見通しの悪さをお互いに補い合えるからである。日記に関しても同様だった。郁雨は人目に立つことは嫌いだったが、岡田は行動派だった。図書館を守るために市議に立候補して二度当選した。岡田は郁雨に「おい、市長選に出ないか。手伝うぞ。」と誘ったことがある、すると郁雨は真顔で「君が手伝ってくれると却って票が減るからお断りだ。」と切り返した。

ある時、郁雨は館長職にあって、一度だけこんなことが頭をよぎったことがある。それは「私は今現に函館図書館の仕事に干興してゐるので、その立場から此度の日記編著の企画を成就せしめないための手段は必ずしも執り得ぬ訳でもない。然しそれを敢てすることは、私の心境に稽へて無意味でもあり又卑怯でもある。」と言って今後の自分の行動が日記を公平に扱い処置しなければなるまいと改めて身を引き締めたのだった。

そしてこの一連の日記問題に就いて、郁雨は次のように締めくくっている。郁雨の日記に対する最後に凝縮された見事な名文というべき総括となった。郁雨は戦前、軍役に服し、退役後は在郷軍事会の要職にあったとして「公職追放」に遭い不遇をかこつが、友人としての矜持を失わず啄木への一貫した厚い友情は今忘れられつつある日本人のあるべき姿を示すものとして、ここは原文通り引用してささやかながら深甚の敬意を表したい。郁雨は単なる軍人でなく現在日本人が失ってしまって保身と目先の利益に群がる卑しい利己主義者とは無縁の真の人間だったのだ。その彼を「平凡人」と決めつける貧しい人間こそ啄木が懸念した「時代閉塞の現状」を生み出しているのではなかろうか。

自ら焼棄すべきであつた彼の日記を其儘現世へ遺して逝つた啄木、焼けと言はれた遺志に悖つてそれを形見として贈つた節子さん、篋底深く私蔵すべきであつたそれを図書館に寄託して閲読の機縁を作つた私、見すべきでなかつたそれを特殊の人達に繙読させて不識不知の間に公開出版の輿論を培つた岡田氏。その何れもが夫夫に批判さるべき過誤を犯した事になるのであらう。私は然しそれ等の事態の奥底に絡はる、情理を超えた愛着の強さと人力を絶した運命の奇しさとに深く考へさせられる。凡常な運命論者でしかない私の此際執り得る唯一の処置は、如是転移して来た現実を唯素直に肯定する事だけである。

最後に私は、一個の人間としての極めて平凡な、然し乍ら衷心からの極めて真剣な願ひとして編著者に対して、苟も善意の第三者に迷惑を及ぼしたり不快を感じさせたりする様な記載に関しては、その取扱ひに十分の注意と慎重な考慮を払つて欲しいと言ふ年来の希望を申添へて置く。

V 石川正雄論

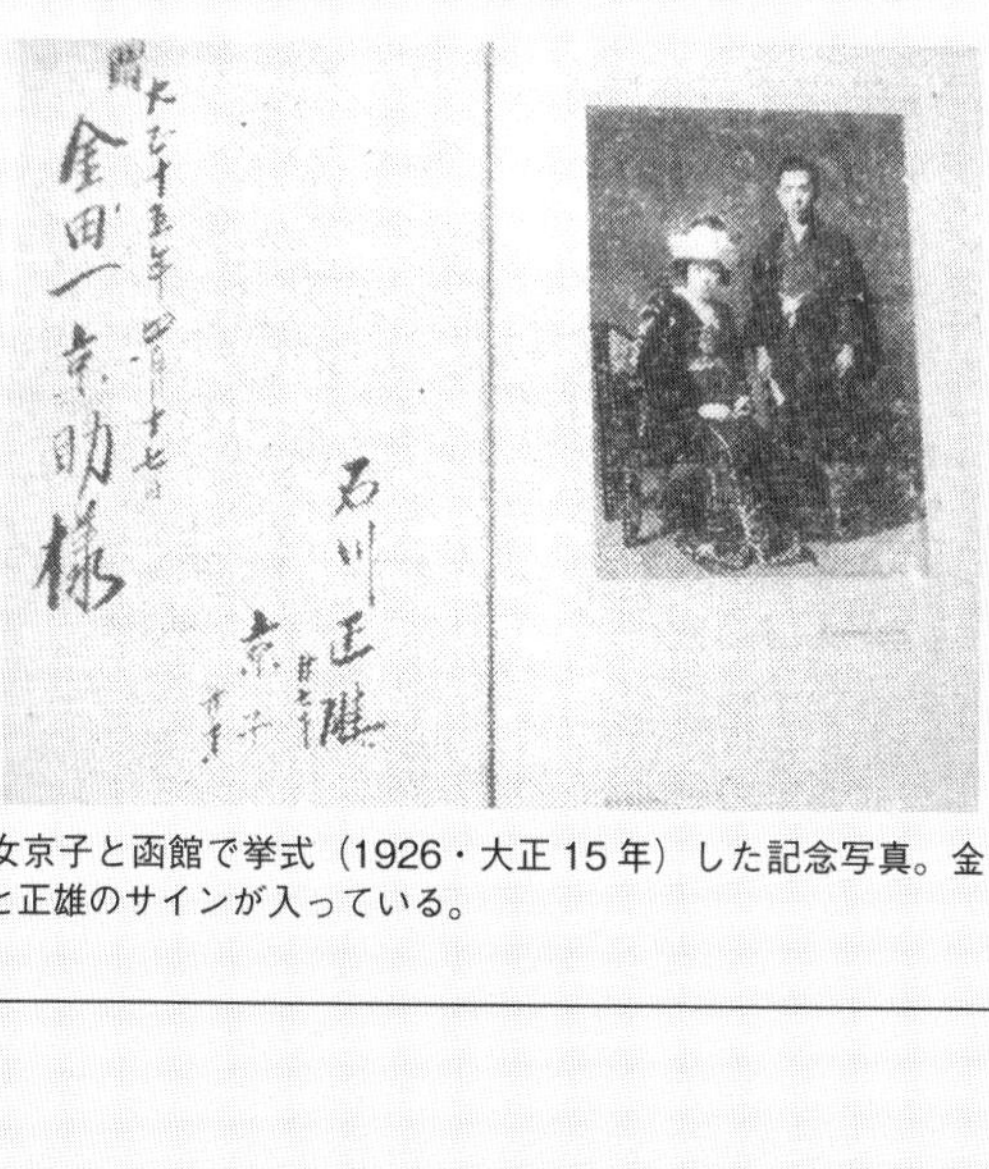

啄木の長女京子と函館で挙式（1926・大正 15 年）した記念写真。金田一京助宛に京子と正雄のサインが入っている。

一 石川正雄の行方

ともあれ『石川啄木日記』を世に送り出したのは啄木の後嗣石川正雄だということは厳然たる事実である。そしてこの日記の公開によって啄木研究は飛躍的に深化し、啄木文芸の評価を高め深めることが出来たのは石川正雄の決断なくしては起こりえなかったこともまた確かな事実である。

そこで本章ではその石川正雄に感謝と敬意を表しつつ氏の小伝ならぬ人物論を試みたいと思う。率直な話、本書執筆の際にはその構想に氏のことはそれほど割くつもりもなかったから必要な取材や資料の収集はほとんどして来なかったので、取り上げる材料に事欠いているのは正直に認めるが、かといってこの機会を逃せば石川正雄を語るチャンスは二度とやってこないとも限らない。そこで現在語りうる範囲でという条件付きながら氏の〝功罪〟を述べてみたい。

石川正雄が岩城之徳や宮本常一に比肩するとまでは言わないし思いもしないが、少なくとも氏のお陰で日記が公開されたということは氏の斯界における輝かしい貢献であり、それを正当に評価することなく、看過するのは非常識の誹りを免れず、石川正雄に対して無礼であるばかりか、少し強めて言えば啄木愛好家の沽券に関わる問題でもある。

ただ、如何せん啄木研究でも満足な成果を上げていない私ごとき人間がさらに誰も顧みようとしていない石川正雄を論ずるというのだから無謀な試みであることは百も承知だ。料理の世界を道楽から芸術の領域に高めたと言われる北大路魯山人は「料理人の腕がどんなに良くても食材が悪ければ絶対に美味しい料理は出来ない」と言った。その伝でいえば私の手元にいい素材は乏しい。その結果は大体見当がついているが、出来得る範囲で取り組んでみたい。

これまでのところ石川正雄についての経歴についてはあまり伝わって来ない。せいぜい岩城之徳が私家版で出した『補説石川啄木伝』（さるびあ出版一九八八年）の巻末に付した「啄木関係人物略伝」で十七行、や国際啄木会編『石川啄木事典』（おうふう　二〇〇一年）の「一般項目」で五行、司代隆三編『石川啄木事典』（明治書院一九七六　改定版）に至っては記載なし、という具合である。岩城之徳の記事も「昭和四年、演劇研究のため新聞社を辞してフランスに渡った。」と紹介しているが、後に述べるとおり演劇研究は口実でこの〝留学〟による収穫は皆無であった。帰国した正雄は演劇に関する原稿は一本も書いておらず、また演劇方面の関わりも持っていない。実はこの渡航費用についても種々言われているが、いずれも正確ではない。これは本稿で明らかにする。要するに正雄については「父啄木」の陰に隠れて注目も評価もされなかったというのが実態になっている。

況んや幼少期の辺りとなると皆目分からない。函館生まれということは分かっているが、系譜でたどれるのは丸谷喜市に実兄丸谷金次郎がいてその嫁が須見家の出自でこの嫁の弟が須見正雄だということ位である。この須見正雄と結婚したのが京子というわけで、丸谷喜市は石川家の姻戚となるから文字通り縁は異なものなのである。

そのような次第で話は正雄の出自と幼少年期を飛ばして、いきなり正雄の新聞記者時代から始めなければならない。

二　記者と演劇

1　京子との出会い

須見正雄（一九〇〇・明治三十三年二月二十六日―一九六八・昭和四十三年四月十九日）は、須見家の二男として函館に生まれ、函館毎日新聞を経て北海タイムス函館支局に移り、社会部で活躍した。一回目に渡道した吉田孤羊が正雄に初めて会ったのはこの時（一九二七・昭和二年である。その時の孤羊の回想を紹介しよう。同時に孤羊は図書館建設のために市議会に立候補して当選した岡田健蔵にも会っている。

岡田さんを訪ねたら、これから演説会に出かけるところだという、場所を聞くと蓬莱町だとのこと、その演説会というのは、舗装道路問題や電車賃値上げ問題！の市民大会だという。血の気の多い私は、一緒に連れてってくれと頼んだ。岡田さんは「君、つまらないよ」という。

私は「でも岡田さんの演説は後学のために一度だけでも聞きたいですよ」というと「君も案外人が悪い」と苦笑しながら、それでも満更でもない顔で承諾してくれた。／青柳町からまっすぐ公園を下って、会場だという蓬萊町の錦輝館の前にでたら、会場は警官達に包囲され、入場しそこねた市民は、会場前でがやがや騒いでいた。私は市会議員のバッジをつけた岡田さんの後ろについて歩くおかげで、どうやら弁士控室まで辿りつくことができた。やがて開会が宣せられた。会社の醜状を暴露して絶叫する左翼の弁士、それに呼応して聴衆の中からいきり立って反駁する、会社側の回し者らしい一杯機嫌の弥次連、十分二十分するうちに、場内は昂奮して熱苦しいような雰囲気に包まれてしまった。私は久しぶりで新聞記者時代の昔にかえったような気分になって、狂燥化してゆく会場に心を奪われていた。そこへ、小柄な色の浅黒い、オール・バックの記者らしい青年が入ってきた。すると、椅子にかけて出演を待っていた岡田さんが、ひょいと立ってきて、／「吉田君、この人が石川正雄君だ。」／と紹介してくれた。（中略）石川君はその日、函館毎日新聞の記者として、この大会の取材に現れたのであった。私は今夜訪問するつもりだというと、ぼく迎えに行きますよ、と一見旧知の如しである。（「京子さんの思い出」『啄木発見』前出）

正雄はどちらかというと神経が細く、取っつきにくい性格で初対面の人間には警戒した筈であるから孤羊のこの出会いの場面は少し差し引いて読む必要がある。というのも孤羊の記述は日記漏洩や公刊問題でみてきたように作為が目立ち正直さに欠ける傾向があるからだ。啄木の場合もそうだが写真でみると孤羊も柔和で温厚で美男子に属するから一見すると狡猾さや策謀とは縁がないようなその風貌に騙されてしまう場合がある。この時期は孤羊が改造社の意向を受けて函館図書館蔵の「啄木日記」の感触を打診する旅でもあり、いずれ正雄にはいろいろと便宜を計ってもらう意図があったからいい心証を持ってもらう必要があった。「一見旧知の如し」はそういう背景があっての表現なのである。

函館はまた当時、演劇も盛んであった。とりわけ市内の演劇好きの新聞記者たちで作った「素劇会」には竹内清（「露語新聞」）、阿部正雄（「函館新聞」後に久生十蘭の名で戯曲作家として活躍）、高橋掬太郎（「函館毎日新聞」後に「酒は涙か溜息か」などを作詩、空前の大ヒットとなる。）常野知哉（「北海タイムス」）行友正一（「毎日新聞」）ら錚々たるメンバーが集まっていた。この中にいたのが須見正雄だった。

　この第一回公演が一九二五（大正十四）年十二月の暮れに市内の錦座で行われた。出し物はロシアの作家エゥレェノフの「道化の死」、チエホフの「熊」、菊池寛「父帰る」そして有島武郎の「ドモ又の死」という欲張った演目が並んだ。この舞台で須見正雄は「熊」では老僕、「父帰る」では父を、「ドモ又の死」ではドモ又という主役をつとめた。ということは須見正雄は舞台俳優として有望な劇団員だったということを意味している。しかもバックには久生十蘭、高橋掬太郎といった大物作家が控えていたのだから、このままで行くと須見正雄は俳優としての将来を約束されたも同然だった。おそらく須見正雄はいずれは新聞記者に見切りをつけて舞台俳優として立っていこうと考えていたのかも知れない。

　ところが運命の女神はこの青年役者にまだ二十才にならない若き乙女を送った。函館遺愛学園三年に在籍していた石川京子である。京子は友人たちとこの公演を見に行って老僕やドモ又役をやった俳優に一目惚れしてしまった。この舞台に端役で出演していた常野知哉は遺愛学園で京子と同じクラスの某女と恋仲になっていた。芝居がはねた後、彼女は京子を誘って舞台裏へボーイフレンド常野知哉に引き合わせた。するとその横に今見て感動した役者が無愛想に座っていた。目があった京子が深々と頭を下げると役者は照れながら頭をかいて挨拶を返した。

　これをきっかけに二人はデートを重ね、既に述べたように祖父堀合忠操を困惑させるわけである。この恋愛はいつも京子がリードしていたらしい。というのは新聞社の玄関に迎えに行ったり、電話をしょっちゅうかけるのは京子の方で、当時は男女がいかに仲がよくても昼日中《ひるひなか》手をつないで歩くというのは顰蹙をかったものだが京子はそんなことにはお構いなし堂々と手をくんで大通りを歩いた。

　須見正雄は相手の京子が有名な石川啄木の娘であるとは最初は知らなかった。そのことを知ったのは常野知哉の口からである。最初は尻込みしたが、常野から「好きになったんだから相手が誰だろうと自分に正直になればいい」といわれ、恋仲になって結婚を考えるが、この段階では石川家を嗣ぐことだけは避けたいと考えていた。常野知哉もこの間の事情を次のように語っている。

　啄木の娘と結婚するのは良いが、石川の姓は名乗りたくないと正雄君はいっておりました。啄木の後継者という形でいたら一生うだつがあがらないというわけで皆も反対しまして、私が代表で祖父（節子夫人のお父さん）の堀合さんのところに話合いに行ったのです。ところが、京ちゃんが二階にいたので、正雄君も二階に上ってこの事を京ちゃんに 話をしていたのですが、暫くして降りて来て、とうとう京ちゃんに負け石川姓を名乗る事にして了ったというわけなのです。(「啄木の愛娘京ちゃんのこと」『回想の石川啄木』 前出)

この話が本当なら須見は時間にして数分で京子に陥落させられ、石川を名乗る約束をしたことになる。いかに京子が主導権を握っていたか、換言すれば須見はこの段階で既に石川家に組み伏せられたも同然だったということになる。

京子は遺愛学園を四年目で退学、翌一九二六(大正十五)年四月十七日、函館で結婚式をあげた。両親も結婚は早かったが、京子も親に倣っての早婚だった。宮崎郁雨がいみじくも二組とも「恋愛一家」といったのは正しい。この時、丸谷喜市から祝意の手紙があったかどうかは分からない。しかし、石川家の姻戚になった丸谷がこの年九月に二度にわたって函館図書館長岡田健蔵に啄木の日記を京子に返却すべきだと元来の主張を翻意する手紙を書いたのは二人の結婚を考えてみれば符牒が合う。

また結婚後、つまり一九二七(昭和二)年には改造社は新潮社から『啄木全集　全三巻』の版権を買い取り正雄に多額の版権料が入る。思いがけない大金を手にした正雄は好きな演劇の研究のためパリに遊学したということが定説になっている。この為、舞台俳優として独り立ちするための留学という誤った説が流布されたのはあながち的外れだったとはいえない。

2 正雄の失職

しかし実情は少し違っている。これには当時、正雄に起こった一つの事情が絡んでいる。それは珍しく正雄が自伝風に書いた一文に残されている。

商人になるべく親も願ひ、育てられた私は、商人になる代り新聞記者になつた。兎もすれば空想と現実の見境ひを失ひがちな文学青年は、新聞記者と云ふ地位にすつかり有頂天になつて、朝夕を送つた。入社後間もなく一つの特種をとつた。だが、それは社の重役関係の会社の内幕だつた。結局矢張りその関係を知らずに二段抜きで取扱つた社会部長が、お叱りを蒙つた。私の幼い正義感は、そこで反逆の焔を知つた。が、意気地なく人一倍弱気な私は、徒らに社会部長と只二人ある料亭の一室で憤懣を酒に流した。それからの私は要領のい丶新聞記者になつた。腕もないくせに、新聞記者らしく振舞ふことで、段々記者としての地位を得ることが出来た。酒の味を覚へた。しかし一人で道楽するほどの元気のない消極的な男であつた。—この消極性は生れ付きで、どれほど今日まで禍したか知れない—その小さい田舎新聞から、間もなく地方として有数な新聞社の支局に買はれた。そこでも極めて要領のいゝ新聞記者だつた。どうやら走る筆が役に立つて、材料のない時には、季節を当て込んだ閑文字を、巧みに作り上げた。だが、支局長と云ふのは、田舎によくある型の、煮ても焼いても食へない代物だつた。私の正義感はこゝでも燃え上つた。が、強引で推しの太い支局長のために、私の消極性！意気地なさから、そんなものはいつも中途で鎮火を余儀なくされた。一つは給料がどうやら—と云つて田舎で独り身の私にとつて—要求を満し得る程度であつたからだ。／文学青年！新聞記者！何と云ふ理想的な生活であつたらう。時たまの憤懣は酒に消された。若い連中の仲でもどうやら存在を認められた。思ひ上つた私達！は、詰らない同人雑誌を出した。—穴あらば這入りたき思ひ出だ。—アマチュア劇団の出演で、ヌケ〳〵と劇場の舞台にたつた。（「歩いて来た道」『呼子と口笛』第一巻第二号　昭和五年九月号　傍点原文）

正雄が最初に勤めた新聞社は「函館毎日新聞」で二度目は「北海タイムス」である。また、意外だったのは「同人雑誌」を出していたことで、これは初耳だった。しかし資料が残っていないところからすると一号雑誌だった可能性がある。劇団での活躍については既に述べた通りである。ここで正雄は謙遜して「存在を認められた」と述べているが、これは事実だったようだ。実際にこの後、正雄には札幌の「北海タイムス」本社転勤の話が出ている。最もこれは　支局長の横やりで破談になっている。この支局長は正雄に云わせると小賢しい俗物で、そういう人間に仕えることに嫌悪感を抱いていた。その支局長をめぐる正雄の記憶はこうである。

私は、あの××《ママ》な支局長のもとにゐるのが堪らなくなつた。私自身いつか悪の華になつて行くやうな悪寒を覚へた。それに聊か神経衰弱気味もあつた。そればかりでなく、東京のある新聞でこの地方一帯の支局長と内々話があつて、私がこの土地で通信をする相談が、半ばまとまりかけてゐたので、いゝ機会に不愉快な支局長のもとから身を退いた。その後東京新聞の支局長からは何の話もなかつた。聞くところによれば、今までの支局長がそれとなく横槍を入れたと云ふが、しかしそんな事はもうどうでもいゝことだ。（同前）

そして結局、正雄は宙に浮いたかたちになり失職してしまう。ただ、この時は改造社から例の版権買い取りの大金が正雄の懐に入っていたから生活の心配はなかった。しかし、結婚以来、日に日に正雄に対する世間の目は厳しくなり、二人が連れだって歩くと街の人びとの冷たい態度が伝わって来て、また好奇心から注ぐ人びとの視線に戸惑わなければならない重圧がかかりだしていた。支局長の横槍もこの重圧とは無縁でなかった。このまま函館にいてもしょうがないから、ともかく函館を出よう、と二人は決心した。こういう場合の最も有力地といえば誰が考えても東京であろう。しかし正雄は全く違った〝脱出先〟を考えていたのである。

ところが堀合の祖父や私の母が、そんな気配を感じたらしく、ことに母はあの弱い京子を連れて、見知らぬ土地での生活など、くろうするばかり、やはり身寄りが傍にいる函館が一番いいと、それとなく京子に言い聞かせるのでした。母としては、京子のからだを心配してくれたのですが、こうなるとこれらの身寄りから、どうしてうまく離れたらいいかは、問題でした。／考えあぐねた末思いついたのが、私がしばらく国を離れ、帰国をきっかけに上京しようということであつた。こうして立てた計画が支那行きです。もちろん目的は勉強ではないが、同じ行くなら将来少しでも役立ちそうなとこ。支那はいつの場合でも日本にとって重要な国ですし、それに渡航も比較的やさしいし、旅費もそれほどかゝるまい。先ず七八百円で半年位の予定（「思ひ出による再校正《ママ》（四）」『海峡』六十号　一九五九・昭和三十四年十二月号）

しかし、この論理には明らかに飛躍があり、説得力がまるでない。正雄が単身で「国を離れ」その「帰国をきっかけに上京しよう」というのは、あまりにも滑稽で幼稚な計画というしかない。このような姑息な手段を弄せずとも思慮深い堀合忠操は正雄や京子の決心に反対するわけはなく、むしろ単独で支那に渡るという危険性の方が心配だった。やはり、これは最初に版権料ありきで、これを正雄が〝海外〟渡航の口実に使ったとしか思えない。「同じ行くなら将来少しでも役立ちそうなとこ」として「支那」をあげている。しかし、本当のところは「支那」ではなくロシアであった。

正雄が何時の頃から社会主義思想に接近したのか明らかではないが、函館の「素劇会」に出入りする前後であることは間違いなさそうである。演劇での公演目録には必ずロシア作家の作品が入っており、ソビエト革命の〝成功〟は彼等に大いなる希望を抱かせていたからである。正雄は演劇を通してロシア革命から学ぶべき進路を求めようとしていたのではあるまいか。しかし、その事は既に公然と口に出来る社会環境ではなくなりつつあった。

3『留学』の実態

最初の計画は「支那」で、上京するための戦略が目的だった。それがどうして百八十度違うパリになったのか。当時はヨーロッパに渡るには二通りのルートがあり、第一は船旅で横浜―香港―喜望峰を経由する海上ルート、二つ目は鉄道で一旦上海に渡りシベリア鉄道で―モスクワの陸路ルートであった。経済的にゆとりのある場合は海上ルート、そうでない場合は陸路ルートが選ばれた。与謝野晶子は夫の鉄幹を追って陸路パリに向かっている。ロシア贔屓の正雄は一目でも革命の大地モスクワを見ておきたかったのだろう。陸路でパリへ向かった。その経緯を話す前にまずパリでの生活の感想をのぞいて見る必要がある。

巴里で私は何を見、何を考へたか?古い文明の残骸と、我々に縁遠い芸術の堆積。現実の生活から逃避せる各国のインテリ・ルムペン。没落に瀕せるヨーロッパ。それらは私に何を語つたか?私は慄然とした。それらのすべてが私の心身に根強く巣くつてゐたではないか。私はそのときはつきり日本を見た。巴里で約半年の貧乏生活の後、私は一切の過去と、私を巴里まで引つ張つた男と巴里の空に埋めて欧亜連絡三等社内の堅い座席に腰を落した。それからシベリヤを露西亜人と共に愉快に通過した。二月のシベリアは霽れてゐた。私は、そんな事を何時かゆつくり書いて見たいと思つてゐる。(「歩いて来た道」『呼子と口笛』同前)

ここで語られているパリでの印象はともかくとして、見逃せないのが「巴里まで引っ張った男」という記述である。正雄の友人関係でいえば函館の「素劇会」のメンバーの誰かか、あと残るのは急接近してきた吉田孤羊ぐらいだろう。私はどうも前後の状況から孤羊が一枚噛んでいたのではないかと疑がっていた。

もうすこし、この男の話を続けよう。巴里でのホテル暮らしについての回想のなかで別の原稿では、そこに「T」なる人物が登場している。その部分を読んで頂こう。

妻から送られて来る、ギリ〳〵の旅費を待つてゐた。一のパンと一杯のキヤツフエに腹を満し、書留の来るのを日がな一日貧乏なホテルに暮らした。そのホテルとは名ばかりで、場所は南の墓地の裏手にあたり、室だけを貸してくれる貸しやに過ぎない。その五階・・・日本流の六階・・・の一室。窓からは墓地を越してパンテオンが望まれた。そこでTと自炊をしてゐたのだ。かうして待つとなると、金はなし毎日同じ本を何べんも読み返したり、郷里の新聞へ通信を書いたり、そして夜になると、室内のこもつた空気で、ボーッとなった頭を冷すため、十分位で歩いてゆけるモン・パルナスを散歩した。(「巴里の乞食」『呼子と口笛』第一巻第三号　一九三〇・昭和五年十月号　傍点原文)

ここではパリでの日常がやや具体的に描かれているが、注目したいのは「Tと自炊」云々というくだりである。

日本人のパリ留学といえば画家や文人たちが愛人を伴っての逃避行に利用されるケースが多いと言われる。しかし、この文脈から推測すると「T」は女性ではないようだ。正雄は啄木と違って恋多き男ではない。親友の常野知哉は正雄のことを「れっきとしたピュリータンだ」と物足りなそうに語っているから女性問題は完全にクリアだ。

女性問題といえば、こんなことがあった。それは菊地寛とか久米正雄の秘書をしていると自称している男から京子宛のラブレターが届くということがあり、これを知った新聞仲間が怒って男を東京から函館まで呼び出し拳骨で制裁し撃退したという〝事件〟が起こったことがある。この時はご丁寧に常野らが京子の筆跡を真似て偽の返事を東京の男に出して函館埠頭に誘い出しての〝狼藉〟だったというから微笑ましい。その狼藉者の一人に「竹内清」の名を常野が挙げているのである。(「啄木の愛娘京ちゃんのこと」『回想の石川啄木』前出)竹内は地元で出している「露語新聞」の記者で社会主義国ロシアに共鳴する人物である。竹内清はまた「素劇会」のメンバーで正雄とは昵懇の仲である。ひょっとして「T」はこの竹内ではないかと当たりをつけて探していると少し時間はかかったがその〝確証〟を見つけることが出来た。正雄の親友、常野知哉の証言である。

新興ロシアに進まうとして、旅券問題に官憲の強硬な態度を、察知した君が、動きつゝある支那に遊ぶ事を決意した時、お京さんは喜んで賛成した、そして留守に後顧の憂ひなからしむる事を、君の前に誓ひ、君の進出に歓喜した。／更らに此の進出は、どうせ行くのなら、劇研究にパリへ行くと言ふ、君の決意と変つて、遂ひに君は、仲間の竹内を伴つて、我々の貧しいテーブルではあつたが、心からの送別会に、竹内と共に、道といふ道はローマに通ずれば、ドンキホーテよ出鱈目に行かうの辞を残して巴里に行つたのだつた。（「あのころ・・・あれから」『呼子と口笛』第二巻第二号　一九三一・昭和六年二月号）

常野のこの一文は貴重な事柄を裏付けてくれる。第一は最初の目的地はロシア、つまり社会主義国だったということ、このことは正雄が明確な社会主義志向を持っていたということを示すものであり、演劇研究は二の次で、単なる口実だったという事である。第二は病弱の京子が賛同した、ということである。私は病弱を理由に反対していたと思っていた。そして第三は「引っ張り出した男」が竹内清と判明したということである。竹内は正雄の帰国後もパリに残り、浪々の生活を続けていた。というのはパリから『呼子と口笛』に京子の思い出を寄稿しているからである。その一節である。

ハルピンから帰つて、淋しがつてゐた私を、温く懐いて呉れたのが、あなた方の家庭だつた。垢じみて荒んでさへゐた私は、港のない漂泊者として、度々出かけて行つたが、何時も愉快に、明かるい気持で帰つて来たのを忘れはしない。／殊に夫君、石川正雄と此方へ来る年には、細々とやつてゐた露語新聞が上手く行かなかつたり、特高に苛められたりして、悶々としてゐた頃、私を慰めて呉れたのもあなただつた。度々行くうちに肉親のやうな親しみが出て、弟達まで連れて、夜通し遊んだり、はては無遠慮に泊り込みさへしたものだ。（『モンナミお京ちゃん』『呼子と口笛』第二巻第五号　一九三一・昭和六年五月号）

これは京子の亡くなった事を知った竹内が追悼した一文であるが、中に「特高に苛められた」という言葉があるが、××と伏せ字になっていないのはまだ言論統制が緩やかだった証拠で、この一九三一（昭和六）年、満州事変が勃発するあたりから言論は「統制」どころか「弾圧」というレベルに高まってゆく。一世を風靡した改造社が容赦のない弾圧を受けるのはこれから間もなくである。

竹内の「留学」は特に経済的に厳しいものだったようで「私は昨年のちょうど今頃、食べる物もなくなり、寝る家もなくつて、他人の軒下を乞ふて歩いた時、生まれて始めて死にたくないと思つた。何時死んでもいいなんて大きな嘘を吐いてゐた私は、なんて恥知らずな大馬鹿者であつたろう。」竹内が何時そして無事帰国したのか分からない。竹内は函館桟橋から正雄と出国する時、京子から「父さん帰してね」と言われた言葉を忘れなかった。正雄は「おれには京子さんとの約束がある。お前が無事帰国するまでおれはここに止まる」という竹内の言葉をかみしめていた。

三『呼子と口笛』

1 上京

日本に戻った正雄は吉田孤羊の出迎えをうけて東京駅におりたった。心なしかどこか生彩にかけているように写った。一目見て孤羊は留学があまり実らなかったことを察した。二人は今後のことも含めて話合い、取り敢えず出来るだけ函館から早く上京するということで意見が一致した。

石川君がフランスから帰ったのは昭和五年の三月十日、東京駅に家内と二人で出迎えたのは夜八時四十五分の急行だった。それから一週間ばかり私のところに泊まってもらい、いろいろ将来の生活設計について相談した。料理のことにくわしい石川君は、東京のどこかで喫茶店を開きたいという希望を打ち明けてくれたが、私は頭から賛成しかねた。口にこそ出さなかったが、何となく「啄木の娘」を看板にするような印象を、第三者に与えはしないかという懸念を、感じたからであった。私は私で多年心がけていた啄木研究誌を、二人で出そうじゃないかと持ちかけた。(「啄木をめぐる人びと」『啄木発見』前出)

ここで要点は二つある。一つは正雄が東京で喫茶店をやろうと言ったこと、もう一つは啄木研究誌を二人でやることを正雄が納得したということである。前者についてはあまり意外でもない。というのはモンパルナス周辺に集う観光客は喫茶店でゆったりとした優雅な時間を楽しんでいる。それは正雄にとっては一場の舞台をみているような光景だったはず。東京の一角であんな店を出すのも悪くないと考えての思いつきだったのだと思う。そういえば土岐哀果は新聞社を辞めてパン屋になろうと真面目に考えたことがある。妙な一致だ。

もう一つの研究誌のことだが、正雄はこの話にはあまり賛成でなかったようだ。「説得」というのは説き伏せるということだから、この段階では不承不承の納得だったと思われる。何故かというと「二人」つまり孤羊と一緒の共同作業になるからである。新聞記者時代、相性の悪い人物と一緒に仕事をして何度も火傷をしている。どうせやるなら一人で自由にやりたいという思いを捨てきれないでいたはずであろうから、ここは孤羊の勇み足といってよい。

帰国後の正雄の行動は素早かった。親戚身内を十分説得するために海外脱出まで〝演出〟しておきながら帰国するや文字通り脱兎の如く家をたたんで一家が上京するのはこの約一ヶ月後である。

四月二十七日には正雄一家は上野駅に着いている。この時は京子の妹も一緒だった。房江は身体の不調が続いていて函館でも病院に通っていたが東京の方がいい治療を受けられるというので同道したのである。診察して貰うと函館では肋膜炎と言われていたが、東京では「肺結核第二期」ということで心配して一緒についてきた堀合忠操は心の中で「またもこの病魔!」と絶句した。

上京後、孤羊夫妻の案内で目黒に土岐哀果家を訪問、留学を知らなかった哀果は正雄の音信不通を訝っていたが「よく来てくれた」と歓迎した。この時の光景を孤羊が残している。

土岐先生にとっては、啄木の亡くなった直後、房州に引き揚げる節子さんを送って以来のことだから、ざっと二十年ぶりの対面だったのである。二人の子供の母親となった京子さんを眺める土岐さんの面持は、さすが感慨無量のようであった。/土岐さんの庭は緑の斜面になっている。その庭で、喜んで飛び回る晴子ちゃんや玲坊を、

土岐さんはパチパチ、カメラにおさめてくれた。（同前）

正雄が「玲児の名は実はレーニンから取ったんですよ」と言うと哀果は「そうか、君もなかなかやるねぇ」と愉快そうに笑った。そして十七日には杉並の金田一家を訪れ、滅多に客に顔をみせない静江夫人がこのときばかりは一緒に楽しく時を過ごした。

喫茶店の話は京子が虚弱で店に出るのは無理だったのであきらめたが、これからの生活設計は避けて通れない問題だった。あれこれ考えて正雄は啄木と正面から立ち向かって行く決意を固めた。それまでは啄木をまともに見つめるということは意識的に避けて、その重圧から逃れるために遊学をもしたが、その間に石川姓を名乗る限りこれから逃れることは出来ないと悟ったのであろう。この意味で言えば遊学はマイナスばかりではなく新たな決心をする契機になったと言えよう。

2 文芸誌『呼子と口笛』の創刊

啄木の影から抜け出すためには啄木の思想をこえなければならないと考えた正雄は「父」啄木が構想した『呼子と口笛』を興そうと考えた。これは啄木が自筆の表紙カットをつけるなど力を傾注した作品である。

「はてしなき議論の後」から「飛行機」に至る八編の詩に掲げた啄木晩年の作品にヒントを得てその精神を根幹にした文芸誌を発行しようとした。誌名を『呼子と口笛』とすることに一切の躊躇はなかった。土岐は啄木との約束を果たそうとして『生活と芸術』という文芸誌（大正二年九月―五年六月）を出していた。啄木が命を削って出そうとした『樹木と果実』の仕事と精神を引き継ぐことこそ自分に課された歴史的使命だと考えると、久々に内面から熱いものがこみ上げるような気がした。京子も大賛成であった。これで啄木の影から抜け出せると考えたに違いない。

先ず、取り組んだのが『樹木と果実』の刊行目的である。啄木と哀果が目指したもの、これを再認識しなければ出発の意味がない。正雄は思わず「だから日記は公刊されなければ意味がないんだ！」と心のうちで叫んだ。啄木が必死で出そうとした意図や目的、構想などは必ず日記に書かれていると正雄は確信していた。

日記は読めなかったが啄木の書簡は既に発表されていたから、正雄はこれによって自分が引き継ぐ新しい雑誌の目的と構想を熟慮したはずである。しかし、なぜか創刊号にはその記事が見当たらない。

『呼子と口笛』創刊号は一九三〇（昭和五）年九月一日に

出た。A5版七十七ページ、定価三十銭、編集兼発行人石川正雄、発行所「呼子と口笛社」、発行部数は分からないが恐らく三百から五百部前後と思われる。ちなみに創刊号の目次は次のようになっている。

普通、創刊号といえば刊行の目的を高らかに掲げるものだが、この号ではそれらしきものは一切見当たらない。編集後記すらないのだから、ちょっと不思議というか不可解だ。その代わりというか「読者諸氏へ」という小さい記事があり、

炎熱と経済面とに打ち闘つて、本紙も兎に角スタートを切る事が出来た。この上は中途で落伍する事のないやうに、唯、全力を尽くすばかりであるが、しかしそれは一にかゝつて読者の後援支援に俟たなければならない。その後援支援によつて、本誌の内容も自然豊かにする事が出来、更に読者自身の『呼子と口笛』たらしむる事ができるのである。この意味で本誌の基礎を鞏固ならしめるため、この際挙つて直接購読者として後賛助あらん事を切望する。且、知友諸氏に対しても出来得るだけ勧誘の上、本誌の成長に対して御助力せられん事を、熱望に堪へない。（※全文）

と述べている。これは編集当初から掲載することになっていたのではなくページの埋め合わせ、つまり埋め草として急遽書かれた文章である。それにしても創刊号から「経済難」、「落伍」、「後援支援」「勧誘」などと読者に負担や購読を強いている印象を与えるのは、如何なものかと、先行きが不安になってしまう。編集者としてもその腕前が気になるところではある。

ただ、編集体制として初めは共同でやろうと言っていた吉田孤羊が名を連ねていないのは次の三つの事情に依っている。一つは孤羊が改造社から出す『現代短歌全集』を任

されていて『呼子と口笛』に割く時間はなかったからである。二つ目はカネの問題が絡んでいる。吉田孤羊は『全集』編集で改造社に大儲けさせたが、実は彼の懐にはボーナスは一銭も入らず、手にするのは月々決まった給料のみだった。入社契約では好きな地に取材出張させることという一項が入っていたが関東関西の出張で二百円請求したところ半額しか認められなかった。したがって吉田孤羊の経済的身分はサラリーマンと変わらず月額五十円程度の給料では独立雑誌経営者に名を連ねることなど到底不可能だった。さらにもう一つは、編集方針の違いである。この頃、啄木日記に対する扱い方をめぐって二人の間にすきま風が吹いていたことである。正雄は社会主義実現の為の一手段としての思想誌を主張した。孤羊は「それは危険だ。文芸路線を継承した方がいい」と主張した。この状態では編集に混乱が生ずる可能性があると考えた正雄は孤羊に「君も忙しいから編集は僕が責任を持つ。時々短歌の選をやってくれればいいよ」といって体よく〝追放〟した、という訳である。

3 京子の死

創刊された『呼子と口笛』の読者はあまり増えず、最初から低空飛行で、毎号のように編集長の檄が飛んだ。時に読者への〝叱責〟と思えるような雄叫びすら聞こえるようだった。そんな状況が続いているなかで大事件が起こった。それは『呼子と口笛』の〝副編集長〟と言われた正雄の片腕、妻の京子が急死したのである。もともと病弱な体質で油断できなかったが『呼子と口笛』は父啄木への最高の餞になると張り切って編集・発行のすべてを手伝った。その京子が一寸した風邪から急性肺炎に罹り一九三〇（昭和五）年十二月六日に亡くなった。まだ二十四歳の若さであった。悲劇はこれで収まらなかった。一緒に上京し茅ヶ崎で療養中であった妹房江が同年十二月十九日、京子の後を追うようにして亡くなった、まだ十八歳だった。

『呼子と口笛』（第二巻第一号　一九三一・昭和六年新年号）は「石川京子追悼号」として大特集を組んだ。目次を見ればほとんど京子追悼でそれ以外は土岐善麿選の「短歌」のみという思い切った編集だ。

京子の歌……………………………石川京子
家庭日記（昭和五年の日記より）…………石川京子
〈臨終記〉
骨を抱いて……………………石川正雄
十時八分！……………………吉田孤羊
京子夫人の臨終………………………吉田道子

長々と紹介したのは、もうお分かりの事と思うが、これは公私混同というべきではないか、ということである。『呼子と口笛』という雑誌は石川正雄の単なる個人誌ではなかったはずである。れっきとした公的な出版物だ。それがこの構成をみると啄木の研究誌を目的に掲げた初志とは全くかけ離れて私物化したものとしか思えない。正雄が京子を心より愛し、慈しんでいること、またこの雑誌発行に京子がいかに尽力したかは理解できるとしても、そのことをこれほど誇大に強調する必要があったのだろうか。その上、多忙とは言え見出しに何の工夫もなく、小学校の同窓会誌でもこんな稚拙な見出しはつけないであろう。おそらく多くの読者はこの正雄の編集姿勢に疑問をもち失望し、離れていく契機になったのではあるまいか。それでなくとも毎号の正雄のヒステリックな〝大号令〟に読者は辟易したのではないか、と思えるのである。

ただ、この号は吉田孤羊が編集している。というのは正雄は京子と房江の死を目の当たりにして呆然自失の体であった。その痛手を見かねて「今度の編集は僕に任せてくれ。君は京子さんの思い出をしっかり残す原稿を書くだけでいい。あとは僕がやるから」と言ったのであろう。署名はないが次の「編集後記」を読めば瞭然である。

啄木の二人きりの遺児、そして本誌の主催者である長女京子さんが十二月六日に急性肺炎で長逝されてまだ涙の乾かぬ二週間目の十九日に、二女房江さんが茅ヶ崎の病院で亡くなられた。なんたる不幸！吾等同人はその哀悼の言辞を失つてしまつた。この本誌にとつては決定的打撃であることは否めない。然し、僕らは啄木の遺志その愛嬢の遺言を飽くまで守つて本誌の使命を遂げなくてはならぬ。大方読者諸君の理解ある同情を期待してやまない。／本号は全誌をあげて啄木二人の愛嬢の追悼号とした。二月号からは従来通りの、否々従来の二倍も三倍もの実のある雑誌を作るべく同人一同涙をぬぐういとまもなく奔走してゐる。

ちなみに本号に収録されている吉田道子なる「京子夫人の臨終」は孤羊夫人である。内容は孤羊の「十時八分」とほとんど同じで別の編集者であればボツにされた可能性がある。おそらくこれは正雄の「留守」の合間に喜怒哀楽を共にした妻への特別プレゼントだったのだろう。

この後も『呼子と口笛』は刊行を継続されたが、ついに十四号（一九三一・昭和六年九月号）で終刊となった。京子の死も痛かったが最大の原因は読者の激減だった。また、軍国主義の横行と社会主義思想への弾圧が、労働者階級にてこ入れをする同誌の編集方針に危惧を抱き、次第に読者を遠のけた原因の一つになったと考えられる。なにしろ時代は啄木の予言通り「時代閉塞」のまっただ中に突入していた。

4 終刊

創刊の時は沈黙してこの雑誌の目的を宣明しなかったが、閉刊を迎えると俄然饒舌になって正雄は思いの丈をはき出した。それは「終刊の言葉」と「一年二ヶ月」という正雄の署名記事である。終刊号は四十八ページで構成されているが正雄はこのうち一人で八頁も使っている。ここでは先ず正雄の手になる「終刊の言葉」を少し長いが全文を紹介する事としよう。

本号を以て終刊号とする。／過去一年二ヶ月、省みて内心忸怩たるものがある。我々の主張なり、我々の進路なりは、啄木を歪曲せずに理解してゐる人には判つてくれてゐると信じてゐる。／我々の主張を正しく理解する人々は、啄木はもう揚棄しなければならないといふ事を知るであらう。啄木の欠点―これが又啄木ファンの魅力なのだ―にのみ啄木を愛してゐる人々を、正しい意味の啄木愛好者へと進ませる、これが、本誌の目的だつたのだ。そして真に啄木を愛好するものは、一九三一年の現実に於ては、啄木を揚棄しなければならない。この意味で一部の人々からは啄木を揚棄せしめる事が出来た。しかし、それは無条件にではない。啄木の揚棄と共に、現実の、正しい認識の下に我々の進路の決定をしなければならない。かういふ条件のもとに、本誌刊行に際して大体三期に分けて、真の目的遂行に処せんとの最初のプランであつた。啄木の揚棄が第一期、その第一期が未完にある今日、終刊にしなければならないといふ事は何といつても自分の無力、只恥づるより外にない。しかし播いた種は必ず芽を出す時期があるであらう事を信じてゐる。無力を恥づると共に、終刊になつたからとて、決してショゲてはゐない。未完であつたとは言へ、啄木を揚棄し得た人々にとつては、我々の第二期第三期が、いかに進まねばならぬかはほゞ見当が付いた事と思ふ。一九三一年の現実を把握する事、そしてそれは必然に実践に移行しなければならない。貧と闘ひながら、革命を口にした啄木を愛する者が、ブルジョアジーの追随者であるとは信じられない。とするならば、その実践―階級闘争に於ける、我々の陣営は、自づと決定する。プロレタリアートの陣営、そして階級闘争へ、―これが、真の啄木愛好者の登場舞台だ。／呼子と口笛の成果は誠に僅少で、恥づかしいものにしか過ぎなかつた。しかし、読者層の幾部をでも、この陣営へ導かせる、照明に役立つたとすれば望外の幸である。／今や階級分化は急激に醸成され、只一ケの人間も曖昧なる態度を許さない。とするならば、呼子と口笛の第一期の任務は正に終結の時期にあるものと云はねばならない。問題は成果のあまりに僅少であつた事だ。私が個人的に知れる範囲に於てさへ、数十人の没落者を知つてゐる。と同時に尚二十年前の啄木の中に逃避所を見出してゐる多数の人々を知つてゐる。／呼子と口笛は今終刊せんとしてゐる。がこれに依つて点ぜられた火が、真実のプロレタリフ《ママ》ートの中に溶けこんで、近づく爆発の一翼となるであらう事を信じ、そして、正しい啄木愛好者は、必ずや我々が最初に予期した、啄木運動の第二期第三期へと、日常の闘争を進めるであらう事を期待してゐる。／本誌の終刊を伝へ聞いた読者の熱心な人々からは、多分の憤懣を以て続刊を切望せられてきた。その熱烈な希望に対しては、どこまでも酬ひたいと思つたが、前号社告の通り、それは不可能であり、且つ前号社告が一人よがりの宣言みたいに、何の反響をも得る事が出来なかつた結果により到底その希望に添ふ事が出来ないのを遺憾とする。／終刊に際してくだくしい繰言を述べるのも気が引ける。かといつて、強がりを云ふのも現実終刊に際しては、空言に過ぎない。只今日までの御支持に対しては、感謝あるのみである。

私は啄木研究家の多くの人々が考えているように啄木が社会主義思想について真の理解をしていたとは思っておらず、仮にその知識があったとしても家庭のなかで啄木がとった態度をみていると封建時代の暴君と変わらず到底、人間解放を標榜する社会主義思想を理解していたとは思わない。この件に関する論証はここではしないが大方の見解には私はくみ出来ない。実を言えば正雄もまたこのような人々と同じ錯誤を繰り返した一人である。そればかりでなくあとで述べるが、啄木の「思想は更に進んで、今日の階級闘争を期してゐる」（「一年二ヶ月」『呼子と口笛』終刊号）とまで言い切っている。これは明らかに啄木思想を読み誤っている。

ところで正雄は啄木と哀果が発行しようとした『樹木と果実』は実際は階級闘争を掲げたものではなく、大逆事件の主任弁護人平出修宛に書いた書簡のなかで「僕は来たるべき時代進展（それは少なくとも往年の議会開設運動より小さくないと思ふ）に一髪の力でも添へうれば満足なのです。添へうるか何うかは疑問だとしても、添へようとして努力する所に僕の生活の唯一の意味があるやうに思はれるのです。／僕は永い間、一院主義、普通選挙主義、国際平和主義の雑誌を出したいと空想してゐました」と述べた後、次のように刊行目的を説明していた。

「時代進展の思想を今後我々が或は又他の人かが唱へる時、それをすぐ受け入れることの出来るやうな青年を、百人でも二百人でも養つて置く」これこの雑誌の目的です。我々は発売を禁ぜられない程度に於て、極めて緩慢な方法を以て、現時の青年の境遇と国民的生活の内部的活動とに関する意識を明かにする事を、読者に要求しやうと思つてます。さうして若し出来得ることならば、我々のこの雑誌を、一年なり二年なりの後には文壇に表はれたる社会運動の曙光といふやうな意味に見て貰ふやうにしたいと思つてます。（傍点啄木　一九一一・明治四十四年一月二十二日付）

お気づきのように、啄木のこうした考え方はさまざまな点で正雄とはかなりの隔たりがあり、もし正雄が啄木の遺志を継ごうと本気で取り組んでいたなら「終刊の言葉」の内容はその方向性は全く異なっていて、遺志を継ぐというよりも、百八十度異なる別の雑誌を啄木を口実にして作ろうとしたと言った方が正確であろう。しかも、時代は啄木の時代より遥かに厳しい局面に向かっており、『呼子と口笛』は早晩発行禁止になっていたことであろう。そのことを正雄は当局から指摘もされ、警告もされた筈である。現に正雄の親友、常野知哉が東京での正雄と京子の近況について「二人は結婚してから、急進的に一つの運動に進もうとした時代がありまして、東京に行つて消費組合運動をやつていましたが、左翼的な形になつてまで発展して警察に留められた時代があった」(「啄木の愛娘京ちゃんのこと」前出)という言葉がこのことを裏付けている。

さらにこの「終刊の言葉」には「革命」「階級闘争」「プロレタリアート」「爆発の一翼」などという〝過激で危険〟な言葉がちりばめられており、よく逮捕もされず発禁にもならなかったものだと思う。この頃には啄木が一世を風靡するほどに有名になっていたから当局も手出しが出来なかったということもあるが、伏せ字や削除の形跡がないのは不思議というか、一つの謎である。

というのは先ほど取り上げた正雄の書いた「一年二ケ月—創刊から終刊まで—」の文章の一部が伏せ字になっているからである。それはこの原稿の末尾の部分だ。

ロシヤ××は我々に色々な教訓を与へてくれるロシヤの現状は更に我々に色々な教訓を与へてくれる。徒らなる民族的敵愾心を持たされて、眼界をせばめる事は、自ら墓穴を掘るに等しい。もつともつと大きく人類社会の歴史の頁に目を拡げなくてはならない。その時、その一頁に登場してゐる我々は、その民族的敵愾心といふものが、いかに愚劣なものであるかを知るであらう。／全世界はチャチな民族によつて××されてゐはしない。只、二つの階級に分れてゐるばかりだ。

最初の××は「革命」であり、二つ目はおそらく「支配」であろうが、「終刊の言葉」で「革命」は伏せ字になっていないのに、ここでは二箇所も伏せ字になっている。どうしてなのか不可解だが、一つ考えられるのは事前に検閲に出した原稿には「終刊の言葉」をわざと外した、ということだ。常野知哉が警察に留められたと言っているのは、この時だった可能性がある。逮捕まで行かなかったのはこれが「終刊号」であったため〝執行猶予〟で、正雄に始末書を書かせて一件落着させたのではないかということである。

こうしてこれまでの流れをみてくると読者の中には単純

明快で素朴な歌を愛して、もっと啄木と近づきたいとか、啄木によって学んだ人生の悲哀を共有したいという読者にとっては、全ての労働者よ立ち上がれ、階級闘争に邁進せよ、という編集の『呼子と口笛』には愛想をつかしたり失望したりするのはむしろ当然だったといえよう。時代の流れを読まず、読者を危険地帯に招き寄せようとする正雄の姿勢から目を背ける読者が出てくるのは無理からぬ事で、正雄はそのことを全く理解できなかった。むしろ啄木に対して単純で表面的な一面しか見ようとしない読者に対する不満は深まるばかりだった。

『呼子と口笛』を創刊する前に正雄は五千人に「挨拶状」を送ったという。残念ながらこの挨拶状は散失して一枚も残っていないので内容はわからないが、分かっているのはこれに対して購読申し込みは「二百数人」のみだったという。三号まではこの数字が続いたがその後、号を追うごとに読者は減ってゆき一九三一・昭和六年四月号以降は完全な赤字をだすようになった。

発刊当初から毎月三十―五十円の赤字だったのが、第一巻四月号通巻四号（一九三一・昭和六年）では一挙に八十余円の欠損、翌五号では百二十円の大赤字になった。これはそれまで改造社が一年契約で毎号二十円の広告を出してくれたのが四月に突然手を引いたため大幅な赤字になってしまった。正雄は改造社が広告を止めたのは政治的策謀だと息巻いているが、真相は『呼子と口笛』の左翼的編集に危機感を募らせた改造社が兵糧攻めのために打ち切ったというのが実情に近い。そしてとうとう毎月赤字は百円を超えるようになってしまった。この後も正雄は必死になって読者拡大を図ったが九月号あたりには読者は六十余人という結果を招いてしまった。

正雄の文章には「正しく認識すれば」とか「正しく導く」あるいは「正しい判断を」というように、階級闘争を呼びかける目線が労働者に対しては同列に立つのではなく、エリート意識むき出しの言葉が並ぶ。どうして部数が伸びないのかと自問自答してでてくる答えが「理由は判らない」（「一年二ヶ月」同前）である。

啄木のロマンとヒューマニズムを「揚棄」してもっと啄木を理解しろ、階級闘争に加われ、と毎月煽動されれば誰もが身を引く。そのことがわからずに、終刊に追い込まれた真の元凶をきちんと〝総括〟せず、その理解も出来なかった正雄が行き着く先は目に見えていた。

四　正雄と啄木

1 日記の行方

すでに述べた通り、正雄の最大の事業は『啄木日記　全三巻』の刊行である。これは出版の動機が何であれ、その目的が奈辺にあったのかは、さておくとして、正雄なしでは達成されなかったことだけは明確で明白な事実といってよい

啄木日記は石川正雄が刊行に踏み切ってから多くの人びとに読まれたことだろう。しかし、一体どのくらい読まれたのかというとはっきりした数字は分かっていない。発行部数どころか、発行者の石川正雄がその後、どうなったのかも不明だ。勿論私の調査と研究能力の至らなさもあるが、杳としてその行方が分からないのだ。以前にも書いたが岩城之徳と似た軌跡を辿っているようで気になることではある。ただ、この段階で言えることは『石川啄木　日記』は思ったほどには売れ行きは伸びなかったようだ。それは当時の新聞の読書欄や書評欄にも記録をほとんど見ることが出来ず、公刊以前の期待が発行部数につながっていなかったことを示している。

また、部数が伸びなかった理由のもう一つの要因として定価の問題があった。一冊の定価は三百円であったが、全三巻では九百円になる。当時の東大の一年間の授業料が約千円であったことを考えると、誰もが手軽に買える代物ではなかった。柳田國男は自分の本の定価は小学校教員の給料の一日分を基準にしていたというから、換算するとおよそ六十円である。私事で恐縮だが、私が大学生だった頃、『柳田國男全集』（全三十五巻　筑摩書房）が刊行されて一巻が四百五十円前後で、当時私が貰っていた奨学金が月二千円であった。仕送りの無かった貧乏学生だったから学寮の昼食代五円を返上しても間に合わずアルバイトで毎月購ったものだ。（話がそれて申し訳ない。）正雄がつけたこの定価は啄木の味方であるはずの庶民には高嶺の花で、どうしても読みたければ図書館で借りて読むしかなかったであろう。さらに、もう一つ、もし確実に売れ行きが伸びていたなら早晩、何れかの出版社が放っておかず新装版（原本は函入り、堅牢版）か文庫版にしていた筈だからである。

また、この日記が発表された後、相次いで出された各社の「啄木全集」には必ず「日記」が収録されたことも新書

版や文庫版の刊行に歯止めがかかった一因かもしれない。例外は「ローマ字日記」(岩波文庫)で桑原武夫の〝名解説〟と共に版を重ねている。

この日記を収めた全集は次の通り。
1 石川正雄編『啄木全集 全二十五巻』(一九四九・昭和二十四年 河出書房 「日記」二十―二十五巻)
2 斉藤三郎編『啄木全集 全十七巻』(一九五三・昭和二十八年 岩波書店 文庫版 「日記」十三―十六巻)
3 斉藤三郎編『啄木全集 全十七巻(一九六一・昭和三十六年 岩波書店 右の「新装版」)
4 金田一京助・土岐善麿・石川正雄・小田切秀雄・岩城之徳編『啄木全集 全八巻』(筑摩書房 一九六七・昭和四十二年「日記」五―六巻)
5 金田一京助・土岐善麿・石川玲児・小田切秀雄・岩城之徳編『石川啄木全集 全八巻』(一九八〇・昭和五十五年 筑摩書房 「日記」五―六巻 新訂増補決定版)
これらのうち正雄が関わったのは1と4である。1は金田一京助が「校訂」者になっている。いろいろと物議を醸した改造社が倒産したため話題にならなかったが、つぶれていなければ当然乗り出して正雄を祭り上げて編集代表の椅子につかせて甘い汁を吸っていたことだろう。ここは土岐善麿と関わりがあった河出書房が正雄を口説き落として編集責任者にし、正雄の〝暴走〟を防ぐ監視役に金田一京助をつけた。なにしろ正雄は口うるさく神経質で細かなことにくちばしを挟んで、ことをまとめるに相応しい性格でなかった。4の編集で正雄が編集委員になっているが、小田切秀雄が「むつかしい要求をつきつける石川正雄への対処」に苦労した(「私の見た昭和の思想と文学の五十年」『小田切秀雄全集 第十七巻』勉誠出版 前出)と評したほどであった。「5」の編集の時には正雄が亡くなったので子息の石川玲児が委員になったが小田切秀雄は正雄と比べるとよほど紳士だったと述べている。

このうち石川正雄の手に依って編まれた単行本の日記は次の三点で、思ったよりすくない。いずれも正雄の注釈や解説付きの啓蒙的色彩の濃い「入門書」である。
1 『啄木日記 上・下』(河出書房・文庫 一九五五・昭和三十年)
2 『若き日の悩み―秘められた青春日記』(青春出版社 一九五八・昭和三十三年)
3 『啄木人生日記』(社会思想社・文庫 一九六五・昭和

四十年）

これらは文庫版や新書版ということもあってそれなりに売れたようである。なにしろ日記の〝簡易〟版だから啄木の表面をなぞらうだけのものであるが、正雄が若い読者に少しでも啄木を知って貰おうとした意欲は認めなければなるまい。

2 「父」と「義父」の間

それにしても正雄は確かに石川姓を継いだが、それで気になったのは啄木を呼ぶとき常に「父」といい、ただの一度も「義父」と言わなかったことである。正確には血筋がつながっておらず、啄木の長女京子に姻戚して石川正雄となったが、それはあくまでも後嗣つまり婿入りしたのであって啄木との関係は「義父」なのだ。であるから正雄が啄木を「父」と言い続けたのは明らかに「詐称」である。

正雄の代表的な著作に『父啄木を語る』（三笠書房一九三六年）がある。この標題は当初は『石川啄木評伝』だったが編集部から固すぎるといわれ妥協して『啄木を語る』としたところ、それでも同意に至らず、頭に「父」をいれることで合意したという。膝詰め談判で「『父』の一文字をつけさせられてしまつた。」と経緯を述べている。そしてさらに次のように弁明をしている。

> もつとも世間常識からいへば明らかに父には違ひない。しかし私には父としての啄木には生前一度も面識がない。だから標題の意味も決して父としての啄木ではなく、父である啄木である。同時に、私には父であると共に、より以上すぐれた先人として、係累的な愛情と共に、より以上の限りない尊敬を抱いてゐる。そこで私はこの書を書くにあたつて、出来るだけ個人的な愛情を抑へ、尊敬すべき先人に対する真面目な気持を抱き、どの角度からも歪められないやうに気を配りながら、むしろ第三者的な立場によつて筆を進めた。／標題などはどうでもいいやうなものであるが、一応筆者の意図を明かにしてを《ママ》きたい。
>
> （傍点正雄）

敢えてつけ加えれば、この弁明にはいくつかの矛盾がある。啄木と正雄の関係は重要事項であり、その認識は正雄の啄木観と切り離せないからである。第一に「父として」と「父である」との間には、これに拘るだけの意味は見いだせないということ、第二に「どの角度からも歪められない」ものにする、とあるがそれでは「父」に拘る必要はないのではないか、ということ、第三に「標題などはどうでもいい」というのであれば「父」ではなくむしろ「義父」としてもよかった筈だが、そのような発想は毛頭なかったらしい。というよりあくまでも「父」に拘ったのだとしか考えられない。そして第三者の立場を強調するために「父」を全面に押し出さなければならなかったという矛盾である。もう一つ、付け加えておけばこの書の題字は小学三年になったばかりの長女晴子が筆書きしている。編集者の注文とあるが「父」の件といい「晴子」の件といい、明らかに編集者のいいなりであり、この調子では本文の信憑性に疑問を抱かせても仕方ないような印象を与える。勘繰りたくはないが、やはり正雄は啄木一家の威光効果が脳裏にあったのではなかろうか。

正雄がなぜ「義父」と言わず「父」と言い続けたのか。答えは簡単だ。率直に言わせて貰えば「父」でなければ正雄の存在価値はなかったからである。実際、「私の父啄木は」というのと「私の義父啄木は」では世間の受け止める印象は全く異なる。

まして京子亡き後、正雄は間もなく石川家とは全く無縁の女性と結婚している。長女晴子は三歳、長男玲児はまだ一歳、京子亡き後は須見家の娘が函館から上京して二人の世話をしていたが、いつまでも面倒を見てもらうわけには行かず、常野知哉が心配して仲立ちにはいって函館NHKに勤務する人物の娘と引き合わせ再婚している。そして二人の間に一児をもうけている。この段階で正雄はその覚悟があれば石川家と縁を切ることが出来た。元の姓である「須見」に戻ることも出来た。しかし、正雄はそれをしなかった。正確に言えばしなかったのではなく出来なかったのである。この頃には、もう正雄は石川家なしでは存在価値がないという自覚を持たざるを得なかったからである。

3 正雄と啄木

正雄の著作『父啄木を語る』の原題は『石川啄木評伝』であったという。しかし、中身は「評伝」というにはほど遠い内容で啄木の思想面と作品面について述べるに止まっていて、その人間性や生々しい生活ぶりは殆ど伝えられていない。「父」を冠するのであれば、それなりに啄木を「身内」として語るべき内容を伴わなければ意味がない。ところが本書にはその痕跡がない。正雄がこの書を「身内」として書き上げるに際して、啄木の遺した文献資料には〝仔細〟に目を通していることは認めるが、評伝を書く場合に可能でかつ必要な最低限の取材は不可欠である。

それも身内としての〝武器〟を持つ正雄ならでは出来な

い貴重で重要な人物の取材をただの一人にも会っていないのだから、とても評伝とは言いがたい。少し厳しい見方をすれば正雄はどこまで本気で「父啄木」に迫ろうとしたのかという疑念を抱かせてしまう。啄木を語る場合、少なくとも次の人物に当たる必要があっただろう。

1 金田一京助（一八八二―一九七一）年
2 土岐善麿（一八八五―一九八〇）年
3 宮崎郁雨（一八八五―一九六二）年
4 岡田健蔵（一八八三―一九四四）年
5 丸谷喜市（一八八七―一九七四）年

正雄は（一九〇〇―一九六八）年の人間だから、これら五人はいずれも存命中であり、取材は不可能ではなかった。最も郁雨は時期的に難しかったかも分からないが、当時は東京に居を構えていたから、その気があれば会えなくはなかった筈である。千歩譲って神戸の丸谷喜市や函館の岡田健蔵は当時の交通関係で無理だったとしても在京の三人のうち誰一人として取材をしていないというのは腑に落ちない。

繰り返しになるが、これら五人は正雄が唯一、後世に名を残す大事業としての日記刊行に重要な役割を果たした人物である。なかでも郁雨は日記をすべて筆写してまで公刊に協力を惜しまなかった陰の功労者であり、また金田一京助と共に生身の啄木を語り得た貴重な証人であり、これらの人々から何の聞き取りもせず、「評伝」を名乗るというのはどう考えても啄木を意図的に僭称したとしか言いようがない。一体、正雄はどこまで本気で「評伝」を書こうとしたのであろうか。いや、「評伝」のみならず啄木全般にどれだけ真摯に付き合うという意志を持っていたのであろうか。

正雄が『父啄木を語る』を著した前後にある雑誌に書いた文章に次のような一節がある。

啄木について何か書けといはれて、さて貧しい頭を絞つてみると、どうやら何一つ書けさうもない。／過ぐる頃、知つたか振りをして、ツベコベと書いたものだつたが、その後、日を経るに従つて、いかに自分の思想感情が貧しいものであるかを知り、爾来、何もかも自信を失つてしまつた。そしてこの頃になつて、どうやらいくらか自分自身を内省出来さうになつて来た。さうして自分を省みると、お恥ずかしい話だが、この唯一の自己についてさへ、殆ど知るところのない、あまりにも貧寒な自分を見出すばかりである。（中略）／私などには、啄木は愚か、このちつぽけな自己を語る資格はない。今はたゞ、みんなど共に、啄木を知りたいと思ふ。だからここに書くのは、単に一人の頭の貧しい者が観た、啄木に関する一断片に過ぎない。／しかもこの僅かに限られた枚数では、まとまつたものはおろか、何にふれたらいゝのかさへ見当がつかない。思ひつくまゝ、啄木が歌を「悲しき玩具」といつた点を忖度してみたいと思ふ。（「悲しみの積極性―啄木研究断片より」『ペン』三笠書房　一九三六・昭和十一年十一月号）

啄木について「何か書け」と言われて「何一つ書け」ない、というのは冗談だろうと一瞬思ったが、ややあって、これは正雄の本音かもしれないと思ったものである。私のような啄木研究を齧りだした人間でも啄木を語れと言われたなら、書きたいことは山ほどあって、一冊の書物に収まりきれない話題を啄木は託してくれている。まして「僅かに限られた枚数」ごときで弱音を吐くというのは、啄木ときちんと向き合おうとしていないと言われても仕方あるまい。

戦前から戦後にかけて正雄が書いた原稿はそれほど多くはない。極力蒐集してみたが新聞・雑誌に発表した原稿は以下の通りである。

1 「喰はれた遺言」『人物評論』一九三三・昭和八年四月号
2 「啄木を掠めた改造社―版権譲渡の真相」『人物評論』一九三三・昭和八年五月号
3 「悲しみの積極性―啄木研究断片より」『ペン』創刊号　三笠書房　一九三六・昭和十一年十一月号
4 「晩年の父啄木」『雲』創刊号　八雲書房　一九四六・昭和二十一年十二月号
5 「解説　上・下」『啄木日記　上・下』河出文庫　一九五五・昭和三十年
6 「啄木の伝説化と遺墨」『日本古書通信』一九五六・昭和三十一年四月
7 「墓と塔婆―啄木歌碑に関連して」『海峡』五十二号　一九五九・昭和三十四年五月
8 「思ひ出による再校正・三」『海峡』五十八号　一九五九・昭和三十四年十月
9 「思ひ出による再校正・四」『海峡』六十号　一九五九・昭和三十四年十二月
10 「知られざる啄木」『北海道新聞』一九六三・昭和三十八年五月九日―三十一日
11 『解説』『啄木書簡集』『新編石川啄木選集』六巻　春秋社　一九六一・昭和三十六年
12 「運命の人」『啄木入門』『新編石川啄木選集』別巻

春秋社　一九六一・昭和三十六年
13「啄木日記のこと」『石川啄木全集　第二巻』月報　筑摩書房　一九六七・昭和四十二年

遺漏はお許し頂きたいが、予想に反して啄木についてあまり書いていないという印象である。それにしても正雄は腕利きの新聞記者である。それが『父啄木を語る』単行本一冊のみというのは「父啄木」の語り部としては甚だ物足りない気がしてならない。このことも正雄が啄木ときちんと対峙しなかったことの証明と言われる所以である。正雄の最後の原稿は（13）の月報に書いた「啄木日記のこと」である。肩書きは「啄木遺族」となっている。

また、これらの原稿のうち（10）の「知られざる啄木」では「啄木の嗣子石川正雄氏の好意により、未発表資料の公開とあわせて〝知られざる啄木〟の追究を試みてもらおう」というリードに惹かれて読んでみたが、〝知られざる〟部分は実際にはあまりなく、既知の情報ばかりだった。十三回に渡る連載の記事を見だし風に並べて見る。

①伊東圭一郎の著作『人間啄木』の紹介
②啄木が由井正雪を騙った事の真贋
③啄木臨終の光景を伝える節子夫人の手紙
④啄木の死を「大往生」とする金田一京助への反論
⑤啄木未発表の「小説構想」について
⑥小説「松太郎と或る空家」の概要
⑦（続き）
⑧小説「我等の一団と彼」の概要
⑨幸徳事件と社会主義思想
⑩社会主義思想と啄木
⑪「知っていた『資本論』」
⑫「第二インタナショナル」と啄木
⑬クロポトキンと啄木

十三回の連載中五本が正雄が最も関心を持った社会主義思想に関するもので、とりわけ⑪の「知っていた『資本論』」は目を引くタイトルだが、中身は啄木が大阪平民新聞に載っていた山川均の書いた資本論の概要紹介をノートに筆写したというもので、資本論についての啄木のコメントがあるわけではない。当時は『資本論』の邦訳はまだ出ておらず、我が国での初の刊行は一九二〇（大正九）年六月、高畠素之訳（大鐙閣）である。正雄は啄木がもう少し長生きしていたなら必ず読んだであろう、と書きたいところだったろうが、さすがそこは珍しく遠慮して踏み込んでいない。なお、この連載での締めくくりの言葉だけを紹介しておこう。全連載の文章のなかで最も簡潔で的を射た言葉になっている。

とまれ、彼が死後半世紀のながい間、埋もれることなく、民衆のなかに生き続け、今もなお根強く生きているのは、彼が誠実な人生詩人であり、民衆のよきあすを求むる進歩的、先駆的な詩人だったからではないか。啄木は生きているし、そしてあすもまたながく生き続けるだろう。

正雄は一九六八（昭和四十三）年、脳溢血に倒れ東京世田谷の自宅で亡くなった。後に晴子、玲児が残されたが二人は既に成人し自立の道を歩んだ。玲児の方は一時は啄木全集の編集に関わったが、以後は啄木との関係を絶った。ちなみに（13）の正雄の原稿は遺稿になった。『啄木日記』刊行の功労者は「日記」で執筆人生を締めくくったことになる。

函館の立待岬にある「啄木一族」の墓には現在、正雄と玲児も入っている。この墓は以後、石川家の人々と縁が切れ、文字通り、歴史的遺跡として大森浜を見下ろしながら啄木愛好家たちの訪れを待ちわびている。

4 阿部たつをの「送辞」

函館在住の啄木研究の第一人者とされた阿部たつをが正雄に餞けた「送辞」がある。温和な人柄ながら曲がったことの嫌いな阿部は一時、正雄に疎んじられた時期があった。逆に正雄はたいていの人とうまくゆかなかったので疎んじられた阿部に落ち度があったわけではなく、それがむしろ〝自然〟な関係と言ってよかった。しかし、そういう関係にも関わらず阿部が正雄に送った言葉は心のこもった温かいものだった。これまで本節では〝辛口〟の正雄論になってしまったが、阿部の心温まる送辞はその調和を保ってくれるだろう。

石川さんの御一生を語るには、先ず京子さんとの恋愛を取り上げるべきでありましょう。これは或いは京子さんの方がリードしたのかも知れませんが、周囲の反対を押し切って美事結婚にゴールインされた事は、まことに立派でありまして、その点啄木と節子夫人との恋愛から結婚への道程に似て居ますが、それよりもすっきりしています。／ただ、石川さんが須見姓をすてて石川家に入り、啄木の跡をつがれたことは、果して幸福であったかどうか、と私は思っています。啄木が一種のブームを起こして、のしのしとクローズアップされ有名になるにつれて、石川さんはひしひしと重圧を感じられたことと思います。啄木の実子ならそれも当然の運命でありますが、婿として養子としてその地位に立たれたことは、まことに同情に価します。石川さんが他の職業について居られたのなら問題はないのでありますが、同じ文筆を以て立たれたのでありますから、その悩みも深刻であったろうと思われます。／石川さんもはじめは啄木にあまり関心を示さず、独自の道をあゆまれるつもりだったらしいのですが、啄木が有名になるにつれ、それを研究する人が殖え、根掘り葉掘り身近まで洗われて来ると、つい黙って居られなくなり、その遺族として発言するとなると、なまじっかのことは云われず、深入りせざるを得なくなられたのだろうと思われますし、この仕事には喜びよりも苦しみが多かったのではなかろうかと思われます。例えば「啄木全歌集」の如きは石川家の人としていかにも良心的な著作でありますが、一般受けはせず恐らくあまり売れなかったと思います。／啄木はあまり有名になって、大衆の啄木となってしまった、もう石川家の者が口を出すところはない、どうぞ皆さん御勝手に御料理下さい、と投げ出すにしては、石川さんはあまりにも良心的で、細心に過ぎたのかも知れません。そして啄木が有名になり、啄木のことを書いたものがよく売れるようになると、自然インチキな本も多く出ることになり、石川さんの悩みは尽きなかった事と思います。／然しすべては終わりました。宮崎郁雨さんも亡くなり、石川さんと京子さんとの結婚のお仲人をつとめた守口さんの老夫婦も亡くなりました。いま石川さんも遺骨となって啄木一族之墓に納まりました。啄木と最も親しい関係にあった函館の人は、これで種切れになったと云ってもいいのでありましょう。まことに淋しい極みであります。／啄木一族之墓に入ることを若いうちは拒否され、晩年には希望された石川さんの心境に思いをはせると、まことに感無量であります。謹んでご冥福を祈ります。（「石川正雄氏を悼む」『啄木と郁雨の周辺』無風帯社　前出）

五　ある消息

実は本節の原稿は前の「阿部たつをの『送辞』」で終わっていた。ところが最近訪れた札幌で思わぬ新情報を手に入れたので、急遽本節を追加することにした次第である。それは正雄に関する見逃せない情報だったからである。

というのは、北海道新聞（以下「道新」）の黒川伸一編集委員と言葉を交わす機会があった。氏は最近紙面で特集「石川啄木　没後百年」（十回連載）として啄木と北海道との関わりを様々な角度からとらえ直す意欲的な企画に取り組んだ。このことが接点で電話やメールで啄木に関する情報交換をするようになったのである。札幌に出た折、社に〝表敬訪問〟した際にふとしたことから石川正雄の話になった。すると氏は編集室に案内してくれて自分のデスクのパソコンを操作して、ある紙面を打ち出してくれた。日付けを見ると二〇一〇（平成二十二）年四月十四日（夕刊　全道版）とあり、その見出しは「啄木の日記　欠落部分発見　直筆二ページ、函館の図書館に」とあった。

見出しに続くリードによると「道内ゆかりの歌人石川啄木（1886〜1912年）が記した1911（明治44年）の直筆日記のうち、欠けていた2ページが見つかり、日記原本を所蔵する函館中央図書館に収蔵された。」とあり、本書でもⅣで明らかにしたが啄木の日記の切り取りは何件か発生しているが今回の道新に報道された部分の切り取りはこれまで一度も明らかにされてこなかった〝新事件〟である。先ず、記事全文を紹介しよう。

欠落部分は4月26日と27日の2日分で、石川啄木全集には収録されていたが、直筆の2ページ分はその後原本から切り取られ、行方が分からなくなっていた。／啄木は親しかった歌人土岐哀果と雑誌「樹木と果実」の発刊を計画。日記は、印刷所の倒産により計画が断念に追い込まれ、体調もすぐれなかった時期のもので、「昨夜は二時半頃まで眠れなくて弱った。頭の中に大きな問題が一つある」など、啄木の苦悩する胸の内が記されている。／欠落していた直筆日記の2ページは、啄木の長女の夫が第三者に譲り渡していた。東京都文京区で古書店を営む森井健一さんが昨年末に入手し、盛岡市にある石川啄木記念館の山本玲子学芸員に連絡。啄木の資料保存活動に取り組む函館啄木会（岡田弘子、宮崎郁子代表理事）

に伝えられた。日記の一部が切り取られた理由は不明だ。／函館啄木会は、同図書館にある日記の原本と照合し、本物と確認して購入。3月末に図書館に収蔵された。山本学芸員は「直筆の文字からも啄木のつらい心情が伝わってくる。全集には活字として残っているので、落丁しているとは知らなかった」と話す。岡田さんは「なくなっていたページが戻ってよかった」と喜んでいる。（傍点筆者）

記事本文にはこの欠落部分が「啄木の長女の夫が第三者に譲り渡していた」とあり、実名は挙げていないが啄木を少しでも知っている人であれば、これが須見正雄、石川家の嗣子石川正雄であることを思い起こすことが出来よう。また「譲り渡していた」とあり、売り渡したとは書いていないが、既に歴史的遺産になっている第一級史料を切り取って人手に渡すというのであるから実質的には金銭が介在したことは疑う余地はなく、これを書いた記者は〝武士の情〟で実名をあげなかったのか、余りの非道な行為に呆れて名前を出すのを憚ったのか。

なお、この切り取られた日記の部分は次の通りである。

四月二十六日

夜に、丸谷君から借りた中央公論の藤村の「犠牲」をよんで、しんみりした気持ちになつた。どの人も〳〵私はなつかしく思はれる。さうして主人公の嫉妬！底の知れない、／一生免れることの出来ないやうな悲しみが胸に一杯だつた。

四月二十七日

昨夜は二時半頃まで眠れなくて弱つた。／頭の中に大きな問題が一つある。それを考へたくない。何とかしてその昔からの問題、一生つゞきさうな問題を忘れたい。——かういふ気分で予はト翁の論文を写したり独逸語をやつたりしてゐる。／夜にせつ子がチュリップとフレヂヤの花を買つて来た。／土岐君へ手紙だした。

この二日分の日記の内容は啄木が亡くなる一年前の深刻な日々の一端が示されている記述であるが、正雄がどういう意図でこの部分を〝譲渡〟しようとしたのか、はっきりしない。この部分で出てくる人名は丸谷、藤村、土岐の三人で、これに関連する関係者からの指定という可能性も捨てきれないが、おそらく正雄に啄木の直筆だけを求めたカネに糸目をつけなかった好事家と考えて間違いあるまい。

ただ、この日記の部分で気になるのは二十七日に出てくる「一生つゞきさうな問題」というくだりである。おそらく、このことは啄木の借金問題を指していると思われる。今後の生活を考えてゆくと眠られなくなるほど経済的にも精神的に逼迫していた状況にあったことは明らかだった。その不安感を追い払うために啄木はトルストイの「爾曹悔改めよ」（「平民新聞」掲載の訳文）をノートに筆写したもので八十ページに及ぶ。これを啄木は一週間かけて書き写し「予は今日トルストイの日露戦争論を写し了つた。これが予の病気になつて以来初めて完成した仕事である。」（五月二日）と記している。精神的苦悩と病苦を押しての執念が伝わってくる部分だ。

実はこの件が発覚したのは二〇一〇（平成二十二）年三月下旬のこと、盛岡市の石川啄木記念館の山本玲子学芸員に届いた一通の封書だった。封書の表に「石川啄木の自筆資料に関するご案内です。お早めにご確認ください」とあり、開封すると二ページのカラーコピーが入っており、それが啄木の自筆文字であることを一目で確信した山本は館長と相談し、函館市文学館と函館市中央図書館の函館啄木会と連絡をとってこのコピーが本物であることを確認した。そして最終的にこの現物は函館啄木会に譲ることで落着した。本来であれば〝第一発見者〟の帰属にしてもおかしくはなかったが山本は「資料はあるべき場所に収める」べきだという信念を貫いて盛岡におかず函館に渡すという大英断を下したからだった。啄木の歴史遺産の一つはこうして函館に渡ったのだった。古書店の手紙を山本学芸員が開封してから、函館啄木会に切り取られたページの譲渡が決定されるのに要した時間は僅か数時間のことだったという。

念のため、これを扱った東京の森井書店に連絡を入れ、入手の経緯について尋ねてみたが個人情報を理由に譲渡に関わった人物の氏名は明かしてもらえなかった。しかし、この切り取られた日記とともに正雄の直筆で「之を手放すは心苦しき次第なれども苦渋の決断にて貴殿にご送呈申し上げ候」という趣旨の添え書きのあったことを明かしてくれた。

「昭和」時代に入って「候文」を使うことはあり得ないから、この添え書きをつけた相手は明治か大正世代の人間であることは容易に想像がつく。とすればこの人物は啄木に心酔する社会的に有力な地位を持つ資産家と推測される。

それにしても正雄はどうして晩節を汚すようなこのような行為に走ったのだろうか。啄木の版権譲渡やパリ遊学など時に常軌を逸するような選択を繰り返した正雄だったが、それは石川家という家名を汚すものではなく、あくまでも正雄個人の次元にとどまる問題に限定されていた。おそらく正雄もその自覚を守り続けようとしていたに違いないと思いたい。

しかし、正雄の遭遇したいかなる事情を斟酌しようとも、その根本の理由はカネの問題以外には考えられない。「父」啄木の最後の遺産に手をつけるという石川家にたいする背信行為はどのような大義名分を掲げても認められるものではない。改造社から貰った版権料と土岐善磨の仲介で啄木に関する刊行物の印税が入ることになり、戦後しばらくは生活の心配は要らなくなったはずであった。

ところが何かの理由でカネが必要になったのだろう。そういえば正雄には改造社から高額の版権料を受け取り、その金でパリに遊学した〝前科〟がある。今回もこれに匹敵する事情が発生したものと思われる。その時期は、はっきりしないが、正雄はそれまで住んでいた東京豊島区高田町から世田谷北沢の高級一等地に自宅を構えている。この間、正雄は細々とした雑稿を幾つか書いてはいるが生計の足しになるほどのものではなく、また著作を一冊も書いていないから、時々依頼される各地での啄木に関する講演以外の収入でも生活を維持することは困難だったと思われるのである。

ただ各社から出した全集の編集料や顧問料が出ている間はなんとか食いつなぐことが出来たが筑摩の一九六七（昭和四十二）年版が出た以後、啄木ブームも去り、印税はほとんど入らず、収入は途絶えて窮余のあまり手許の明治四十四年の『当用日記』の売却を考えたのであろう。正雄の頭には、この全集が出てしまえば二度とこれに次ぐ全集の出版は先ずあり得ないだろうから、この本物の日記の出番は二度とあるまい。必要な場合は函館の啄木文庫のコピーが利用されるはずだから自分がこの日記を切り売りしても疑われたり非難されることはないだろう。ただ、この一冊全部をいっぺんにさばけばその〝犯人〟は自分だとすぐばれてしまうから、その一部だけを切り取って適当な仲介人を通して渡せば自分は疑われず深傷を負うこともない、という計算をしての切り売りだったのではあるまいか。

しかし正雄とて自分のやろうとしていることが何を意味するか分からなかったわけではあるまい。どんな苦境に立たされていたとしても「父」が蒙った筆舌に尽くせなかった苦難の生涯を思えば自分の今やろうとしていることがどんなに罪深いものであることは正雄には痛いほど分かっていたはずである。それを思えば正雄は重い病気に罹ったわけでもなく、人に代筆させるほど体力を失ってペンを持てなくなったわけでもなかった。啄木と違い、啄木の娘婿としてその気になれば正雄の原稿を引き受ける出版社がなかったわけではあるまい。そうした「父」啄木が受けた苦しみを考えれば、啄木の遺産を切り売りせずとも、いくらでも苦境を乗り越える手立てはあったはずである。

　そう考えると、やはり正雄には「父」啄木の重荷を背負いきれなかったということになるのであろうか。焼却の運命にあった啄木の日記をすくい上げ、その刊行の最大の功労者となった正雄であったが、その晩節は残念というより痛ましいというしかない。そしてあらためて、こうも考えるのである。啄木の重荷をすべて正雄一人に背負わせた私たちもその責任の一端を負うべきなのだろうか、と。


　この切り取られた部分が古書店の手に渡ったのが二〇一〇（平成二十二）年三月であるから、随分と長い間、入手者の手元に置かれていたか、あるいは人から人へ転々と〝漂浪〟していたか、いずれにしても啄木のこの歴史的遺産の一部は正雄によって消失の瀬戸際に立たされていたことになる。

　それに、いま一つ、付け加えておくべきことがある。正雄と京子の間に生まれた長男石川玲児は家族に自分は啄木一族の墓に収まる最後の一人になると宣告して、以後「その荷は重かった。こどもには背負わせはしない」（「石川玲児」『石川啄木事典』）と遺言したといわれる。岩城之徳によればこの『明治四十四年当用日記』は「石川玲児氏が所蔵している」（「啄木日記の全貌」『啄木研究』第五号　洋洋社一九八〇・昭和五十五年）と明言しているから正雄から引き継がれたことは確かであろう。

　玲児は父正雄がこれを切り取ったことに気づいたに違いない。しかし、このことを公にすれば当然正雄に傷がつく。もっと言えば石川家の汚点になる。だから玲児は父正雄のこの行為を認めたくなかったのではあるまいか。そしてこの日記がある限り石川家の人間はこの桎梏から抜け出すことは出来ない、信じていた父正雄に道を誤らせたこの日記がある限り、石川家の安穏な日々は望めない、と玲児は考えたのであろう。

　それに石川正雄は石川家の一員ではあったが血筋はつながっていない。石川家の血筋を引く自分こそ啄木とつながる重圧の連鎖を断ち切る資格と責任を負っている。そう考えた玲児は後の子孫にこの果てしない苦悩と重圧から解き放つために重大な決心をする。石川家の子孫を啄木の重圧から守るという決断である。それはこの日記を函館図書館啄木文庫に寄託することだった。歴史的意味を持つこの日記は個人的な所有物としてではなく公的文化遺産として保存してもらおう。石川家と一線を画すことこそが自分の最後の使命だと言い聞かせてのことである。

　改めて函館市中央図書館に確認したところ、この切り抜かれた原本は確かにそのまま啄木文庫に収まっているということだった。

あとがき

私にとって啄木に関する著作はこれでようやく三冊目になる。公職にあった時は別のテーマを抱えていたので、とても啄木について取り組むことは出来なかったが、自分の空いた時間を啄木に当てれるようになってとても満ち足りた日々を送っている。薄幸の生涯を辿った啄木には申し訳ないような気もするが、二十六年という若さで亡くなった啄木を徒に馬齢を重ねて来た私が語るというのは明らかに場違いであり、間違いでもあるように思うが、取り組み出すと次々と研究すべきテーマが浮かんできて、いくら時間があっても足りない。

前書きにも書いたように今回は日記に焦点を絞り、それも内容ではなくその外側の経緯に重点を置いた。しかし、そうすると当然日記そのものの中身にも触れないわけにはゆかなくなってくる。したがって今度は日記の内面に関わる問題にも取り組まなければならなくなってくるが、安易な約束はできない。

ところで亡くなった啄木の後嗣石川正雄は啄木日記の写真版を出そうと考えていた節がある。いくら原本に忠実に編集しても活字主体の書物では表現出来ない限界がある。例えば小樽時代、啄木は野口雨情と小樽日報社で机を並べていたが、途中で雨情と諍いを起こし、日記で雨情をこきおろすが、これは自分の誤解だと分かって日記のその部分を斜線で消している。ところが出版された書物にはこれが再現されない。また晩年近く、手術で入院する。この期間は赤インクで書いているのだが、活字本では伝わってこない。この点でも日記の写真版による復活が期待される。

それに筑摩の最後の『全集』が出て既に三十有余年が経った。この間に新たな啄木資料の新発見や発掘も進んでいる筈で『新全集』の刊行が待たれる。筑摩版では編集基準が厳格で、このために逆に収録から外された資料も多い。啄木研究のための全集ではなく、啄木という人間を知るうえで必要な資料を広く収めた全集が望まれる。例えば日記で言えば宮崎郁雨が自ら筆写し、公刊の参考に○×?という符牒を印して金田一京助や石川正雄に渡した資料などは重要なものといえようし、またひょっとして切り取られた日記や手紙が全国の家庭や図書館や土蔵に眠っているかも知れない。情報センターをつくって呼びかければ新たな発見がある可能性も捨てきれない。インターネットの普及は情報共有を飛躍的に拡大しているから、この手段の利用もなくてはならないものになっている。

全集はなまなかのことでは大手といえども二の足を踏むからあまり期待出来ないが電子書籍のような新媒体の利用も視野に入れて取り組むことが出来ないであろうか。ことは我が国文芸と文化の保存に関わる問題でもある。図書館などの公共機関を使って資料の収集を図る等、税金の無駄使いをこの事業に振り向けることも考えるべきであろう。

また各地にある啄木会が高齢化で次々となくなりつつあるという話も聞く。啄木はなにも高齢者の為だけにあるのではない。むしろ「明日を信ずる」若者のためにもなくてはならない存在である。世代の若返りばかりでなく文芸と文化の若返りという大きな課題こそ啄木が時代に突きつけている目標なのだ。そして啄木は時代と世代を超えて私たちを導く指標になり得るであろう。

本書は出版界の厳しい状況下で一時は刊行が危ぶまれたが、松田健二氏の決断でどうにか出版されることになった。また、この三部作の芸術的な装幀を担当してくれた中野多恵子氏にはお礼の言葉もない。また眼疾を患っている私に替わってこれまで校正を〝黙々〟と〝厳密〟にやってくれた妻のタケ子にも感謝したい。

二〇一三年九月二十六日

著者

啄木関連人物一覧

人物	生没年
夏目漱石	1867 － 1916
与謝野鉄幹	1873 － 1935
与謝野晶子	1878 － 1942
金田一京助	1882 － 1971
野口雨情	1882 － 1945
岡田健蔵	1883 － 1944
北原白秋	1885 － 1942
若山牧水	1885 － 1928
土岐哀果	1885 － 1980
宮崎郁雨	1885 － 1962
石川啄木	1886 － 1912
石川節子	1886 － 1913
丸谷喜市	1887 － 1974
石川正雄	1900 － 1968
吉田孤羊	1902 － 1973
石川京子	1906 － 1930
石川房江	1912 － 1930
小田切秀雄	1916 － 2000
岩城之徳	1923 － 1995
石川玲児	1929 － 1998

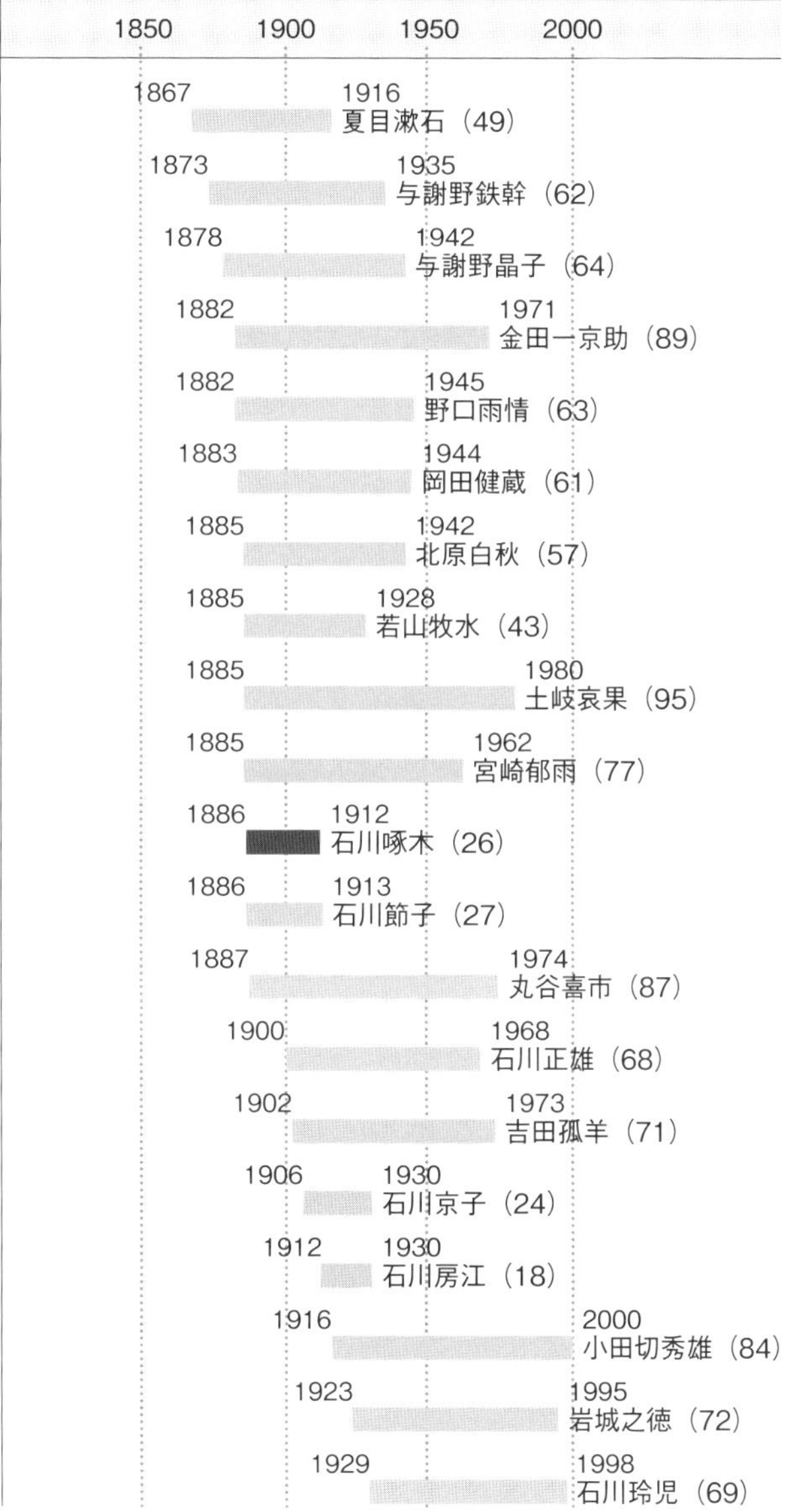

啄木日記関連事項簡略年表

作成＝長浜　功

年	啄木関連	日記関連
一八八六（明治一九）年	二月二十日、岩手県南岩手郡日戸村、常光寺で父一禎、母カツの長男として生まれ「一」（はじめ）と命名さる。長女サダ（十歳）次女トラ（八歳）	
一八九八（明治三一）年 十二歳	盛岡中学入学	
一八九九（明治三二）年 十三歳	四月二年に進級、クラス会誌『丁二会』発行、堀合節子を知る。	
一九〇〇（明治三三）年 十四歳	三年進級、五年生の及川古志郎・金田一京助らと知り合い文芸に開眼、金田一から『明星』を借り、直ちに定期購読、短歌を毎月ひそかに投稿するも入選に至らず。	
一九〇一（明治三四）年 十五歳	四年進級、盛岡中で教員内紛に学生決起、啄木も同調参加。回覧誌『三日月』創刊（後に『爾伎多麻』）級友ら七人で語学研究と芸懇談の「ユニオン会」結成。文芸懇談の「白羊会」に参加。堀合節子との交際深まる。雅号「翠江」を使用	

一九〇二（明治三五）年 十六歳	盛岡中校内誌に「白蘋」の雅号で詩歌を発表 五年に進級、文芸と節子との恋愛にのめりこみ学業不振と試験でカンニング、学校から譴責処分を受ける。 十月『明星』に三年ぶりで短歌一首入選。 学校に退学届けを出し、文学で身を立てる決心をし単身上京。与謝野夫妻の知遇を得るが、生活の見通し立たず苦境に陥る。	『秋韷《しゅうらく》笛語』（初の日記、雅号「白蘋」使用） ＊なお、この日記の冒頭には次の五行歌が掲載されている。後の「東海の小島・・・」を彷彿させる。 装ひては 花の香による 蝶の羽 秋は韷れの 笛によろしき。
一九〇三（明治三六）年 十七歳	昨年末に病に伏し父一禎に連れられて帰郷、渋民で療養。半年ほどで健康回復。 新詩社に同人として推薦される。『明星』に長詩など発表、「啄木」の雅号使用。	
一九〇四（明治三七）年 十八歳	堀合節子との恋愛は婚約まで進行。 『明星』『岩手日報』『時代思潮』『太陽』などに相次いで作品・評論などを発表。 十一月、詩集刊行の目的で上京。 十二月、父一禎が宗費滞納で宝徳寺住職を罷免される。	『甲辰詩程』 ＊啄木にとっての希望と充実の時代。一禎の罷免の事実を啄木が知るのは翌年三月。
一九〇五（明治三八）年 十九歳	五月三日初詩集『あこがれ』出版。 五月十二日、堀合節子と石川一の婚姻届、三十日啄木欠席のまま結婚披露宴行われる。啄木が盛岡の新居に姿を現したのは六月四日。 文芸仲間と共に『小天地』刊行の話が出て啄木が	『日記』なし ＊結婚や初詩集出版、仲間と地方文芸誌を刊行するなどめざましい活躍の年であったが、なぜか日記を残していない。何によらず啄木の日記は仔細を極める記述が多いが、肝心な

年	啄木関連	日記関連
	編集長となる。創刊号は九月五日に出た。二号の編集も進んだが創刊号の売れ行き悪く一号雑誌で終わる。 次第に生活環境が悪化、苦境に陥る。	ことや真実に触れない傾向のあることも見逃せない。この年はそうした典型の一つである。
一九〇六 （明治三九）年 二十歳	三月、盛岡を出て母カツ、節子と渋民村の六畳一室を借りて移住。 四月、渋民尋常高等小学校の月給八円の代用教員となる。ユニークな教育実践を行う。 六月、小学校の農繁休暇の合間に上京、再度の文壇進出を狙って情報収集。 七月、帰京後、小説を書き出す。「雲は天才である」「面影」 十二月二十九日、盛岡の実家で長女京子誕生。	『渋民日記』 ◎三月四日～十二月三十日 ＊この日記には二十枚前後切断の痕あり。農家の一室で代用教員をやりながら捲土重来を期して窃かに小説で一旗揚げようと思い悩む姿がにじみ出ている。
一九〇七 （明治四〇）年 二十一歳	一月函館の 苜蓿社から寄稿依頼あり、詩歌を送り函館とのつながりが生まれる。生活の立て直しを図ることにし、函館の苜蓿社に単身赴くことにする。節子・京子は実家に、妹光子は小樽、母カツは渋民という一家離散。 五月五日、函館青柳町に寄宿、同人が経済的に支援、小学校代用教員、函館日日新聞社勤務。弥生小学校で〝恋人〟橘智恵子を知る。 八月二十五日夜、函館大火。小学校も新聞社も焼失。同僚の紹介で札幌の新聞社に入ることにし函館を去る。	『丁未《ていみ》日誌』 ◎一月一日～十二月三十一日 ＊扉に一月―渋民、五月―函館、九月―札幌―小樽、極月―小樽とあり渋民を出て北海道漂白の波乱に満ちた記録。 『明治四十一年戊申《ぼしん》日誌』 ◎一月一日～一月十二日 ＊『小樽日報』を辞めて二週間足らずの記録。これは次の「明治四十一年日誌」に書き改められて採録されている。

	九月十六日札幌の北門新報社勤務。二十六日、小樽日報社に移動、十月に家族を函館から呼ぶ。十二月、対立していた小樽日報事務長から暴力を振るわれ憤然退社。年末を一文ナシで迎える。	
一九〇八（明治四一）年 二十二歳	一月、小樽日報社長白石社長から『釧路新聞』を斡旋され家族を小樽に残し二十一日釧路へ単身赴任。実質的な編集長として辣腕を振るう。芸者小奴などと遊郭遊びを覚え家族に送金せず、連日酒と女にあけくれる。 四月、さしもの自堕落な生活を反省、文学に戻る決心をし、釧路を去り、盟友宮崎郁雨の経済的支援を受け、家族を函館に移動させ、活路が見つかるまで単身東京に出ることにする。 六月二八日千駄ヶ谷新詩社に赴く。以後、本格的な文壇進出を賭けた生活が始まる。金田一京助が公私ともに渡る支援を惜しまなかった。 小説「菊池君」「病院の窓」など五本書き上げるがどの出版社も相手にせず、途方にくれ、自殺を考える。 十一月「鳥影」が『東京毎日新聞』に連載される。漸く手に入れた稿料六十円という大金は浪費や淫売通いで瞬く間に無くなった。	『明治四十一年日誌』（計四冊） 「其一」 ＊小樽、釧路での放浪の軌跡。 「其二」 ＊上京して小説を書き出すが全く売れず悪戦苦闘、煩悶の日々の記録。 「其三」 ＊鉄幹、鴎外、白秋など文壇事情。九州の女流歌人と〝紙上〟の恋。 「其四」 ＊久々に精神的にゆとりが生じたゆえか鉄幹、鴎外、白秋、平野、吉井など文壇事情と交遊が語られている。 ▼七月二十九日〜三十一日（一ページ分）植木貞子により破棄される。
一九〇九（明治四二）年 二十三歳	『スバル』創刊、啄木は発行名義人として参画。二月に出た二号は啄木が編集。 三月一日朝日新聞校正係となる。 家族上京に備えて宮崎郁雨の支援で本郷弓町の床	『明治四十二年当用日記』 『NIKKI I : MEIDI 42 NEN 1909』 ＊いわゆる啄木の「ローマ字日記」と称され

年	啄木関連	日記関連
	屋の二階に部屋を借りる。家族は六月十六日郁雨と共に上京。 十月二日、節子、啄木に無断で盛岡の実家に里帰り。節子初めての〝叛乱〟▼この前後を啄木が詳述した日記を金田一京助が目にしているが切除され現存せず。 十二月二十日、青森野辺地に家出していた一禎が戻って来る。	るもの。文芸論も語られるが露骨な性体験が綴られる。日記の公開問題では生存者への困惑や大逆事件がネックとされるが、実際は「性」の問題の方がより重大だった。
一九一〇 （明治四三）年 二十四歳	四月第二歌集として構想していた『仕事の後』（二五五首）出版交渉蹟く。 言論統制の厳しくなりつつある世情を嘆き「時代閉塞の現状」を書くが発表の機会はなかった。 十月四日、長男真一が生まれる。この日『仕事の後』の構成を変えた『一握の砂』の出版契約実現、稿料二十円が入る。二十七日真一が急死。葬儀中に『一握の砂』組見本来る。	『明治四十三年四月より』（副題「本郷区弓町二丁目十八、喜之床（新井）方にて」） ◎四月一日～四月二十六日 ＊大逆事件に気を取られたり、啄木自身が入院手術を余儀なくされたり、家庭内不和が絶えず日記を書く余裕がなかったせいでこの年の日記はこれのみ。なお、「明治四十四年当用日記補遺」として「前年（四十三）中重要記事」としてこの年を振り返っている。
一九一一 （明治四四）年 二十五歳	幸徳事件裁判資料を新詩社同人で弁護士の平出修から書写する。 土岐哀果と面談、次代の為の雑誌『樹木と果実』について話し合う。早速着手。 二月一日、大学病院で慢性腹膜炎と診断、入院。 三月十五日退院するも経過思わしくなく高熱続く。 郁雨から節子宛書簡をめぐって啄木は郁雨に義絶	『明治四十四年当用日記』 ◎一月三日～十二月三十一日 ＊この日記には複数にわたる切除箇所がある。なかでも八月二十二日から九月一日、九月四日から十月二十日の箇所が切り取られている。この外多数の〝欠落〟箇所があるが未発見のままである。

	を宣告、堀合家とも一線を引く。家庭の諍いに嫌気がさした一禎は再び家出。	
一九一二（明治四五）年 二十六歳	二月二十日、この日で啄木の「日記」は閉じられる。体調が回復せず筆を取る体力と気力が失われた。必要な代筆は丸谷嘉市が当たった。三月七日母カツ死去。享年六五歳。若山牧水が啄木に頼まれた第二歌集出版を土岐哀果が東雲堂と交渉、稿料前金二十円啄木に渡す。四月十三日午前九時三十分死去。節子、牧水、一禎の三人が看取った。四月十五日、浅草等光寺で葬儀、漱石・御風、白秋ら五十余名が参列。五月二日節子、京子と千葉県北条町へ。六月十四日次女房江出産。二十日土岐哀果の奔走で『悲しき玩具』出版。九月四日、節子、京子・房江と函館の実家堀合家へ。	『千九百十二年日記』 ◎一月一日〜二月二十日 ＊終の棲家となった小石川久堅町で綴られて最後の日記。病魔に冒され体力を失った身体には大好きだった筆を持つことを許さなかった。その最後の一節である。 「母の薬代や私の薬代が一日約四十銭弱の割合でかゝつた。質屋から出して仕立直さした袷と下着とは、たつた一晩家においただけでまた質屋へやられた。その金も尽きて妻の帯も同じ運命に逢つた。医者は薬価の月末払を承諾してくれなかつた。」
一九一三（大正二）年	三月、節子の意向によって一族の遺骨は函館に移され、岡田健蔵の函館図書館に仮保管。節子、郁雨に日記の保管を依頼。五月五日容態が急変し函館の豊川病院で宮崎郁雨に見守られ永眠。享年二十七歳	節子没後、日記十三冊は宮崎郁雨から実父堀合忠操に渡されるが、やがて『明治四十四年当用日記』一冊を忠操が遺児京子・房江に形見として保管、残りは郁雨を通して函館図書館長岡田健蔵に委託される。
一九二〇（大正八）年	土岐哀果編『啄木全集　全三巻』刊行	第三巻凡例（哀果の記述） 「故人の日記は多年に亙りて堆く、最大を洩らさず、頗る価値多き資料なりしも、その没後、夫人節子また病を獲、遂に日記の全部を

年	啄木関連	日記関連
		焼却して今影を止めず。その一部をもこの全集に収むる能はざるを遺憾とす」と日記の存在を否定。
一九二六（大正十五）年	四月十七日、須見正雄、京子と結婚、石川姓を名乗る。 丸谷喜市、函館図書館長岡田健蔵へ図書館保管の日記すべてを遺児石川京子に返却することを書簡で要求。（九月六日、十九日付）	岡田は丸谷喜市へ「職務上の責任感と、啄木が明治文壇に重要な存在であるから焼却には反対する」旨の回答をした。ただし、これは〝私的〟書簡として扱われ世間に伝わることはなかった。
一九二七（昭和二）年	吉田孤羊、十一月、初の渡道、石川正雄・京子夫妻を訪ね、初めて『明治四十四年日記』を読む。 改造社幹部、函館に石川正雄を訪ね新潮社『啄木全集』版権買い取り交渉、正雄は土岐哀果に相談せずこれを承認。後に改造社の筋書き通りと判明、正雄は哀果に詫びをいれて和解する。	孤羊、函館滞在中、宮崎郁雨、岡田健蔵らに会い信頼関係を築く。小樽では「若き詩人」、高田治作、藤田武治と語り、釧路では子奴と話し込む。
一九二八（昭和三）年	十一月土岐善磨・金田一京助監修、吉田孤羊編（実質上の編集長）『石川啄木全集　全五巻』（翌四年三月に完結）「日記」は入らず。	
一九二九（昭和四）年	孤羊、暮れ、函館図書館館長岡田健蔵の〝許可〟を得て二ヶ月にわたり啄木の日記と取り組む（「啄木の日記」『改造』昭和八年、後に『啄木片影』に収録）	孤羊は〝個人秘書〟を帯同、日記筆写の助手をさせた可能性がある。

一九三〇（昭和五）年	三月十日、石川一家（正雄、京子、房江、晴子）函館を出て東京豊島郡高田町に転居 ◎啄木の研究文芸誌『呼子と口笛』創刊（八月）	『呼子と口笛』は編集・発行は石川正雄。吉田孤羊の名はない。
一九三一（昭和六）年	「最近発見された石川啄木の遺稿」『東京日日新聞』七月二十八、二十九日付記事「ここに掲載する分は、最近函館において発見されたものである。」	啄木日記の存在を世間に〝暴露〟した初の記事。
一九三二（昭和七）年	四月十三日岡田健蔵、函館放送局から『啄木の骨と思想と日誌を語る」を放送、啄木日記保管の事実を認める。	
一九三三（昭和八）年	「初めて発見した石川啄木二十二歳の元日の日記―渋民村での静かな一日を―」『東京日日新聞』（一月一日付）この記事によって日記公開と公刊の機運が次第に醸成されるに至った。	金子義男の実名で「渋民村の某氏が秘蔵してゐ」たとするもの。紙面の三分の一を割き該当日記の最初のページと「新婚当時の啄木夫妻」の写真つき。
一九三四（昭和九）年	三月二十一日函館大火、岡田健蔵が建造した不燃性建築によって図書館は焼失を免れ啄木文庫は難を逃れた。	
一九三六（昭和一一）年	一九二八（昭和三）年、吉田孤羊が中心となって出版された『石川啄木全集　全五巻』には啄木の日記は入っていなかったが公刊を求める機運の高まりに乗じてこの日記の出版を企図、土岐哀果・金田一京助・丸谷喜市に出版を打診。協議の結果、哀果と金田一が函館図書館長岡田健蔵に許諾を要請。	岡田健蔵は「「寄託者に非ざる第三者からの申出は筋違い」と峻拒する。相談された宮崎郁雨も「日記は純然たる個人の私録」として反対。ようやく芽生えた日記公開の流れは中断。

年	啄木関連	日記関連
一九三九（昭和一四）年	この年、啄木日記公刊を求めるマスメディアの大合唱起こる。『東京日日新聞』『報知新聞』『短歌新聞』『東京朝日新聞』『函館日日新聞』『函館タイムス』などが相次いで公開キャンペーンを張った。この動向を受けて、四月十四日、函館図書館長岡田健蔵はＮＨＫ全国放送で日記の焼却や公開を否定する意志を宣明。 ◎大原外光『啄木の生活と日記』弘文社	時流は公刊に傾いていったが、岡田健蔵の公刊拒絶の堅い意志、ローマ字日記の猥褻描写や時代閉塞への共感を示す記述が知られるようになり、軍国主義に突き進んでいた時代には公開どころではなく、その動向は退潮せざるを得なかった。
一九四二（昭和一七）年	◎宮本吉次『啄木の日記』出版（新興音楽出版社）	
一九四四（昭和一九）年	十二月二十一日岡田健蔵逝去（享年六十一歳）	岡田の死により公刊を阻む最大の障碍が除去されることになった。
一九四八（昭和二三）年	石川家の後嗣石川正雄は日記の出版を決意、丸谷喜市・金田一京助・宮崎郁雨に連絡、了解を要請、丸谷は焼却の自説を曲げなかったが金田一と郁雨は条件付きで賛同。全三巻で世界評論社から出版された。	

《主要参考文献・主要資料一覧》

【日記】

1 ドナルド・キーン『百代の過客　日記にみる日本人』朝日新聞社　一九八四年
2 ドナルド・キーン『続百代の過客　上・下』朝日新聞社　一九八八年
3 小田切秀雄『近代日本の日記』講談社　一九八六年
4 小田切秀雄『続近代日本の日記』講談社　一九八七年

【全集】

1 金田一京助他編『石川啄木全集』（全八巻）筑摩書房　一九七八年版
2 石川正雄編『石川啄木　日記』（全三巻　復刻版）藤森書店　一九八二年
3 斉藤三郎編『啄木全集　全十七巻』岩波書店
4 石川正雄・渡辺順三編『新編石川啄木選集　全七巻』春秋社　一九六一年

【伝記・評伝】

1 岩城之徳『石川啄木傳』東寶書房　一九五五年
2 岩城之徳『石川啄木伝』筑摩書房　一九八五年
3 岩城之徳『啄木評伝』學燈社　一九七六年
4 坂本龍三『岡田健蔵伝―北日本が生んだ希有の図書人』講談社　一九九八年
5 岩城之徳『補説　石川啄木伝』さるびあ出版（私家版）一九六八年
6 金田一京助『石川啄木』改造社　一九三九年
7 金田一京助『金田一京助全集　第一三巻』三省堂　一九九三年
8 金田一京助『新訂版　石川啄木』角川書店　一九七〇年
9 伊東圭一郎『人間啄木』岩手日報社　一九五九年

【各論】

1 宮崎郁雨『函館の砂』東峰書院 一九六〇年
2 岩城之徳編『回想の石川啄木』八木書店 一九六七年
3 宮守 計『晩年の石川啄木』冬樹社 一九七二年
4 大原外光『啄木の生活と日記』弘文社 一九三九年
5 宮本吉次編著『啄木の日記』新興音楽出版社 一九四二年
6 吉田孤羊『啄木を繞る人々』改造社 一九二九年
7 吉田孤羊『啄木発見』洋々社 一九六六年
8 吉田孤羊『啄木片影』洋々社 一九七三年
9 小樽啄木会編『啄木と小樽・札幌』みやま書房 一九七六年
10 小田切秀雄『小田切秀雄全集』第七巻 勉誠出版
11 冷水茂太『啄木遺骨の行方』永田書房 一九六八年
12 冷水茂太『啄木私稿』清水弘文堂 一九七八年
13 冷水茂太『啄木と哀果』短歌新聞社 一九六六年
14 土岐善麿『春帰る』人文会出版部 一九二七年
15 土岐善麿『啄木追懐』新人社 一九四七年
16 石川正雄『父啄木を語る』三笠書房 一九三六年
17 石川正雄編『呼子と口笛 上・下』(復刻版) 国書刊行会 一九八三年
18 図書裡会編『岡田健蔵先生論集』図書裡会 一九六九年
19 坂本龍三『岡田健蔵伝』講談社サービスセンター 一九八八年
20 三浦光子『兄啄木の思い出』理論社 一九六四年
21 阿部たつを『啄木と郁雨の周辺』無風帯社 一九七〇年
22 阿部たつを『新編 啄木と郁雨』洋洋社 一九七六年

【辞典・文芸誌・書誌】

1 佐藤　勝編『石川啄木文献書誌集大成』武蔵野書房　一九九九年
2 坂本龍三編『市立函館図書館蔵　啄木文庫資料目録』函館啄木会　一九六三年
3 坂本龍三編『市立函館図書館蔵　啄木文庫資料目録・続』函館啄木会　一九六八年
4 国際啄木学会編『石川啄木事典』おうふう　二〇〇一年
5 司代隆三編『石川啄木辞典』明治書院　一九七〇年
6「石川啄木のすべて」『国文学　解釈と鑑賞』至文堂　一九六二年
7「石川啄木読本」臨時増刊『文芸』河出書房　一九五五年
8「石川啄木生誕八十年記念特集」『国文学』學燈社　一九五六年
9「石川啄木」『新文芸読本』河出書房新社　一九九一年
10「石川啄木」『現代詩読本』思潮社　一九八三年

【新聞】

1 南部三郎「啄木が召喚された話」『文芸春秋』昭和五年十一月号
2 岡田健蔵「啄木の骨と思想と日記を語る」『函館時報』九十二号　昭和七年五月十二日
3 石川正雄「喰はれた遺言」『人物評論』昭和八年四月号
4 石川正雄「啄木を掠めた改造社―版権譲渡の真相」『人物評論』昭和8年5月号
5 石川正雄「悲しみの積極性―父を語る」『ペン』創刊号　三笠書房　昭和十一年十一月号
6 木村　毅「啄木の未刊日記」『東京日日新聞』昭和十四年四月二日付
7 無署名「啄木未発表の日記」『東京日日新聞』昭和十四年四月八日付
8 無署名「何故発表されないか啄木の日記」『報知新聞』昭和十四年四月九日付
9 無署名「出版社垂涎の日記発見」『報知新聞』昭和十四年四月十日付
10 岡田健蔵「北海道漂流の啄木と秘められた日記」『函館タイムス』昭和十四年四月十四日―十六日付
11 無署名「公表不能になった秘められた啄木の日記」『短歌新聞』昭和十四年四月十五日―発表不能の理由と日記

の文学的価値（金田一京助氏談）
12 無署名「公開されぬ『啄木の日記』」『報知新聞社』昭和十四年四月十五日付
13 無署名「世に現れた啄木日記の一片」『東京朝日新聞』昭十四年四月十六日付
14 金田一京助「問題の『啄木日記』について　上・中・下」『報知新聞』昭和十四年四月十八―二十日付
15 木村　毅「啄木の問題」『東京朝日新聞』昭和十四年四月十九日付
16 無署名「『啄木日記』の遺産争い―物議を醸した岡田館長の放送」『函館日日新聞』昭和十四年四月二十一日付
17 無署名「世に出た『四頁』―秘められた啄木の日記」『函館タイムス』昭和十四年五月六日付
18 「北海漂流の啄木と秘められたる日記」『日本古書通信』（第一一八号抜き刷り）昭和十四年五月号
19 宗呂信次「故人の日記の無断公開問題」『話』7巻8巻《ママ》　文芸春秋社　昭和十四年七月号
20 脇坂国木武「秘稿啄木の日記をめぐる話題の人、岡田函館図書館長を訪ふ」『婦女界』六十巻三号　昭和十四年九月号
21 石川正雄「晩年の父啄木」『雲』創刊号　八雲書房　昭和二十一年十二月号
22 宮崎郁雨「岡田君と啄木日記」函館文化懇談会『海峡』二巻二号　昭和二十二年二月号
23 川並秀雄「啄木未発表の日記と断章」『時論』二巻三、四合併号　昭和二十二年4月号
24 無署名（菅原信談）「啄木の日記をめぐる秘話」『北海日日新聞』昭和二十三年三月二十六日付
25 石川正雄「不思議な啄木日記」『北海道新聞』昭和二十五年八月一日付
26 無署名「宙に浮いた啄木遺墨」『北海道新聞』昭和二十五年八月二日付
27 菅原　信「啄木日記について―石川正雄氏の公開状に答う」『北海道新聞』昭和二十五年八月六日付
28 石川正雄「思ひ出による再校正・三」『海峡』五十八号　昭和三十四年十月号
29 石川正雄「思ひ出による再校正・四」『海峡』六十号　昭和三十四年十二月
30 石川正雄「知られざる啄木　一～一三」『北海道新聞』（夕刊）昭和三十八年五月九―三十一日

■執筆者
長浜　功（ながはま　いさお）
1941年北海道生まれ、北海道大学教育学部卒、同大学院修士・博士課程単位取得退学、東京学芸大学教授、定年退職以降、主に文芸に関する著述に専念。

■主な著書
『教育の戦争責任―教育学者の思想と行動』（大原新生社　1979年）
『常民教育論―柳田國男の教育観』（新泉社　1982年）
『教育芸術論―教育再生への模索』（明石書店　1989年）
『彷徨のまなざし―宮本常一の旅と学問』（明石書店　1995年）
『真説北大路魯山人―歪められた巨像』（新泉社　1997年）
『石川啄木という生き方―二十六歳と二ヶ月の生涯』社会評論社　2009年
『啄木を支えた北の大地―北海道の三五六日』社会評論社　2012年

■主な監修・編集
『柳田國男教育論集』『柳田國男文化論集』（新泉社　1983年）
『国民精神総動員史料集成』全3巻（明石書店　1996年）
『史料　国家と教育―近現代日本教育政策史』（明石書店　1997年）
『復刻　資料　公職追放Ⅰ、Ⅱ』（明石書店　1998年）

■主な電子書籍
『野口雨情が石川啄木を認めなかった理由《わけ》―「小樽日報」陰謀事件の顛末』
e-ブックランド社　2010年
『北大路魯山人―人と芸術』パブー　2012年
『北大路魯山人をめぐる5人の男たち』パブー　2012年

『啄木日記』公刊過程の真相
知られざる裏面の検証

2013年10月20日　初版第1刷発行

著　者　長浜　功
発行人　松田健二
発行所　株式会社 社会評論社
東京都文京区本郷2-3-10
tel. 03-3814-3861/fax. 03-3818-2808
http://www.shahyo.com/

装幀・組版デザイン　中野多恵子
印刷・製本　倉敷印刷